屋久ユウキ
Yuki Yaku Presents
フライ
Illustration Fly

キャラ友崎くん

The Low Tier Character
"TOMOZAKI-kun";
Level.9

「んー。どっちもいける♥」

「レナさん、Mなんですか〜?」

「あはは、たぶんボタンが違うよ」

「え、えい！　……あれ？」

「じゃあさ！　今日とかも
二人で帰ったりしないほうが
よさそーですね！」
「……あ」

The Low Tier Character
"TOMOZAKI-kun"; Level.9

CONTENTS

1 毒のまま歩き回るといつか目の前が真っ暗になる P.10

2 仲間の大切さに気付くのは離脱したあとだったりする P.81

3 物理も回復もできる勇者は一人で冒険できてしまう P.132

4 エルフの弓は高い確率で急所を貫く P.223

5 秘められた能力には決まって代償がある P.301

6 たいせつなものを捨てようとすると、いつも誰かが止めてくれる P.342

7 生まれ持った特性は簡単には変えられない P.387

Design Yuko Mucadeya + Caiko Monma
(musicagographics)

弱キャラ友崎くん Lv.9

屋久ユウキ
Yuki Yaku Presents
フライ Illustration Fly

The Low Tier Character "TOMOZAKI-kun": Level.9

キャラ紹介

友崎文也（ともざき・ふみや）
高校二年生。弱キャラ?

日南葵（ひなみ・あおい）
高校二年生。学園のパーフェクトヒロイン。

七海みなみ（ななみ・みなみ）
高校二年生。ムードメーカー。

夏林花火（なつばやし・はなび）
高校二年生。ちっちゃい。

泉優鈴（いずみ・ゆず）
高校二年生。いけてる系女子。

菊池風香（きくち・ふうか）
高校二年生。本好き。

水沢孝弘（みずさわ・たかひろ）
高校二年生。美容師志望。

中村修二（なかむら・しゅうじ）
高校二年生。クラスのボス格。

竹井（たけい）
高校二年生。ガタイがいい。

成田つぐみ（なりた・つぐみ）
高校一年生。色々とフリーダム。

紺野エリカ（こんの・えりか）
高校二年生。クラスの女王。

レナ（れな）
二十歳。お酒好き。

足軽さん（あしがる）
アタファミのプロゲーマー。

1　毒のまま歩き回るといつか目の前が真っ暗になる

自分の行動が、意図せず人を傷つけてしまったとき。

その傷つけてしまった相手が、自分にとって大切な人であったとき。

相手にも自分にも誠実でいるためには、人はそれをどう贖《あがな》うべきなのだろうか。

放課後の教室で、俺はただ立ち尽すことしかできなかった。体の真ん中あたりで俺の内臓を締め付けているのは、色濃く後悔の混ざった罪悪感で。俺はほんの少し前まで一人で生きてきたから、こんな感情は経験したことがなかった。

スマートフォンの画面に表示された、レナちゃんからの意味深なメッセージ。それを見て図書室を飛び出してしまった菊池《きくち》さん。なら俺は一秒でも早く動き出さないといけないのに、黒い蔦《つた》のようなものが思考に絡みつき、俺の行動を遅延させていた。その正体はわからなかったけれど、それきっと、自分の心の底から伸びていた。

選択して、行動して、失敗して。よくない結果を生み出してしまったのは自分の責任で。なのに、そのせいで傷ついてしまっているのは、俺ではなくて。それはいままで俺が歩んできた自分で自分を変えていく道のりとは、根本的な部分が違っていた。

まだ知らないことだらけで、向き合い方もわからない。だって自分以外に起こしてしまった心の変化の責任を自分が取るなんて、きっと本当の意味ではできるわけがなくて――けれど、いま菊池さんが傷ついてしまっているということだけは、まぎれもない事実で。

ならきっと、いまからできることを全力でやること以外に、俺の選択肢があるはずもない。

「……っ！」

俺は無意識のうちに嚙《か》んでいた唇《くちびる》を放すと、カバンを手に取って図書室を飛び出した。

とにかく脚を動かして思考に絡みつく蔦を引き剝《は》がし、自分のするべきことを考える。廊下を同じ方向へ歩いている生徒たちを追い越して、どこにいるかもわからない菊池さんへ近づいていることを祈る。玄関の下駄箱《げたばこ》から取り出した靴《くつ》を履くと、冷えた汗を袖《そで》で拭《ぬぐ》って、ポケットからスマートフォンを取り出した。

LINEを起動すると一番上に表示されるレナちゃんからのメッセージ。それを視界の端へ追いやると、俺は菊池さんとのトーク画面を開く。

『ごめん、話したい。いまどこにいる？』

スマートフォンをしまい、俺は再び行く当てもなく学校の敷地内を早足で歩きまわる。見られてしまったメッセージは誤解を生む文面だったけど、実際になにかがあったというわけではない。傷つけてしまった事実は消えないけれど、言葉を使って事実を共有することはできる。

いまからできることはきっと、そのくらいしかないのだろう。

やがて俺は、関友《せきとも》高校の正門へと辿《たど》り着いていた。菊池《きくち》さんがまだ学校のなかにいたらいつか必ずここを通るし、外にいるのだとしてもそれがわかったとき、ここが一番早く校外へ出れる。そんな理由でこの場所で立ち止まったけど、それがどれだけ合理的かもわからない。強《し》いて言えばその理屈が一番自分を安心させられるというだけな気がした。

凍てつくような一月の空気。田舎の駅からさらに十分ほど歩いた坂道の上にあるこの学校にも容赦なく、その冷たさが突き刺さっている。

目の前を何組もの生徒たちが通りすぎていった。賑《にぎ》やかさを散らしながら帰っているグループもいれば、カップルで仲睦《なかむつ》まじく俺の前を横切る人たちもいて、それが妙に俺の心をざわめかせる。俺が間違えさえしなければ、いまもあんなふうに、菊池さんと二人で歩いていたのだろうか。あのカップルもいまの俺のように、間違えてしまったことがあるのだろうか。

五分待ち、十分待ち、しかし一向に返信が来ない。俺は再びLINEを開くがそこには菊池さんからの既読の文字すらなく、俺は状況を進めることができていない。

「……そうだ」

考えを巡らせ、やがて一つのことを思い出す。こうして一人では解決できないなら、ゲーマーとしてするべくは、誰《だれ》かに頼ること。俺はいつもそうしてきた。俺は人生について慣れはじめてきたけれど、まだ恋愛については素人《しろうと》同然。なら前に進むためにやるべきことは、それと同じに決まっている。

俺はトークの一覧をスワイプし、その相手を探した。

おそらくこういうときは日南《ひなみ》よりも――。

「うおお!?」

そのとき、突如スマートフォンに通知が届く。それはLINEの新規メッセージを告げるものでも――しかしその相手は日南でも、期待した菊池さんでもなかった。

「……泉《いずみ》?」

表示されていたのは泉を表す『ゆずさん』というユーザー名。泉と俺はなにか用があるときでもない限り、普段めったにやりとりをしない。俺はその意外な相手に首を傾《かし》げたが、トーク一覧から見えるメッセージからおおよその状況はつかめた。

『友崎《ともざき》なにやってんの!?』

タイムリーに届いたこのメッセージ、この内容。

ということはおそらく、菊池さんからなにかを聞いたということだろう。それは決して解決ではないものの、菊池さんと連絡が取れるかもしれないという点において、進展の兆しでもあった。俺は蜘蛛《くも》の糸にすがるような思いでそのメッセージを開く。と、そのとき。

「うおおぉ!?」

またもや突如、今度は画面ごと勝手に切り替わり、泉《いずみ》の自撮りのアイコンが俺のスマホの全面に表示される。何度か経験があるからわかる、これはあれだ。通話の着信だ。何回味わっても慣れないから、まずはそろそろ通話が来るよっていうことを通知してから着信してほしい。

俺が震《ふる》える指で緑の領域をスワイプし、それを受けると、

『もしもしー!?』

電話口からやや怒気を含んだ泉の声が響く。

「お、おう。もしもし」

俺は戸惑《とまど》いと混乱と驚きがごちゃ混ぜになって加速する鼓動を抑えつつも、努めて冷静に声を出した。

『どういうこと!?』

「ええっと……?」

泉から飛び出したのは、感情にまかせた声色での、めちゃくちゃ漠然とした問いかけだ。状況的に菊池《きくち》さんとのことを言っているのだろうが、『どういうこと』とだけ言われてもなんと答えればいいのかわからない。

『ええっとじゃなくて! 質問に答えて!』

「質問だったか……?」

俺は戸惑うが、おそらく冷静でいられない状況ということだろう。ここは会話を整理しながら話したほうがよさそうだ。

「……菊池さんの件だよな？」

『当たり前でしょ！』

「当たり前だったか……？」

猪突猛進《ちょとつもうしん》な会話回しに振り回され、俺は逆に冷静さを取り戻していく。こういうときって相手が興奮してるとこっちは冷静になってくるものだよな、うん。

「菊池さんから、話を聞いたってことだよな？」

『そりゃそうでしょ！　なんなの、話逸《そ》らさないで！』

「逸らしてたか……？」

微妙にずっとかみ合っていないが、毎回突っかかっていても話が進まなそうだ。俺はとりあえず泉が用件を話すのを待つことにした。

『見損なったよ友崎《ともざき》！　浮気!?』

「いや、浮気では……」

俺は曖昧《あいまい》に否定するが、なにをどう聞いてそう言われているのかがわからないため、どこから説明すればいいのかわからない。けど、状況的に菊池さんが泉になにかしら相談したということは間違いないのだろう。そしてそんな泉がこう言うってことは——菊池さんも、似たような感想を持っているということになるよな。

「えっと。ごめん、とりあえず、浮気みたいなことはしてない。けど、誤解招くことはしちゃったと思うから、菊池《きくち》さんときちんと話したいと思ってる……んだけど」

なるべく落ち着いた口調を心がけて言うと、電話口の泉《いずみ》の声がしばらく止んだ。

『……怪しい。男はみんなそう言うもんだし』

「なんだそれ……」

『とりあえず！　ちょっと一回こっち来て！』

「こ、こっち？」

『ああもうわかるでしょ！』

「わ、わかるか……？」

『いま送るから！』

「お、おう……」

と、そんな常に一つすっ飛ばしたような泉に戸惑《とまど》いながらも、俺は改めてメッセージが届くのを待つのだった。

＊＊＊

そして俺は今、学校近くのファミレスで靴《くつ》を脱ぎ、ソファーの上に正座をしている。目の前に座っているのは泉ともう一人——中村《なかむら》だ。

「……ということになっていまして」

正座したまま俯《うつむ》き、そんな俺の頭頂部を見下ろしているであろう二人に今回のいきさつを説明する。完全に神の前で懺悔《ざんげ》するような格好になっている俺は、目の前の二神からの言葉を待っていた。

「ふーん」

中村はどこかつまらなそうな目で俺を見て、ぐいとジンジャーエールが入ったグラスを傾ける。ファミレスのドリンクバーだから甘いやつなんだけど、中村が飲んでると辛口に見えるな。

その隣の泉は真剣な表情でしばらく俺を見つめると、納得したように小さく息をついた。

「そっかぁ、そういうこと」

「はい……」

俺が説明したのは、アタファミのオフ会に行きはじめたこと。そこでレナちゃんという女の人と出会い、なにやら積極的に来られていること。俺はそれにやんわりと距離を取りつつも、若干巻き込まれてしまいつつあること。

そして——例のLINEのメッセージを、菊池さんに見られてしまったことだ。

「まあ……なんか、友崎《ともざき》って感じ。ねえ？」

泉《いずみ》は眉《まゆ》をひそめながらため息をつき、同意を求めるように中村《なかむら》のほうを見た。

「だな。お前、鈍感すぎ」

「なっ……」

俺は中村の言葉に衝撃を受ける。中村といえば鈍感、鈍感といえば中村、俺でもわかった泉からのわかりやすい好意を散々スルーしつづけていた鈍感の権化から、それを宣言されてしまった。

「け、けど俺なりにスジは通してたつもりで……」

「そのスジとやら、菊池《きくち》には通じてないみたいだけどな？」

「う……」

俺はこういったポイントで中村に説教されていることにショックを受けるが、よく考えれば中村は泉と何か月も付き合いつづけてるんだよな。噂《うわさ》に聞くだけでこれまで何人もと付き合ってきているわけだし、俺なんかと比べたら数段レベルが違うに決まっている。けどやっぱなんか不服だな。

「つーか、ちゃんと話したか？　こういうのは喧嘩《けんか》してちゃんと話し合うくらいしか解決法はねーんだよ」

「……だよな」

中村の実感のこもった言葉に、俺はしっかりと納得させられる。その怖すぎる顔からパワー系の印象が強すぎるけど、そういう怖さとか関係なくしっかり内容で頷《うなず》かされてしまった。くやしい。

けど実際、中村の言うとおりなんだろう。いまの俺には、話し合うくらいしかできない。

「えっと、二人はなんでこのことを……？」

俺が感じていた疑問を口にすると、泉が「あー、それはね……」と口を開く。

「こないだ初詣《はつもうで》でいろいろ話したじゃん？　あれから風香《ふうか》ちゃんとちょいちょいLINEとかするようになって」

「ああ」

俺はピンとくる。付き合って初めての冬休み。俺と菊池さんが二人で行った氷川《ひかわ》神社への初詣で、俺たちは泉と中村の二人に偶然会った。そこで菊池さんと泉が意外と親しげに話しているなとは思っていたけど、LINEまでする仲になっていたとは。

「いろいろ相談受けてたんだよね。こういうの得意じゃないからどうすればいいかな、って」

「な、なるほど……」

そしてさらっと中村に情報共有されてるけど、まあ恋人同士っていうのはそういうことなんだろう。俺も誰《だれ》かから恋愛相談とかされたとしたら菊池さんにも意見求める気がするし。

「けどさ、友崎《ともざき》的にはほんとにそれだけ？」

「それだけって？」

窺《うかが》うように俺を見上げる泉《いずみ》に、言葉を返す。

「その子の話だけじゃなくて、聞いてた話だともっと色々ありそうだったから」

「……いろいろ」

言葉を繰り返しながら、俺はここ最近あったことを思い返す。決定的な事件はレナちゃんの件だけど、たしかに小さなすれ違いはそれより前から起きていた。

「いろいろ予定が重なっちゃって……あんまり二人の時間を作れなかったこととか？」

すると泉はうんまあ、と半分正解みたいな絶妙な表情で俺を見る。ちょっと呆《あき》れてる感じなのはなんで。泉はジト目のまま言う。

「まあそういうことなんだけど、大事なのはその中身でしょ」

「……えーと？」

俺がその意味を理解しきれないまま先を促《うなが》すと、泉ははあとため息をついた。

「なんかたまちゃんの家にみんなで遊びに行ってたとか、みみみといろいろ大事な話っぽいのしてたとか」

そして泉はうんざりした口調のまま、それを続ける。

「そのオフ会みたいなの、葵《あおい》と二人だったとか」

瞬間、俺の背中に冷たい汗が流れる。

声のトーンとしてはいくつか並べたうちの一つでしかないという言い方だったけど、頭のなかが一気に冷えるのがわかった。そうか、そうなるよな。

なるべく隠し事はしないようにしたかったから、アタファミのオフ会に行っていたことは菊《きく》池《ち》さんに話しているし、そこに日南《ひなみ》が一緒にいたことも伝えてある。それだけで日南の裏の顔を窺い知れてしまうというわけではないが、違和感の残る状況ではあるだろう。

「そ、そうだな」

俺が声色を取り繕《つくろ》いながら頷《うなず》くと、泉は俺を責めるように、

「ねえ、なにがよくないかわかってる？」

俺が日南たちと仲がいいことはもうすっかり浸透しているからか、幸い泉はそこに大きな引っ掛かりを覚えなかったようで、話を前に進めている。

けど、いまのでわかった。相手が付き合っている菊池さんとはいえ、なんでも話してしまうのはよくないのかもしれない。日南と俺の裏の関係について、俺のミスで勝手に知られてしまうわけにはいかないからな。

もう少し気をつけよう。俺は息を吸って心のなかで頷くと、泉に視線を戻す。いま大事なのは菊池さんとの話だ。

「菊池さんをほっといて、ほかの友達と遊びすぎってことだよな。……寂《さび》しい思いをさせたというか」

俺は泉の言葉をなぞりながら言う。すると泉はなぜかはあとため息をつき、中村《なかむら》は眉《まゆ》をひそ

めた。

「アホか。お前ほんと鈍感だな」

「なっ……！」

本日二度目の中村《なかむら》からの鈍感宣言を食らってしまった。しかもその横の泉《いずみ》も心からの同意って感じで大きくうんうん頷《うなず》いているし、どうやら満場一致で有罪らしい。

「うーん、っていうかたぶん、ちょっとズレてるっていうか、足りてないみたいな？　逆の立場で考えて？」

「ぎゃ、逆の立場？」

泉は頷き、ずいっとテーブルに身を乗り出して俺の顔を覗《のぞ》き込む。

「もし風香《ふうか》ちゃんが帰り道の駅が一緒だからとか言って……そうだなあ」

一瞬視線を上に向けると、泉はきりと俺を試すように。

「頻繁《ひんぱん》に、橘と一緒に帰ってたらどう思う？」

「──っ！」

泉に一部分を強調して言われ、俺はようやく菊池《きくち》さん目線でなにが起きていたかを理解する。

「はあ、やっと気がついた？」

「……おう」

よく考えればそうというか、当然のことだ。

俺のなかでは遊んでいるみんなのことはあくまで友達で、そういう存在ではない。けれど、それはあくまで俺のなかだけの話だ。

「菊池さんからしたら、他の友達っていうか――女の子、っていうふうに映ってるってことだよな……」

橘《たちばな》に喩《たと》えられて一瞬でわかってしまった。菊池さんから見たときの俺の行動は、ただ彼氏が友達と遊びに行っているだけ、とはまったく違うものだったのだろう。そしてそれは意図しないところで、菊池さんに刃を向けてしまっていた。

「ま、わかればいいんだよ。じゃああとは、自分でなんとかしろ」

「自分でって……？」

そもそもいま菊池さんと連絡が取れない状況なんだけど、と言いかけたところで、二人の視線がなぜか俺ではなく俺の背後に向けられていることがわかった。しかもなんかにやにやしている。

俺は疑問を感じながらも後ろに振り返ると――。

「き、菊池さん……!?」

そこに立っていたのは菊池さんだった。菊池さんは困ったような表情でこちらを見ていて、ちょっとなにこの急展開。どうにか少しでも話せないかと思っていたわけだけど、こうして前触れなく対面させられると、どうしたらいいかわからなくなってしまう。

俺が慌《あわ》てながら泉《いずみ》と中村《なかむら》へ視線を戻すと、二人はしめしめみたいな表情で互いに視線を合わせていた。なるほどハメられたってわけだな。

「と、友崎《ともざき》くん……？」

そして、なぜか菊池《きくち》さんも俺に驚いていた。ということは菊池さんもここに俺がいるということを知らされていなかったということで、俺と菊池さんは同時にハメられたってことになる。

つまりこれは泉と中村の策略で、なんとなく会いづらくなっているなか、お互いがそこにいることを知らないまま対面する状況が作られたってことで……あれ？　一瞬ふざけんなと思いそうになったけど、これめちゃくちゃ助けられてるのでは？

俺が菊池さんと向かい合いながら困惑していると、不意に俺の背後で金属がぶつかり合うような硬質な音が鳴る。振り返ると、泉と中村がテーブルの上に小銭とお札を置き、帰り支度をしている姿が目に入った。

「じゃ、私たちはお先に～」

言葉とともに泉はドヤ感のある笑みを浮かべながら手を振ってフェードアウトしていき、中村はどこか楽しそうな笑みを浮かべながら、俺の背中をどがんと叩《たた》く。

「しっかりやれよ」

「お、おう」

そして俺は流されるがままに、菊池さんと二人っきりになるのだった。

＊＊＊

四人がけのボックス席に二人で向かい合って座り、流れるのは沈黙。

ジンジャーエールとアイスティーが入っていた、いまは空っぽのグラスが二つと、俺と菊池《きくち》さんがとりあえず入れてきたお冷《ひや》二つが載っているテーブルを挟んで、俺たちは向かい合っている。

なにを話すべきか、なにを聞くべきか。誤解を解くべきなのは間違いないけれど、女々しく言い訳するべきでないこともわかる。泉《いずみ》から聞いた話によると、問題はただあの意味深なLINEだけにあるわけではない。とすると解決すべきはもっと、別の部分にあるのだろう。けれど俺は菊池さんにどんな言葉を伝え、どう関係を変えていけば償《つぐな》いになるのか。そして、俺はどうしていきたいのか。そこに対する答えは持っていなかった。

俺が言葉に迷いながら頭を整理していると、そこで不意に発されたのは――

「ごめんなさいっ！」

菊池さんの、理由のわからない謝罪だった。

「……え？」

俺はぱちぱち、と自分でもわかるくらいに瞬《まばた》きを加速させてしまう。

「ちょっと待って、なんで菊池さんが……」

するとどうしてだろう、菊池さんはバツが悪そうに俯《うつむ》いてしまう。やがてちらちらとこちらに視線を寄こしながら、薄い唇《くちびる》を開いた。

「その……友崎《ともざき》くんがどんなLINEをしてたかとかってより……それを勝手に見たのって、よくないと思うから……」

「——っ！」

俺の胸に猛烈な罪悪感が沸き起こる。菊池さんにあんなに悲しい顔をさせておいて、それなのに相手に先に謝らせるなんて、俺はなにをやっているんだ。

「待って、違う。俺のほうこそごめん」

「ううん、私も……」

「違う、だってそもそも俺が心配させるようなことをしたから……」

「けど……」

そんなふうにしばらく押し問答が続く。しかも互いが互いに、自分のほうこそ悪いのだと主張しているというあべこべな状況だ。

そこで俺は思い出す。中村《なかむら》と泉も言っていた。解決するには、二人でしっかりと話すしかないのだと。

「わかった」

俺は手のひらを菊池《きくち》さんへ向け、問答を制止する。菊池さんはきょとんと目を丸くして、俺の手のひらを見つめた。

こうしてできた二人の関係。俺はまだ菊池さんのことを理解しきっているわけじゃないけれど、それでも他の人よりは深く関わってきたつもりだ。

だからきっとわかる。この二人の関係性なら、言うべきことは。

「確かに菊池さんの言うとおり、携帯を勝手に見ることは悪いことだと思う。……だから、俺もそれは認める」

あべこべな問答をしているから、俺の口から飛び出したのは『相手が悪いことを認める』というあべこべな主張になってしまう。けれどたぶん、間違っているわけではない。

菊池さんは戸惑《とまど》ったように、けど真《ま》っ直《す》ぐ俺を見つめている。

「うん。だ、だから私が……」

「けど。……それは謝ってもらったから、俺はもう許した。それでこの話はもうおしまい」

俺は微笑《ほほえ》みをつくりながらも、はっきりと言う。

もしもなにか間違ったことをしてしまったのだとしても、それをきちんと話して謝って互いに納得すれば、それは許されるべきだから。もしかするとそれは、俺の過ちを許して欲しいという願いの表れであるのかもしれないけれど。

「わ、わかりました。……許してくれた、っていうなら……」

そして、菊池さんもそれを受け入れてくれる。

「だから、次は俺の番」

きっと菊池さんと話すときはこうしてしっかりと言葉を使って、一つ一つ積み重ねていくように、なるべく理想的と思える方向へ向かっていくのがいいはずだ。そしてそれが俺の肌にも合うからこそ、二人はつながれたのだとも思う。

「俺は菊池さんを寂《さび》しくさせて、一人でいろんなところに遊びに行っちゃってたのが良くなかったと思ってるんだけど……」

こうして丁寧《ていねい》に正面から問題をつぶしていくやり方が通じるのだとしたらきっと、今回のすれ違いも少しずつ解決していけるだろう。

「もしもほかになにかあったら……なにがいやだったのかとか、なにを考えてたのかとか、教えてほしい」

菊池さんは一体なにがつらくて、なにをして欲しくて——つまり、俺はなにを変えればいいのか。

もちろん本当はこっちで察することができたら一番いいんだろうけど、そういうのは水沢《みずさわ》とか日南《ひなみ》みたいな恋愛マスターがやることだ。俺みたいな恋愛弱キャラはきっと、自分の力だけで考えても答えは出てこない。だったらしっかりと言葉を尽くして、一つ一つ指差し確認するくらい慎重に、拾い上げていくしかない。

「……えっと、私は」

菊池《きくち》さんは真剣な表情で視線を斜め下へ向ける。たぶんとても言いづらいことなのだとは思う。だってそれは自分の裸の願望を相手に曝《さら》け出すような行為だ。けど、それでもしっかりと向き合ってくれているのが、表情からわかった。

「私は……友崎《ともざき》くんのことを、応援してるんです」

「応援？」

だけど、そこで菊池さんの口から飛び出したのは予想外の前向きな言葉だった。すれ違ってしまっていたことについて話していたはずなのに、どういう意味だろうか。俺は先になにが続くのかわからず、黙って言葉の続きを待つ。

「オフ会に行ったり、花火《はなび》ちゃんのお店に遊びに行ったりしたことも、……ちょっとだけ、寂《さび》しくはあったけど。友崎くんが将来のこととか、自分の目標を考えるためにしてるんだってことはわかってて。……そうじゃなくても、友崎くんが世界を前向きに広げていくのは、私にとっても嬉《うれ》しいことなんです」

「……ありがとう」

思いのままに伝えられる言葉は、それでも俺のことを尊重してくれていて。

「だから私は、それを邪魔したくはない、応援していきたいって、思ってるんです。……そ、その……彼女、として」

「う、うん」

照れ混じりに、けれど嘘《うそ》のないトーンで伝えられ、俺は菊池さんの言葉に耳を奪われていく。

「友崎くんにとっての世界はきっと、私が生きてる炎人の湖よりも広くて。だからきっと、私じゃない人と過ごす時間だって、友崎くんにとっては大事なもので」

「……炎人」

その言葉だけを、小さく繰り返した。

演劇で一緒に脚本を作ったとき。ポポルについて、そして菊池さんの価値観について話したときに、キーとなった存在。

――決まった環境でしか生きられない、閉ざされた種族だ。

「だから……私のわがままだけで、友崎くんの世界を壊したくはなかったんです」

菊池さんはその白い指先で、テーブルの上のグラスの縁をくるりと撫《な》でる。露が合わさってできた水滴が、とおった跡を歪《いびつ》に残しながらテーブルに落ちて、表面を濡《ぬ》らした。

「友崎くんは炎人じゃなくて……ポポルだから。友崎くんが自分の道のために世界を広げていくことは、素敵なことだから」

菊池さんは途中で目を逸《そ》らしながら言い、潤《うる》んだ目で再び俺を見上げる。切迫した気配を含むその黒い瞳《ひとみ》は、細かく不安定に揺れていた。

「私と友崎くんはその……えっと、付き合ってる、けど……それでもまったく同じ人生を生きてる二人ではないんだってことは、わかってたつもりで。だから私はそれを尊重しなくちゃいけないってことも、わかってたんです」

悔しさや寂《さび》しさ、いろいろなものが混ざったような声は、それでも俺の耳にまっすぐ届く。

「けど……」

そして菊池《きくち》さんは目を伏せ、なにかを確かめるように唇《くちびる》を舐《な》めた。

「ちょっとだけ──寂しくなっちゃったんです」

言いながら、どこか自嘲《じちょう》的に笑う。

俺は菊池さんのその表情が切なくて。穴があくような重みが、下腹部にずしりと沈み込んだ。

「ごめん、だったら俺、菊池さんにも声をかければよかった」

しかし菊池さんは、ゆっくりと微笑《ほほえ》んで首を横に振る。

「ううん。それもきっと、違うと思うんです」

「違う?」

聞き返す俺に、菊池さんは頷《うなず》く。

「だって、友崎《ともざき》くんが教えてくれたから」

そして、俺に優しく微笑みかけた。

「無理しないで、棲《す》み分けてもいいんだって。——炎人のいる湖で、仲間を探せばいいんだって」

その言葉に、俺ははっとする。

「……そっか」

それは、俺の言葉。

自分は変わらなければいけないのかと迷っていた菊池さんに、俺が提案した一つの答え。

学校というコミュニティが自分に合わないのなら、無理にそこで生きる必要はない。それは人が生きるべき、唯一の道ではない。

だから俺はSNSで趣味の合う世界を探すことを示し、そのやり方を教えた。そうしてきっかけを得た菊池さんは『作家志望』という道を選び、いまはそれに向けて進んでいる。

一人で世界を深めていくことが菊池さんにとって居心地《いごこち》のいいのなら、自分の形を変えてまで他者を受け入れる必要なんて、どこにもない。

「……たしかに俺は、いまでもそう思ってる。自分を変えることだけが、正解じゃない」

だからこそ俺は、文化祭の打ち上げでも菊池さんを無理にカラオケに誘ったりはしなかったし、そのあとのクラスのメンバーの集まりにも菊池さんを誘わなかった。無理やり湖の外に引っ張り出すような真似《まね》はしたくなかったのだ。

菊池さんは自分の左手を右手でつかみ、落ち着かないように撫《な》でながら口を開く。

「湖のなかから、世界を広げていく友崎《ともざき》くんを見ているのは、私にとって自然なことのはずで……」

震《ふる》えるように動く唇《くちびる》から漏《も》れる声は、やっぱりどこか寂《さび》しげで。

「私は炎人で、友崎くんはポポルだってわかっていて……私はこの関係を受け入れたはずなんです」

そして菊池《きくち》さんは昂《たかぶ》ったようにぎゅっと、撫《な》でていた指を握りしめた。

「──けどそれとは別に、遠くで楽しんでいる友崎くんを見て、嫉妬《しっと》してしまってる自分もいたんです」

嫉妬。その言葉に、胸の辺りを冷えた感覚が通り抜けていくのを感じる。

「疑ってるわけじゃないのに不安で、信じられるなにかが欲しくなって……するべきと思ってる理想と、気持ちがどんどん離れていって」

菊池さんの思いの告白を身に受けながら、俺の頭には文化祭のとき、図書室で交わした言葉が蘇《よみがえ》っていた。

「それって……」

俺が言いかけると、菊池さんは頷《うなず》く。

「やっぱり、理想と気持ちなんです」

「……っ」

あるべき形に準じたいという理想と、自分の心から湧《わ》き上がる気持ち。

つまり――矛盾《むじゅん》だ。

人間はきっと正しい理屈だけでも、突き動かすような感情だけでもなくて、その両方を持って生きている。だから心の中で理想と気持ちが矛盾して、そのしがらみが苦しさへと変わったりもする。

俺はそこに『矛盾しながら両方を追い求めればいい』という言葉で意味を与えて、同じことを正反対の道筋で歩んだ仲間という付き合う理由を見つけて――そして、自分の意志で菊池さんを選んだ。

けれど、今回の場合はどうなのだろう。

「たしかに友崎くんは炎人である私を選んでくれたけど……私が湖の外に出られるわけではなくて」

もしも、矛盾した関係に言葉で理由をつけて結び合わせたその接ぎ目から、なにかが漏れはじめているのだとしたら。

「自分が湖から出られないというだけなら、その世界を受け入れればいいんです。自分が生きられる世界で、自分の感情に合う言葉を探せば解決します」

もしも、自分のなかだけでなく、誰かとのつながりや関係性のなかに矛盾があるのだとしたら。

そのときはなにを変えて、なにを貫けばいいのだろう。

珍しく落ち着かない様子の菊池《きくち》さんは、グラスに入った透明な水をストローでくるくるとかき混ぜながら、怯《おび》えるように言葉を漏《も》らす。

「けど――」

出口がないのに渦を巻く水の流れは、やがて電池が切れてしまったおもちゃのように、停滞してしまった。

「湖から出られない炎人と結ばれたのが、あらゆる種族と仲良くなれるポポルだったのだとしたら。――炎人は、ポポルは、どうしたらいいんでしょう?」

それはまるで、俺と菊池さんの関係を端的に言い表したかのような言葉で。

思考のあとがうかがえる、俺と菊池さんの間に横たわる問題への疑問。きっと、思っている以上に解決するのが難しい問題だ。

俺は、必死に考えた。

いま俺が言うべきこと、変えるべきポイント。

菊池さんはどこか寂《さび》しい目で俺のことを見ていて、そこにはここ数か月で積み重なった、様々な予感や不安が絡まっているのだろう。

「菊池さん」

俺は、意識して頼りがいのある声を作る。

それがスキルによって作られたトーンだとしても、自分の思いを伝えるためにはそれが必要だから。

泉《いずみ》と中村《なかむら》に叱《しか》られて、そしていまここで、菊池さんの考えていることを教えてもらって。

その心のすべてを理解できたなんて言うつもりはないけれど、それでも自分なりに精一杯想像することくらいはできた。

ここで大事なのはきっと、気持ち、なのだ。

「寂しい思いさせて、ごめん」

そして真《ま》っ直《す》ぐ、菊池さんの目を見る。

「不安にさせたり、ちゃんと説明できなくて、ごめん」

俺は恋愛なんてまったく経験がないから、こんなときになんて言えばいいのかはわからない。けど、いま目の前で悲しんでいるのは炎人でもクリスでもなく、菊池さんなんだ。だったら俺が大切にするべきは、その人しかないに決まってる。

俺はいつだって自分の思ったことをそのまま素直に伝えることが得意だった。だったら、大切な誰《だれ》かを大切にするために。いまの自分に見せられるのは、やっぱりその素直な自分しかいない。

「……はい」

菊池《きくち》さんはそれを真摯《しんし》に受け止めて、頷《うなず》く。

「安心してほしい。……その」

そして俺は菊池さんの不安を最後まで取り除くためにも、自分の思いを、自分の言葉で――


「俺が好きなのは、菊池さんだけだから」


言葉ののち、一瞬時が止まった。

「え、えっと……！　そ、そ、その……！」

誰《だれ》が聞いても焦《あせ》りのわかる声。ぷしゅーという音が聞こえてきそうなほどの紅色が、すぐそばにある。

「あ、ありがとうございます……っ」

それはほとんど熱源と化していて、いつの間にかその温度は俺の頬《ほお》へもうつっている。もしくは俺もはじめから、そうだったのかもしれない。

「う、うん……」

そうして生まれた二人の熱は、さっきまでの冷えたような、停滞したような空気をゆっくりと押し流していく。

少なくとも、足元に忍び寄っていた崩壊の予感のようなものは、もうここにはなかった。

素直な気持ちによって生まれた二人の鼓動。それをどうとらえるべきなのかは恋愛初心者の俺にはわからなかったけれど、いまこのときだけは、暖かさが続いていた。

＊＊＊

そして俺は、菊池さんの家の最寄りである北朝霞《きたあさか》駅まで来ている。

「えっと……わざわざありがとうございます」

俺がファミレスで恥ずかしいことを言ってしまったあと。しばらく二人で話し合った俺たちは一緒に溝を埋めるための方法を探し、ここのところすれ違ってしまっていたぶん、なるべく一緒にいる時間を増やそうと決めた。

ならばということで俺は、外も暗くなってしまっているし、自分のなかの恋愛のイメージによくある『送って帰る』というものを実践しようと提案したのだ。ていうかこういうことすら全然やってなかったのがダメだったのかもしれない。

電車を降りた俺たちが改札まで近づくと、菊池さんがぱっと立ち止まる。

「そ、それじゃあここで……」

「……え？」

「その、駅まで送ってもらったので……」

遠慮気味に言う菊池《きくち》さんは、どこかもじもじと下を向いている。ふむ。

けど、俺はここまでのつもりではないのだ。

「せっかくだし、家の前まで送るよ。……えーと、菊池さんがいやじゃなければ、だけど……」

「い、いやではないです！」

菊池さんは勢いよく顔を上げながら言うと、徐々にまた俯《うつむ》いていく。

「いやではないし……むしろ嬉《うれ》しいんですけど……」

そこで菊池さんの言葉尻《ことばじり》は小さくなっていく。

そして、しょぼんとした表情で頷《うなず》き、そして遠慮気味に俺を見る。けど、菊池さんがなにを考えているのかは、たぶんわかった。だってそれは、俺も同じだったたから。

「……申し訳ない？」

「えっと……は、はい」

そう。きっといままで一人で生きていることが多かったから——自分が一方的になにかをしてもらうことに、抵抗があるのだ。施しを受けるというのは常に、相手に迷惑をかけてしまう行為だから。

「別にいいの。えっと……その」

だから俺はもう一度、自分がどう思っているのか、思っていることをそのまま言おうとして

──しかし、言う前にその内容に照れてしまう。

だってそれはあまりにもバカみたいというか、ストレートすぎるというか。

それこそいわゆる『恋愛』がテーマの物語のワンシーンのようで、こっぱずかしかったのだ。

「……その？」

言葉の続きを待つ菊池さんの目はどこか期待を含んでいて、ひょっとするとなにかを察しているのかもしれない。

「えっと……」

「うん」

急《せ》かすように返事をする菊池さん。なんだろう、なんか追い詰められてるような感じになってきたぞ。

焦《じ》れていても仕方ない。俺はえい、と意を決して、思ったままのその言葉を口にする。

「俺が！　俺ができるだけ長いあいだ菊池さんと……一緒にいたいから」

「……っ！　あ、ありがとうございます……」

そしてまた俺たち二人は揃《そろ》って真っ赤な熱源になる。さっきファミレスでクサいことを言ったかと思えば次は帰り道の駅でこれで、なにをやってるんだ俺たちは。

「そ、それなら……おうちの前まで……一緒に帰りましょう」

「う、うん」

そうして二人で改札を出ると、俺たちは夜の道を歩きはじめた。

＊＊＊

一月の下旬。日が沈むにつれて冬は凍てつくような寒さを思い出していき、けれどそこに寒々しさを感じないのはきっと、隣に誰《だれ》かがいるからで。

大して星の見えない埼玉の夜空。いくつか見える数少ない星が、今日このときだけの切なく美しい光を放っていた。

夜風で頬《ほお》を冷やしながら北朝霞《きたあさか》の歩道を歩く。たくさんの本音を打ち明けたあとの沈黙は穏やかで、居心地《いごこち》の悪さを感じない。変に気をつかうこともなく、けれど二人で歩いていると感じられる空気は、俺にとって大切なものだった。

「友崎《ともざき》くんは……どうして私を選んでくれたんですか？」

秘め事を漏《も》らすようにぽつん、と落とされた質問。俺はそれを優しく拾い上げるように、大切に声のトーンを作った。

「どうして……って？」

「その……友崎くんの周りには、魅力的な女の子がたくさんいるのに、なんで私だったのかなって」

「えーと、それは……」

俺は少し考え、やがて一つの答えに行き着く。

だってそれは、あのとき図書室で話したことだ。

「仮面と本音とか……理想と気持ちとか。そういう矛盾《むじゅん》のなかでまったく逆の方向に悩んで、て、けどそれは考えてみると同じことで……。それが奇跡みたいで、特別だって思えたから……かな」

すると、菊池《きくち》さんはどこか不満げに俺を見上げ、唇《くちびる》を尖《とが》らせた。

「それって、この関係が特別なものになる理由ですよね?」

「え、それじゃあおかしい?」

俺は日南《ひなみ》に誰かを選べと言われて、そのなかから一人に決めるとき。付き合うことに対する理由を探した。そしてそのなかで菊池さんに惹《ひ》かれていき、演劇のあとにそれを伝えたのだ。

それがそのまま、選んだ理由にならないのだろうか。

「おかしくはないんですけど、その……」

菊池さんは照れたように、斜め下を向き、両手の指先を合わせてもじもじと動かす。

「友崎くん自身が、どうして私を選んでくれたのかっていうか……どうして、す、好きって、思ってくれたのかなって……それが知りたくて」

「お、俺自身が？」

すると、菊池《きくち》さんはどこか焦《あせ》ったように細かく、二度頷《うなず》いた。

「たぶん、理由と気持ちって、違うと思ったから……」

その言葉で理解する。

俺が辿《たど》り着いた理由というのは、あくまで二人の関係を特別なものにするための後付けの言葉で、つまり理想を作るための理由だ。俺の気持ちが菊池さんに惹《ひ》かれていった理由ではない。けど、じゃあそれはなんなんだと問われたら、なかなか説明がむずかしくもあった。

「なんだろう……一緒に演劇の脚本を作って、それで……」

車の少ない広い道路は川の上へと差し掛かり、水の冷気をさらって吹き付ける風が、二人の髪の毛を揺らす。空も水面《みなも》も夜に染まっていて、それは花火大会のあとの静寂、戸田橋《とだばし》から見た景色に似ていた。

「物語から菊池さんのことが見えてきて……それが俺にとって、魅力的だったり、その……守りたい、みたいな、そういう感情にもなって」

俺は二人で過ごした大切な時間を思い出しながら。

「そのなかで、菊池さんの真剣な姿とか、自分の難しい問題を乗り越えたときの前向きさみたいなものが、すごく輝いて見えたというか……」

「う、うん……」

　それは本音だから、言えば言うほど俺は照れていき、それが本音であることがたぶん伝わっているから、菊池さんも顔をどんどんと赤くしていく。

「もともと考え方が似てたってところもあったけど……だからこそ菊池さんの悩みが理解できて、それを乗り越えていくことに、共感というか、ドキドキみたいなものがあって……」

「あ、ありがとうございます……」

　二人してまた、顔の赤を増していく。街灯の少ない住宅街。大きな川に架かった橋にはゆったりとした時間が流れているけれど、そんななかで俺たち二人だけがせわしなかった。

「だからいつの間にか……そ、その、大切というか……す、好きって、思ってたというか……」

「――っ！」

　菊池さんはその言葉にぽん、と爆発したように目を見開き、その場で立ち止まってしまう。その言葉というのがどの言葉なのかは言えない。

「わっ、わたしはっ！」

　突然音量がバグってしまった菊池さんは、歩道の真ん中で大声をあげる。そして自分の声にびくっとして、肩をきゅっとすくめた。

「わ、私は……。いつ見ても前に向かって進んでて、自分の世界を広げていく友崎《ともざき》くんのことをずっと、尊敬してて……」

俯《うつむ》きがちに、髪の毛の隙間《すきま》から覗《のぞ》き込むように。

けれど、その声色は真っ直《ます》ぐ伸びていて。

「友崎《ともざき》くんが差し出してくれた手を取ったのも……そういう理由で……」

言葉のあいだの沈黙は、涼やかな川のせせらぎが埋めてくれた。

「だから私は、友崎くんが世界を広げていくことを……ポポルでいることを、やめてほしくないんです」

そうして打ち明けてくれた気持ちに、俺はまた照れてしまう。

ポポルでいることをやめてほしくない。

それはきっと、俺が俺であることを肯定してくれる言葉だ。

「うん……あ、ありがと」

俺は息を整えながら、少し離れていた菊池《きくち》さんの横に並ぶ。お互いに黙り込んで初めて自分の鼓動の速さに気がついたけれど、菊池さんも同じであればいいな、なんて思う。ぶうん、という音とともにヘッドライトの光が通り過ぎていって、けれどその運転手は、こんな恥ずかしい会話なんて知るよしもないのだ。

並んで橋を渡りきる。そこから三軒ほど行った先の一軒家が、菊池さんの家らしい。

「今日は……わざわざ送ってくれて、ありがとうございました」

カーテン越しに暖かい光が漏《も》れる家の前。熱を帯びたままの声が俺の耳に届く。

「ううん。こちらこそいままで、いろいろ気がつかなくてごめん」

「……ううん。私こそ」

そんな感じでまたお互いに譲《ゆず》り合ってしまう俺たちだったけど、菊池さんも言ってそれに気がついたのか、目を合わせるとくすりと笑い合った。

「……おやすみなさい」

「うん。おやすみ」

菊池さんは俺に背を向けて、ドアへと歩いていく。戸を開けるとまたこちらを振り向き、ドアが閉まる前に小さくこちらに手を振った。

俺は照れながらも手を振り返し、ぱたんと閉まるドアを見つめていた。

一人ぽつんと取り残された知らない土地。けれど俺はどこも寂《さび》しくない気持ちで、駅までの道を歩いていった。

＊＊＊

その日の夜。

俺は半分怒りにも近いパワーで、スマートフォンをフリックしていた。

画面に表示されている文字は、こうだ。

『急にそういう文面を送ってくるのやめて』

もちろん送信相手はレナちゃんで、お前それは逆ギレなんじゃないかと思われるかもしれないけど、よくよく考えると急にえっちな話をしてきたのもレナちゃんで、急に『急にえっちな話しちゃってごめんね』と送ってきたのもレナちゃんなので、レナちゃん相手には俺にだって怒る権利はあるはずだ。

俺はすぱぁんと弾《はじ》くようにLINEの送信ボタンを押すと、しゅっと手裏剣のようにスマホを布団《ふとん》へと投げる。あまりに鋭い軌道だったし、ここが江戸時代ならあの布団は変わり身で、敵陣の忍者を一人仕留めていたところだろう。

それから間もなくスマホが震《ふる》える。

「……ん」

俺がしずしずと布団までスマホを取りにいって画面を確認すると、相手はレナちゃんだ。

『そっかごめんね。学校とかいる時間だった？　誰《だれ》かに見られちゃったり？』

「ふむ……」

なんかあの自由気ままなレナちゃんのことだから、そんなの知ったこっちゃねえと言わんばかりのリアクションをされると思っていたので、思わぬ素直な謝罪に俺のなかの忍者の血が静まっていく。撒《ま》く準備をしていたエアまきびしを心にしまい、俺は冷静に画面を眺めた。

「まあ……ならいいか」

ということで俺は、ここから会話をいろいろと続けるのも違うなということで、『ちょっとね！　今後はやめてくれれば大丈夫！』とだけ送った。なにが返信が来ても、そこで俺が会話を終わらせればいいだろう。

けど、こうして意図しないところで思いがすれ違い、誰かのことを傷つけてしまう。それはきっと自分だけでは処理しきれない運ゲーの要素も多分に含んでいて。ならば少しでもその要素を減らすためにも、一歩一歩きちんと罠《わな》チェックしてから前に進まなければならないのだろう。人間関係は難しいというか、理不尽な部分もあるのかもしれない。

そんなことを考えながら、俺は横になったまま、天井を見つめるのだった。

＊＊＊

次の日の朝。

「おっ、朝からお熱いねえ」

二人で一緒に歩いていた俺と菊池さんは、通学路で水沢《みずさわ》に冷やかされていた。

にやにやと楽しそうにしている水沢を一瞥《いちべつ》、俺ははあとため息をつく。

「よりによって一番厄介なのに見つかった……」

心の底からがっくしすると、水沢は愉快そうに笑った。

「ははは。なんだお前ら、一緒に登校することにしたのか」

「ま、まあな」

そう。昨日菊池《きくち》さんを送ったあのあと。二人の時間を増やすためにできることはしようと、俺は菊池さんにLINEで連絡し、今日の朝は二人で一緒に登校することにしたのだ。ちなみに日南《ひなみ》にもきちんとLINEで報告して、今日の会議はなしにしてもらっている。

そして学校の最寄り駅から二人で歩き出したところ、早速も早速、水沢に見つかってしまった。

「……ふーん。ま、幸せそうでなにより」

「余計なお世話だ」

俺はおどけて言い、菊池さんは俺の陰から水沢をちらちら見ている。それに気がついた水沢は、菊池さんに目を合わせ、にこと優しい笑顔を作った。

「おはよう」

「お、おはようございます……」

あまりに手慣れた挙動に、おい口説くなと言いたくなったけど、よく考えると挨拶《あいさつ》してるだけなんだよな。アリバイが成立しているため俺は仕方なくそれを受け入れる。

にしてもこの並びって結構異色というか、レアなメンバーだよな。朝にわざわざ集合して複数で登校する人はあまりいないこともあって、三人で歩くとちょっと目立っている。演劇の脚本と監督で付き合い始めたカップルって噂《うわさ》はなんとなく広まってるらしいし、実際同学年のメンバーからの視線もちらちら感じた。

それらを感じ取ったのか、水沢はすっと俺たちから一歩離れ、

「それじゃあ、邪魔者はこの辺で――」

「あーっ!?　なんかみんなで登校してる！」

水沢が言いかけたとき、不意に届いたのは元気かつ不満げな声。振り向くと、後ろから泉《いずみ》が早歩きで寄ってきていた。そしてそのまま離れかけていた水沢と俺の間に泉が収まる。余計目立つことになったけどここまで人数増えたらもういいか。

「みんなで登校とか珍しいね！　なに？　作戦会議？」

「いやなんの？」

俺がツッコミを入れると、泉はあはは～と脱力気味に笑う。そして、俺と菊池さんにちらりと視線を向けた。

「お！　仲な……仲がいいことはいいことだね～うんうん！」

「ま、まあおかげさまでな」

一応話を知らないであろう水沢《みずさわ》がいることに気を使ってくれているのか、泉《いずみ》は喧嘩《けんか》のことには触れないように話してくれている。たぶん仲直りって言おうとしたのを緊急回避で持ち直したな。空気読みのリア充スキルって感じだ。

「仲がいい、ねえ……」

そんな俺たちを水沢はちょっと訝《いぶか》しげに見ている。いまの微妙な違和感に気がついたのか、それともほかに思うところがあるのか。ともあれせっかく泉ががんばってくれているのだから乗っかろうと俺も話の続きを振ろうとすると、泉が思い出したように俺と菊池《きくち》さんに向き直った。

「あ、てかさ。友崎《ともざき》と風香《ふうか》ちゃん！」

「うん？」

「は、はい！」

俺の返事にかぶせて、菊池さんの力の入りまくった返事が聞こえる。水沢と泉というリア充に囲まれた場で突然名前を呼ばれたらこうなるのはわかるぞ。俺もそうだったからな。

「ちょうどよかった！　一個頼みたいことあるんだけどいい!?」

「頼み事？」

リア充に馴染《なじ》んできたとはいえ、俺がなにかを頼まれるのって珍しいな。しかも、菊池さんもセットとなると内容が予想つかない。

「あのさ。今度三送会ってあるじゃん？　私、あれの実行委員やってるんだけどさ」

「へえ、そうなのか」

三送会。俗に言う『三年生を送る会』ってやつだ。予餞会などとも言っただろうか。関友《せきとも》高校の一・二年生の在校生たちが、これから去っていく三年生たちを催し物で見送る。部活や委員会などの有志がレクリエーションっぽい演劇を披露《ひろう》したり、座り順も大義名分としては出席番号順にはなっているものの、場を乱さない範囲での自由な移動が許されるような場だった。

無論、去年の俺にとってはその自由こそが最大の刃であり、そこから逃《のが》れるためにも並べられたパイプ椅子《いす》の一番端に最初から座っておくという完璧《かんぺき》なポジショニングを見せてその場を乗り切っていたのだけど——その三送会が、一体なんなのだろう。

「友崎知らない？　記念品の贈呈のこと」

「……記念品？」

言葉の意味はわかるけど、それをわざわざここで取り上げる意味はよくわからなかった。なにかすごく高価なものでも贈られるとかならわかるけど、そうでもないだろうし。

「ははは。文也《ふみや》、ほんとに去年は誰《だれ》とも関わってなかったんだな」

「ど、どういうことだよ？」

「友崎《ともざき》ほんとに知らないんだね？」

そして泉《いずみ》は突然キラキラした目になって、弾《はじ》けるように言う。


「——運命の旧校章！」


完全に一度も聞いたことのないワードだったけど、水沢《みずさわ》もうんうんと頷《うなず》いているし、なんなら菊池《きくち》さんですら「あ、それか」みたいな感じの表情をしてるから、俺がやばすぎるだけの可能性が高そうだ。

「えっと……菊池さん、知ってる？」

念のため確認すると、菊池さんはちょっと遠慮気味に、俺をすごく気にするように頷いた。

「は、はい……ちょっとだけ、聞いたことは」

「ふむ」

完全に気を使わせてしまった。つまり俺が完全に影になっていた二年生の五月までのあいだに、知っていないことがおかしいくらいには広まっていた話なのだろう。よろしい。

「……それはどういう？」

「えっとね！」

俺がそのままの流れで菊池さん聞くと、泉が横からそこは私にまかせろみたいな感じでしゅぱっと言葉を挟んだ。たぶんタイトル的に恋愛絡みのことっぽいし、自分が語りたいのだろう。

「ほら、関友《せきとも》高校って、いまは使われなくなっちゃった旧校舎があるでしょ？　理科準備室とか、第二被服室とかあるとこ！」

「お……おう。わかる」

思わぬタイミングで馴染《なじ》みのありすぎる場所が話題に出て驚きつつも、俺は相槌《あいづち》を打つ。

「あそこって十年くらい前までは普通に使われてたらしいんだけど、そこからいまの校舎に移るときに、制服も校章も、ていうか高校名も、全部一新したんだって」

「あー……なんかそれ聞いたことあるな、ちょっと前までは別の高校だった、みたいな話」

なにやら十年ほど前に大きな改革があったらしく、偏差値的にも少なくとも進学校とは言えないくらいのレベルから、高校名から制服・校舎、そして校章までもをよくある桜のモチーフからペンのモチーフにするなど、徹底的にすべてを勉学の方向へシフトすることで、十年足らずで埼玉県の中では御三家に入るくらいの進学校に育てあげた……みたいなエピソードを学校説明会の時に聞いた気がする。

「でね。三送会では二年生から卒業生への記念品の贈呈があって、男女の代表者がそれぞれ、楯と花束を渡すんだけど——そのとき、実は先生の目を盗んでこっそり、三年生も二年生の男女二人に、あるものを渡してるんだ」

「……ほお」

　ということは、つまり。

「それがいまの校章になる前の旧校章。――運命の旧校章ってわけだ」

　水沢《みずさわ》が横からさらっと、めちゃくちゃドヤ顔で言った。

「ねーちょっと！　そこ一番言いたいとこ！」

「ははは、知ってる。だから言った」

「さいてー！」

「ありがと」

　相変わらずのテンポで遠慮のないやりとりを交わす二人。俺もリア充の会話には慣れてきてるけど、こういう最速モードみたいなのに巻き込まれるとまだ目が慣れてなくて無理なんだよな。

　しかし、話はなんとなく摑《つか》めた。

「つまり……いまはもうなくなった十年前の校章が、三送会のその一瞬だけで受け継がれていってる、と」

　俺が言うと泉《いずみ》は頷《うなず》き、

「それを受け取った二人は、卒業まで校章が幸せを運んでくれて……卒業したあとも、ほかにはない特別な関係になれる、って言われてるの！」

「……なるほどねえ」

俺は頷きながらも、そこに含まれていた言葉の一部に、ほんの少しだけ引っかかっていた。

菊池《きくち》さんと話したときにも出てきた、二人の関係を表すようなその言葉。

「実際、今年の三年生の二人も大学一緒のところ行って同棲するらしいな」

「あ、そうそう！　結婚秒読みとか言われてるよね！」

スクールバッグを持ち直しながら言う水沢を、泉が楽しそうに指差した。

それは学校にありがちなローカルルールと捉《とら》えることもできたけれど、それが十年前に変わった校章、そして同じものが目を盗んで毎年こっそりと受け継がれている、というところまでを考えると、なんだか意味を感じてしまうのもわかった。そしてそこに意味を感じる人が多いからこそ、二人の関係に変化をもたらすのだろう。

考えながら左隣へ視線をやると――菊池さんがなにかを押さえるように右手のひらを胸のあたりに当てて、薄く唇《くちびる》を開けているのが目に入った。

菊池さんは白い息とともに言葉を零《こぼ》す。

「とても、ロマンチックな伝統ですよね」

「あはは。たしかに、なにかの物語みたいだね」

俺が優しく言うと、菊池さんは唇を結んで微笑《ほほえ》み、ゆっくり頷いた。なにか視線を感じて右を向くと、そんな俺たちを泉と水沢がニヤニヤして見ていた。こいつら。

――と、俺はそこで気づく。

「え。……ってことは、俺たちに頼み事って」

すると泉《いずみ》はそう！　と快活に言った。

「それを受け取る役割、友崎《ともざき》と風香《ふうか》ちゃんにやってほしいなって！」

「わ、わたしたちに……!?」

菊池《きくち》さんは驚きの声をあげながら、顔を赤くする。それはきっと嬉《うれ》しく思ってくれているということなんだろうけれど、その瞳《ひとみ》はどこか少しだけ、不安で揺れているようにも見えて。

それは単純に人前に出るプレッシャーなのか、それとも、別の理由があるのか。

「頼んでくれるのは光栄ではあるけど……なんで俺たちに？」

もっと校内公認カップルみたいな適役がいるのではとも思えたし、泉にはすれ違いのことも話しているのだ。そのあたりをを踏まえても、俺たちでいいのかという不安があった。

すると泉は、それはね！　と楽しそうに語り始める。

「ほら、二人って、文化祭であの演劇作った公認カップルだし、こういう役割にぴったりだと思うんだよね！　学校の人にも結構知られてるから、すごい特別感あるじゃん!?」

「特別……か」

重ねられた嬉しい言葉だったけど、やっぱり俺の頭に浮かんでいたのは、昨日までの菊池さんとのすれ違いだった。たしかにわだかまりは薄れつつあった。けれど、原因のすべてを解決できたかどうかはまだ、自信がなかった。

　これまで旧校章を受け継いできた男女たちが特別な関係になっていたのだとしたら——いや、というよりも、本人たちが特別だと思える関係になれていたとしたら。あのとき感じられた矛盾《むじゅん》。俺たちも肩を並べられる関係になれると、胸を張って言えるだろうか。

「……ちょっと迷ったりもしたけど、今日一緒に登校してるの見てそれなら、って！」

　泉は途中まで声を潜《ひそ》めつつ、そんなことを言った。

「あー……そういうことか」

「あはは！　ほらあと、二人には関係続いてほしいしね！」

　すれ違っていた俺たちを見て、泉なりの気を回してくれた、ということでもあるのだろう。

「それは、ありがと。けど、うーん……」

　俺が迷っていると、水沢《みずさわ》が飄々《ひょうひょう》とこんなことを言う。

「文也《ふみや》乗り気じゃないのか？　文也がやんないなら俺が引き受けるぞ？」

「え!?　ヒロ彼女できたの!?」

「いや、できてないけど本番までに全力で葵《あおい》を落とす」

「めちゃくちゃ爆弾発言だ!?」

　煽《あお》るように水沢は言う。冗談っぽいノリだけどこいつはまじで行動しかねんからな。俺はまた菊池さんの方へ視線をやると、俺がなかなか答えを出さないからだろうか、菊池さんはさっきよりも不安の色が強い瞳で、俺のことを見ていた。

……けど、うん。そうだよな。

「わかった、やるよ」

「っ!」

「……菊池《きくち》さんも、いいよね?」

俺が尋ねると、菊池さんは「は、はい」と流されるように返事をする。

「ありがと二人とも! じゃあそういうことでよろしく!」

泉《いずみ》の言葉に俺は笑みを返す。ちらと視線を戻すと菊池さんは俯《うつむ》いてしまっていたけれど、その髪の毛の隙間《すきま》から覗《のぞ》く頰《ほお》は赤く染まっていて、そのことが俺を安心させた。

ここで迷っていても仕方がない。昨日せっかく改めて思いを伝えて二人の関係をつなぎなおしたのに、こんな小さなことでまた不安にさせてしまうなんて、それこそ彼氏失格だろう。それに、泉がわざわざ気を使ってくれたわけだしな。

——と、そこで。俺は一つのことに気がついた。

「……あれ? けどそれ、泉と中村《なかむら》はやらなくていいのか?」

一聴して、カップルならみんなが参加したがるイベントに思えた。なら、ただでさえ恋愛系のイベントが好きであろう泉は、むしろ自薦するくらいの勢いで参加しそうなものだ。

すると泉は難しい顔で、唇《くちびる》を尖《とが》らせた。

「まあ、たしかに私も修二《しゅうじ》と一緒にそれ受け取って、卒業まで一緒にいようね、とかしたいけどさ……」

泉は自分のブレザーの校章をつける穴に、指で触れる。

「……あんな小さいもの、修二が一年もなくさずに持っていられると思えないんだよね」

「いや物理的な問題かよ」

最後の最後でまったくロマンチックじゃない一言に、俺はずっこけてしまうのだった。

＊＊＊

その日の休み時間。

「よお」

前の授業の教科書をしまい込んでいた俺にぬるりと近づき、話しかけてきたのは水沢《みずさわ》だ。

水沢はにやりと口角を上げていて、こいつがこういう表情で話しかけてくるときはだいたい、俺をからかってくるときと相場は決まっている。それに助けられることも多々あったのだけど、タイミング的に今回は違うだろう。おそらくは菊池さんと一緒に登校していたことやら、例の旧校章の件を冷やかしに来たのだ。

「なんだよ……」

俺は疲れた口調で言う。ありありと伝えるくらいの気持ちでぐったりと。気付け、俺のこの気持ちに気付け。

「文也《ふみや》さあ」

しかし水沢《みずさわ》はそんな俺の表情なんてお構いなしに、くいっと片眉《かたまゆ》をあげていつもの調子だ。

それから少しだけ間をあけて――水沢はこんなことを言った。

「さっきの校章の件、受けて大丈夫だったのか？」

「大丈夫って……なにがだ？」

思わぬ質問に俺は戸惑《とまど》う。すると水沢は表情を変えず、

「いや、菊池《きくち》さんと喧嘩《けんか》でもしたんじゃないかなーって」

「え……なんで？」

驚き、俺は聞き返してしまう。

だって水沢は今朝、俺と菊池さんが仲良く登校しているところを見かけたどころか、運命の旧校章を受け取るという約束をしたところまで見ていたのだ。だからひゅーひゅーお前～みたいな感じでからかわれると思っていたのに、むしろ真逆の質問をぶつけてくるなんて。

……ということは、なにか裏があるに違いない。

「誰《だれ》かから聞いたのか？」

俺の頭にはすぐに中村《なかむら》の顔が浮かぶ。泉《いずみ》はさっきうまく隠してくれていたから可能性は低いだろうけど、リア充グループによる情報のホットラインは、一人に話された秘密は『信用でき

るやつにしか言わない』というラベルをつけられて一人につき一〜二人くらいへと話されてい
き、最終的に全員に知られると相場は決まっているからな。
「いーや？　なんも聞いてないぞ」
「そうなのか？　じゃあなんで？」
「お。ってことは図星ってことだな？」
「う……ずるいぞ」
ちょっとした言葉尻《ことばじり》からあっさりと心を見抜かれる。これはあまりに俺が下手《へた》すぎるってい
う説もあるけど、こういうときの水沢にはなにを言ってもバレるし、隠してもむしろ裏目に出
るだけなことは散々学んできたので、俺は素直に問い返すことにした。
「あーもうそうだよ喧嘩はした。なんでわかったんだよ？」
すると水沢は一瞬だけぐるりと教室に視線を回す。この話を聞いている人が近くにいないか
でも確認したのか、それとも菊池さんの姿を探したのか。ともあれ特に問題はなかったよう
で、水沢はまたにっと笑って口を開いた。
「いままで別々だったお前らがいきなり二人で登校しはじめたから、なんとなくそーかなって」
またもや思わぬ言葉に俺は戸惑う。
「……なんだそれ？　一緒に登校しはじめるって、むしろ仲よさそうじゃ？」
すると水沢はくくと笑って、指をちっちっちと振った。憎たらしい表情も相まってサマに

なっているると思うけど、俺はやられてる当人だからこいつ……となっている。

そして水沢《みずさわ》は、ものすごく得意気な表情で語りはじめた。

「いいか文也《ふみや》？　付き合ってるやつ同士がいきなりそういう〝形式〟にこだわりはじめたら、なんかうまくいってないのを埋めようとしてる証拠なんだよ」

「う……」

「おっ図星だな？」

相変わらず飄々《ひょうひょう》とした口調で、気がつくとするすると本音に近いところに入り込んでくる。そのまま水沢は、俺の胸の辺りをぬるりと指差した。

「まあおそらくは、寂《さび》しくさせちゃってごめん、二人の時間を増やしたいからこれからは一緒に学校に行こう、みたいな感じだな」

「なあ、どっかで聞いてたか？」

カバンかどこかに隠しカメラと小型マイクをつけてるんじゃないかというレベルの図星っぷりに俺は戦慄《せんりつ》する。

「ああもう、おっしゃるとおりですよ、水沢さんには敵《かな》いません」

「ははは。だろ？」

憎まれ口のつもりで言った皮肉も吸収され、俺はもう手も足も出ないと言ったところだ。

「で、じゃあなにがあったんだ？　詳しく言ってみ」

「……まあ、そういうことなら」

そんなわけで俺は教室の隅に移動し、水沢《みずさわ》にこれまでの経緯を話すことにした。

泉《いずみ》や中村《なかむら》に話したのと同じ内容を話すと、水沢は至極軽い口調でそう言った。

「──そりゃ喧嘩《けんか》して当たり前って感じだなあ」

「ま、あるあるって感じ」

「い、いや……俺は真剣にだな……」

俺がその認識の違いに震《ふる》えていると、水沢は軽くはははと笑い「わかってるわかってる」と俺を制する。そしていつものように片眉《かたまゆ》を上げて、余裕のある表情で俺を見た。

「そうだけど、まあ聞けって」

「お、おう」

自信満々な口調に、俺はつい流されてしまう。

水沢は身体《からだ》をひらくようにして俺に語りかけていて、休み時間に教室の壁際で会話しているだけなのに、その姿勢からなのか声のトーンからなのか、ここだけ空間から切り取られて二人っきりで話しているような錯覚を受ける。なるほどこいつはいつもこうやって女を口説いてるんだな。

「まず、菊池《きくち》さんと付き合ってるのに他の女と遊んでた文也《ふみや》も悪いだろ？」

「ほ、他の女って……」

「ははは。けど、間違ってはないだろ？」

「そうだけど……」

たしかに、形だけ抜き取ったらそういうことになるわけだけど言い方よ。

「だけど、じゃなくてさ。女の子ってのはそーいう〝形式〟を大事にするもんなんだよ」

「形式……」

俺がぼそりと言葉を繰り返すと、水沢は無言でにっと笑って頷《うなず》く。そこから先は自分で考えてみろってことですかね。良き指導者かお前は。

「気持ちよりも行動とか、そういう……？」

「んー近いけどちょっと違うな。っていうか、文也も直感ではわかってるはずだぞ？」

「え？」

思わぬ言葉に、俺は困惑する。

「だってお前、仲直りのために『家の前まで送る』とか『朝は二人で登校する』とか、そーいうカップルっぽいことをしていこうって決めたわけだろ？」

「……あ」

俺が気がついて声をあげると、水沢はやたら偉そうにドヤ顔をした。

「わかったか？」

「つまり俺はいま、恋愛としての〝形式〟をやってってるってことになる……？」

水沢《みずさわ》に促《うなが》され、俺は自分の気づいたことを話す。なにこの負けた気分。いや負けてるんだけど。

「そういうこと」

俺があっさりと答えに導かれると、かかっと水沢は子供っぽく笑う。

たしかに言われてみれば、寂《さび》しくさせてしまったぶん、そういう『カップルっぽいこと』をするのが一つの罪滅ぼしになるような気がしていた。それは形式と言われれば形式だろう。

水沢はしめしめと満足そうに笑い、調子よく次の言葉を繰り出した。

「女の子と恋愛していく上では、たまに形式っていうあまーい飴《あめ》をあげなくちゃいけないってってのが原則なんだよ。だから、お前のやってることはある意味正解」

「いや飴て……。それ、結構黒いこと言ってないか？」

俺が反論すると、水沢はまたちっちっちと指を振る。たぶん楽しくなってるなこの人。

「で、お前がいまやってるのもこれだろ？」

「……そうかもだけど」

朝一緒に登校することとかも、考え方によっては〝形式〟なんだもんな。

俺が頷《うなず》くと、よきよき、と水沢は楽しそうに笑う。

たしかに構造としてはそうだった。寂しくさせるようなことをしてしまい、それを別の形式で埋め合わせし、できてしまった距離を埋める。それはたしかに飴というか、形式ばっているというのは直感的に理解できた。

俺が考え込んでいると、水沢はすっと笑みを静め、俺の目をじっと見る。

「けど、それってさ。——正しいけど、文也《ふみや》っぽくはないんだよな」

それは、俺が見えていない俺のことを見ているようで。

だから俺は水沢の言葉をもう少し、聞きたくなった。

「……どういう意味だ？」

「んー。なんつーのかな」

そして水沢は、人差し指でぽりぽりと耳の下あたりを掻《か》き、もう一度ぐるりと教室を見渡す。

数十人の生徒たち。きっとそこにいる一人一人が自分なりの考えを持っていたり、もしくは誰《だれ》かに流されていたり、ときには意見を変えたりして生活している狭い世界。

楽しむために会話しているのか、それとも会話をするために会話をしているのか。どちらにせよそれは、仮面で取り繕《つくろ》っているのか素顔で気持ちをぶつけているのかすらわからない、すっかり見慣れたいつもの光景だ。

「形式ってのはあくまで表面を取り繕うためのもので、本質じゃないだろ」

告発にも近いトーンで放たれた言葉。やはり真意の読めない微笑《ほほえ》みを浮かべているけれど、その視線だけは真剣だった。

そして静かにコントロールするように笑みを鎮めると、視線を教室から窓のほうへと移す。そこには冷たい風を纏《まと》った空が静かに浮かんでいて、次に吹く風がどちらを向くのかは、きっと誰《だれ》にもわからない。

「それは……俺も、わかるけど」

「だよな」

思い出したのは、夏休み。水沢《みずさわ》が日南《ひなみ》に打ち明けた言葉。

表面と本質。プレイヤー目線とキャラクター目線。

水沢自身が仮面をかぶってしまう自分と戦っていることを知っているからか、それとも誰よりも表面的な仮面にこだわりつづけている人間を知っているからか。いずれにせよ俺はその言葉を理解できたし——水沢も、そのことを考えているような気がした。

「だから俺は、チャラ男的にとりあえず形式だけ整えてあげればいいとは、思わなくなってきたんだよ。……少しずつ、だけどな」

熱を帯びた口調で言う。

「なのに文也《ふみや》がやってることは、ある意味その場しのぎっていうかさ。だって、いくらあとで飴《あめ》をあげても、文也がオフ会に行ったり、友達とも遊んだりする男で、菊池《きくち》さんがそうじゃない女の子だってことは変わらないんだから」

「……そうだな」

俺は頷《うなず》き、昨日のことを思い出す。

二人の関係はポポルと炎人なのだと、菊池さんは言った。

「そういうところ潔癖なはずの文也が、そうしてるのはちょっと不思議だなーって。文也なら、『じゃあそもそもオフ会に行かない』とか、言い出しそうだろ」

水沢はその場で考えをまとめていくように、いつもよりもゆっくりとした速さで言葉を紡《つむ》いでいく。それはなんというか、いつもの水沢よりもむき出しに感じられるトーンで。

お互いの反応を見ながら深めていくような会話は、俺にとって心地《ここち》いいものだった。

「あ。別に、それが正しい解決とは思わないけどな？　けど、文也はそうしそーだなって」

「だな……」

言われてみれば俺も、今回自分がした解決法は俺らしくないというか、どこか『恋愛』というもののイメージに頼ったもので、根本的な解決ではない気もしていた。

にもかかわらず俺は、根っこからひっくり返すような方法は選ばずに、形式を選んだのだ。

どうして俺は、今回に限ってそっちを選んだのか。

しばらく自分に問いかけると少しずつ、言葉が出てくるのがわかった。

「たぶん……俺にとってオフ会は自分の将来に関わることだし、仲良くしてるみんなとの時間もちろん、ずっと楽しかった時間だし……これから仲良くなれそうな人との遊びだって、自分が人生を広げていくために、やりたいことなんだよ」

口から出てきたのは、あまりにありのままずぎる感情だ。

「ははは。なんだそれ。小学生の作文?」

からかうように言う水沢《みずさわ》に、俺は必死の反抗をする。

「う、うるせえ。素直な気持ちってのは大体な、小学生の作文っぽくなるんだよ」

すると水沢は大きく笑い、俺の肩を楽しそうに叩《たた》いた。

「はっはっは！　それはそうかもな」

そしてくくく、と余韻《よいん》を残す。いや、俺そんなにおかしいこと言いましたかね?

「あーもういいから！　つまり俺はそういうふうに考えた結果、恋愛は恋愛として向き合っていくことにしたんだよ、たぶん」

すると水沢は徐々にその笑いを鎮めていき、納得するように、なるほどなあ、と小さく呟《つぶや》いた。

「うん。たぶん、いまお前が言ったことが全部なんだろうな」

水沢はまた相変わらず自分だけわかったように言い、言葉を焦《じ》らす。

「……どういうことだよ?」

「文也《ふみや》はさ。恋愛を適当に誤魔化《ごまか》そうとしてるんじゃなくて——」

そして、やっぱりまた寂《さび》しい笑みで、こんなことを言った。

「将来のことも、友達のことも、恋愛のことも……全部同じ重さで考えてるんだよ」

俺は口を開いたまま、言葉を失ってしまう。

だってそれは、明確に図星だったから。

「たしかに俺は……対戦会も、もともと仲がいい友達との時間も、これから広げていく人生のことも……菊池《きくち》さんとの時間と同じくらい、優先したいって、思ってる」

もしかしたら、恋愛こそを大切にしろという人もいるかもしれないし、将来が一番大事だろという人もいるかもしれない。けど、俺のなかでそれらに、順序はついていなかった。

「だよな」

水沢は頷《うなず》くが、俺はどう考えるべきかわからず、迷ってしまう。

「……それは、よくないことなのか？」

答えを求めるように聞くと、水沢はくいっと片眉《かたまゆ》をあげ、軽い口調で。

「さあな。ていうかそんなのに、良いも悪いもないんじゃねーの」

「な、ならこれで――」

「ま、けど」

肯定しようとすると、水沢《みずさわ》は涼しげな表情で両の手のひらを上に向ける。そして、そこでなにかをつかむようなジェスチャーをしながら、にっと笑った。

「文也《ふみや》の時間は限られてるから、全部を選ぶってわけにはいかないだろうな」

「……っ」

それはたしかに正論で、けど、俺がやろうとしてしまっていたことで。

「本当に真剣に向き合うなら、選びたいものだけを選ばないといけないんだよ。で、お前はそれを放棄してると」

「お、おい……」

俺はそれに反論することはできず、水沢は興に乗ったように俺を指差す。

「で、いまは手のひらから菊池《きくち》さんがこぼれ落ちそうになってるってわけ」

「う……」

それはたぶん、核心だと思った。

自分の世界を広げて、いろんなものと向き合って。するとアタファミで隠しキャラや隠しステージが出てくるみたいに、今まで選ぶことができなかった、いろいろなことを選べるようになって。

けどそれはいつか自分のキャパシティを超えていくから、端に追いやられたものから順に、手の外側へとこぼれ落ちていく。それが今回の場合、菊池さんだったのだと。

俺は水沢に倣《なら》って手のひらを上に向けると、その上をじっと見つめた。

「……選びすぎたら、いつかなにかを抱《かか》えきれなくなるってことだよな」

言うと、水沢は頷《うなず》く。

そしてまたこの場で考えるように少しだけ間を置いてからゆっくりと、口を開いた。

「それってさ。お前の言葉で言うと——誠実じゃない、って思わないか？」

一聴して、俺はその言葉の意味が、クリアには理解できなかった。

「……自分で選んだのに抱えきれないなんて、無責任だ、ってことか？」

「いや、そういうことじゃないな」

水沢は即答する。

「うん？」

「これは菊池さんに限らずだけど、さ」

水沢は視線を上に向けてその場で言葉を紡《つむ》ぐように、熱を持って語る。俺はそんな活《い》き活《い》きとした表情を、じっと見ていた。

「選びすぎて、それでなにかが自然と零《こぼ》れ落ちていくのって——」

そして水沢は、上に向けた手を斜めに向け、すくい取ったなにかを落とすようにして。

「選ぶときは自分で選んだくせに、
　捨てるものは自分で選ばないで、成り行きにまかせてる、ってことだろ」

　その言葉は、俺のなかの隠れた不誠実を言い当てていた。

「……たしかに俺、そんなの考えたことなかった」

「だよな。俺もいま思い付いた」

「おい」

　水沢《みずさわ》は清々《すがすが》しく笑う。その笑顔は、無邪気な少年のようで。

「なにかを捨てるんだとしたら、それもちゃんと自分で選べ、ってことか……」

「そうそう。……ま、全部を受け止め続けるだけが誠実じゃない、ってことなんだろうな」

「……そうか」

　その言葉はたしかに、俺のなかに突き刺さっていた。

「お前さ、わかってるか？　優鈴《ゆず》が運命の旧校章をお前らに託そうと思った意味」

「……どういうことだよ？」

　すると水沢ははあとため息をつき、

「優鈴はさ。お前らなら一年後もちゃんと付き合っててくれてるって、信じてんだよ」

「あ……」

確かにそれは、俺も薄々どこかで気づいていた。

卒業生カップルが、在校生カップルに渡して受け継いでいく校章。

それは——来年も同じ二人で受け継ぐことに意味があるのだ。

「だから文也《ふみや》、もしその自信がないんだったら、断るのも勇気だからな」

「……きちんと、考えてみる」

俺は息を吸い込み、ぐっと手を握り込む。

そしてもう一度、自分がいま抱《かか》えているものを思い返した。

人生攻略に、いくつもの友人関係に、恋愛に、アタファミに——そして。

細かくあげればきりがないであろうそれらのうちのどれかは、今すぐというわけではないにせよ、きっといつかは選びきれずに落ちていってしまう日が来る。

「選ぶっていうのは、捨てるっていうのと同じ意味なんだな……」

俺が真剣につぶやくと、水沢はじっと俺を見て、心をくすぐるような口調で。

「なにカッコつけた言い回ししてるんだ？」

「おい」

せっかく真面目《まじめ》な話になってきたと思ったのにそういうときに茶化すな。まったく、相変わらず厄介なやつだ。

飄々《ひょうひょう》としているようで、忌憚《きたん》のない意見をぶつけてくれる水沢《みずさわ》。俺はからかわれながらも、いつのまにか頭のなかがスッキリしているのを感じていた。

「形式と、そうじゃないところ。理屈か感情か……ってことだよな」

俺は自分に言い聞かすようにつぶやく。

それはきっと、いままでと同じ。

人生でなにか迷いにぶち当たったとき、自分の行動に矛盾《むじゅん》を見つけたとき。俺の目の前に立ちはだかるのは、いつもその二つだった。

そしてたぶん——今回もそうなのだろう。

俺が考えて、答えを見つけるべきところはきっと、そこにある。

「……アドバイスありがと、助かった」

素直に言うと、水沢はまた得意げに片眉《かたまゆ》を上げた。

「どーいたしまして」

そうして水沢は寄りかかっていた壁からよいしょと体を離し、力を抜いたふうにスマートフォンをいじりはじめる。

それは大事な話を終えての休息、日常へ戻った会話の始まり——のはずだった。

「けどさお前、こうなるまえに、誰《だれ》かに相談しなかったのか？」

だけどそのとき、何気ないトーンで問われたその言葉。

「いや、したけど」

言いながら、俺の頭には日南《ひなみ》の顔が浮かんでいて。

「したのか、じゃあ不思議だな」

「不思議って、なにがだ？」

俺が問うと、水沢はやっぱり軽い口調で言う。

「だって……今回のすれ違いって恋愛としては初歩の初歩だから、聞けば誰でも、このままだとマズいことになるってわかりそうなもんなんだよ」

「……っ」

不穏な予感だろうか、不吉な感情だろうか。自分ではわからない不定形なもやが、胸のあたりに広がっていくのを感じた。

今回の出来事に関して質問したとき、日南は『特に問題ないからそのまま続けるように』と答えていた。だけど、水沢の言う『初歩の初歩』があいつに見えていなかったというのは、どう考えても不自然だ。

「だとしたら、なんでほっとかれたんだろうな？」

水沢の言葉がそのまま、覚えた違和感の正体なような気がした。

「なんで……だろうな」

俺が答えると水沢は一瞬沈黙し、怪訝《けげん》な表情で俺を見る。自分がどんな表情をしていたのかはわからない。けれど、どうやらいつもどおりというわけではないらしかった。

「……ま、それを誰《だれ》に相談してたのか、とかそんな野暮なことまでは聞かないけどさ」

そして水沢《みずさわ》は、切り伏せるような眼差《まなざ》しで、俺の柔らかい部分を薙《な》いだ。

「――相談する相手、間違えんなよ?」

2　仲間の大切さに気付くのは離脱したあとだったりする

その日の放課後。第二被服室。

「運命の旧校章、あなたが受け取ることになったんだって？」

俺は日南《ひなみ》から珍しく、課題以外についての質問を受けていた。

「相変わらず耳が早いな……」

にしてもちょっと意外だったのは、こいつがわざわざその話題を振ってきたことだ。だって日南なら、あんなの迷信だから信じるほうが頭が悪いわ、とか言ってきそうなもんなのに。

「生徒会も関わってるからね。にしてもあなた、そんなロマンチックなものを信じるタイプだったの？」

「まあ、なりゆきでな。十年も続いてる伝統って聞いたらちょっとわくわくするし、菊池《きくち》さんもやりたがってたんだよ」

言いながらも、俺は今日の朝、水沢に言われたことを思い出す。

すれ違った菊池さんとの関係。俺は日南にこのことを、確認しないといけなかった。

「……あのさ。ひとつ、聞いてもいいか」

「なに、改まって」

ある意味、それは俺のなかで質問と言うよりも、確認に近かった。

「菊池《きくち》さんと俺の関係がマズいことになってたってこと……日南《ひなみ》は気がついてなかったのか?」

慎重な口調で尋ねると、日南はしばらく黙ったあとで、不機嫌そうに。

「……質問の意図が、よくわからないのだけど」

「だから、そのままだよ。俺、日南に何度か状況を報告してたよな。そのときに、そう思わなかったのかって」

水沢《みずさわ》に言われたこと。そこで覚えた疑念。

それは覗《のぞ》いてはいけない穴の向こうを確かめる行為のような気がして。けれど確かめなければいけない気がして、俺はそれを日南に伝えた。

「……はあ」

「正直に、答えてほしい」

深いところまで浚《さら》っていくくらいの覚悟で放った質問。けれどどうしてか日南はやれやれ、というふうに息を漏《も》らし、つまらないものを見るように眉《まゆ》をひそめている。

そして、当然のような口調でこんなことを言った。

「もちろん気付いてたわよ。このままだと間違いなくこじれるだろう、って」

「……っ!」

あっけらかんと放たれたその言葉に、思わず感情が高ぶってしまう。

こじれた責任を日南に押しつけたいわけではない。けれど怒りのような、もしくは哀《かな》しみのような感情が俺を衝《つ》いていて。だけどどこか、きっとそうなのだろうと覚悟をしていた部分もあった。

「じゃあなんで、教えてくれなかったんだ？」

穴の向こうを照らすように言葉を投げかけるけれど、その先に続く答えはなんとなく、見当がついてしまっていた。日南はどこか面倒くさそうですらある表情で、淡々と説明しはじめる。

「付き合ったとはいえ、それで安泰ってことはないでしょ？　どうせいつか喧嘩《けんか》は来るわけだし」

それはいつもと同じ、正しさを積み重ねる日南葵《あおい》で。

「だからって、わざわざそのきっかけを放置することは……」

俺は望みに賭《か》けるように言葉を挟むが、日南は表情一つ変えずに説明を続けた。

「そこからこじれて別れるところまでいくのが一番避けるべき結果よね。だとしたら最初の喧嘩はある意味練習。原因がはっきりしていて解決しやすい、しかも実際のところは誤解で、なにもしてないパターンのほうがいいでしょ？　なら簡単なもので早めに練習しておいたほうが効率がいいと思って、あえて放置したの」

いつものように合理的に、筋道立てられた理屈を並べ立てる日南。たしかに聞いてみると、そこに悪意はなく、横たわっているのは目的に対して最短距離の論理だけだ。

「事実、二人で話したらあっさりと解決できたわけだし、それによって言いたいことが言える関係に育てられたと思わない？　それに、優鈴《ゆず》からも旧校章の受け継ぎをお願いされたんでしょ？　ここ数日だけで、いろいろなことが進展してるじゃない」

たしかに俺と菊池《きくち》さんはあれから本音で語り合うことができたし、すれ違いを心配した泉《いずみ》によって、運命の旧校章の受け取りというロマンチックな恋愛イベントまで用意してもらった。目の前に起きた『現象』だけを取り上げるのなら、進展したということになるだろう。

「言いたいことはわかった。……けど」

そこにはあまりにも、『気持ち』に対する配慮がなさすぎる。

こいつのなかにあるのはいつも正しさだけだ。

「そういうことは、二度としないでくれ」

焦燥にも近い感情で、声がほんの少しだけ震《ふる》えた。だけどそれは、こじれてしまったことに対する怒りではなくて。

日南葵《ひなみあおい》がやはりそうであることが、俺にとってはとても歯がゆく、悲しかったのだ。

「あのね。彼女を作るっていうのはあくまで、中くらいの目標だったのよ？　そこからさらに大きな目標を効率よく攻略していくためには……」

「日南」

反射的に、言葉を遮《さえぎ》ってしまう。

「……すまん、もうやめてくれ」

このやり取りがこれ以上続くのが、耐えられなかったのだ。

だってそれは、あの夏休み。北与野《きたよの》駅での決別にも近い空気感だったから。

「……どういう意味？」

日南は冷たい目で俺を見ている。

「お前の価値観を否定しているわけじゃないんだ」

けれど今回は、拒絶や嫌悪というよりも——自衛に近かった。

「じゃあ、なに」

そう。否定しているわけではない。なぜなら俺はあの北与野駅での決別のあと。日南のそういう冷たく頑《かたく》なな部分も含めて向き合い、関わっていくと決めたのだし、そんな日南に『人生の楽しみ方』を教えると宣言したのも俺の意志だ。

だから日南が、俺と菊池さんとの関係にもその冷たい正しさを適用してしまうこと自体は、仕方ないとすら思っている。それがいまの日南の価値観だということは、納得できていた。

けど。

「これ以上聞いてたら、俺はお前のやり方を、考え方を。本気で嫌いになってしまいそうなんだよ。……だから、いまはこれ以上聞きたくない」

思ったことをそのまま伝えた。

日南《ひなみ》がそういう考え方を持った人間であることはわかっている。理屈の上ではきちんと、理解している。

そしてその考え方は常に、ある方向から見れば一定の正しさを持っていることだって、何度も身をもって実感している。

——だけど。

「お前のやり方が『正しい』ってことをわかってても、気持ちの上で、嫌いになってしまいそうなんだ」

俺は、吐き出すように言う。

俺はこいつのことを知りたいと思っている。真に理解したいと思っている。けど、このまま冷たい正しさを浴び続けてしまったら。俺の大切な人へ向けた行動に、それが適用され続けてしまったら。

きっと、心が歩み寄る前に、理解どころか嫌悪してしまう。

人間は、理屈だけではないのだ。

「だから、自分の気持ちを守るために、これ以上お前の話を聞きたくない」

少なくとも、今回の菊池《きくち》さんの件で、心がささくれてしまっている今は。

「……そ」

日南はやはり、まるで表情を変えずに返事をした。俺が心ごとひっくり返して内側を晒《さら》すくらいの思いで気持ちを伝えたのに対して、日南が言葉をどう捉《とら》えたのかについては、まるでわからない。

それはアンバランスなようで、よくよく考えるといままでもずっと、そうだったのかもしれなかった。

「なあ、日南」

俺は、もう一歩踏み込むように言う。

それは決して、拒絶の意味ではないけれど。

ひょっとすると今は、優先すべきことではない気がしたから。

「ここでの会議、いったんなくさないか？」

俺の言葉に、日南は一瞬だけ目を丸くした。

「……どうして？」

日南にしては珍しい、俺の意図を確かめる質問。俺は言葉に嘘《うそ》が混じらないよう、思いを伝える。

「さっき言った、これ以上聞くと嫌いになってしまいそうで怖いってのが一つ。それからもう一つは――」

頭をよぎるのは、大切な恋人が悲しんでいた顔。

「菊池さんと一緒にいる時間を、増やしたいんだ」

思えば俺は、朝も放課後もこいつと会議をして、休日は一緒にオフ会に行って——ひょっとすると、菊池《きくち》さんと過ごすよりも多くの時間を、日南《ひなみ》と一緒に過ごしてしまっている。

もちろん過ごした時間の多さがその人との関わりの深さに直結するわけではないと思うけど、それでも一人の女の子と付き合っているのであれば。菊池さんを大事にしたいのであれば。

もしくは十年間の旧校章の伝統を、自分たちが受け継ぐ覚悟があるのならば。

それは水沢《みずさわ》と話した、なにかを捨てる、というほどの覚悟ではなかったけれど。それこそ〝形式〟なのかもしれないけど。

少なくとも優先順位を決めるくらいの選択は、必要だと思ったのだ。

言葉を受けた日南はしばらく黙ったあとで、ほんのわずかに一度だけ、頷《うなず》いた。

「わかった」

その表情はやはり鉄のように硬く、日南がどんな感情を隠そうとしているのか、そもそも感情が動いているのかどうかすら、見当がつかなかった。

気持ちも、内側を透かす言葉すら、なにも語らない。

「それじゃあ、これから会議は不定期。出してる課題についてもどうするかはまかせるし、ここに来るのはお互いに話したいことがあるときだけにする。それでいい?」

淀《よど》みない言葉に、俺は黙ってうなずく。

「そ。じゃあまた、なにかあったら連絡して」

ほんの少しの名残惜しさも漏《も》らさない、日南の声色。なんの抵抗もなく提案を受け入れてくれたことに寂《さび》しさを感じてしまっているけど、それは俺の勝手なわがままでしかなくて。

「おう。それじゃあ……また」

そうしてあっさりと遠くなっていく日南の後ろ姿を見送ると、自分から言い出したはずなのに、どこか日南のほうから去っていってしまったような感覚になって。

すっかり居心地《いごこち》がよくなっていたはずの、古びた校舎の雰囲気《ふんいき》。

それが今この瞬間だけは、どうしようもなく寂しいものに感じられていた。

＊＊＊

橙《だい》色《だい》になった空が、下校中の生徒たちを照らしている。

七人で駅へと歩く俺たちを取り巻く、風に乗って香る乾いた草と土の匂《にお》いはいつもと変わらない。

さっき見せていた鉄の表情とは打って変わって、日南は俺の斜め前方でたまちゃんと一緒に竹井《たけい》をからかって笑っていた。そのもう少し前方では、今日の休み時間には俺と本音を語り合っていたはずの水沢が、最近の女事情について軽い口調で話して、橘《たちばな》とみみみに冷やかされている。

見れば見るほどそこには形式が満ちていて、本質的なものや本当の気持ちみたいなものをさらけ出している人は、誰《だれ》もいないかのようにすら思えて。

俺はもうすっかりなにも考えずにできるようになったリア充的な相槌《あいづち》と笑顔で間をつなぎながら、ぽつんと取り残されたような気持ちになっていた。

無意識にこの空間になじめていればなじめているほど、俺はどこか遠くへ流されていってしまう気がしたのだ。

「へーいワンちゃんパス！」

突然呼ばれた納得していないあだ名とともに、スクールバッグが飛んでくる。俺はそこまでとっさに視認しながらも、どうしてだろう、体は動かなかった。

「いでっ！」

それを顔面で受け止めると、そのままバッグはどさりと地面に落ちる。その場面を目撃した下校メンバーはみんなで大声を上げて笑ったけれど、そこにどれだけの本当の気持ちが含まれているのだろう。俺は不器用に表情筋を吊《つ》り上げると、すまんすまん、と明るく言いながら地面に落ちたバッグを拾った。どうやらその持ち主は橘《たちばな》だったらしい。

「ナイス顔面キャッチ！」

楽しそうに聞こえるのは竹井《たけい》の声。いつもはうるさいだけの竹井だったけど、こうしてこの場を本気で楽しんでいることが伝わる表情と声は、どこか俺を安心させていた。

「ナイスじゃないわ！」

俺の明るいトーンでのツッコミに、みんなが笑う。こんなふうにリア充の振りをすることなんて、いまの俺なら手癖でできた。だからこそ、この時間が空虚に感じられて。

橘にそれを返すと俺は前へ振り向く。すっかり表情筋も強くなり、笑顔による筋肉痛が起こることなんてなくなってきていたけれど、この笑顔を続けていたら、どこか違うところが痛くなってしまう気がしていた。

「もー。やめたげなー？」

「次は竹井の番な、うりゃっ」

近いけど遠いところから聞こえてくる声。俺は空とも地面ともつかない曖昧《あいまい》なところをぼんやりと見つめながら、おぼろげな気持ちでみんなに交ざって、笑顔と声のトーンを作る。そうすればするほど、世界の解像度が落ちていくのがわかった。

いまの俺は、カラフルな世界を見れているのだろうか。

「──ブレーン！」

そのとき不意に俺の耳へ届いたのは、青空のようにすかっと通る、底抜けに明るい声。

「……え」

「ブレーンは、相変わらず鈍くさいねえ？」

からかうように、茶目っぽく。けれどどこか、優しいトーンで。

顔を向けると、みみみが眉《まゆ》をくいっくいっと動かしながら、バッグの当たった鼻をさする俺の顔を覗《のぞ》き込んでいた。

「……う、うるせ！」

俺はみみみの不意打ちにツッコミを返す。反復練習を繰り返した行動はいつの間にか反射に変わり、自分が本当にそうしたいと思っているかどうかとは関係なく、身体《からだ》が動く。格ゲーにおいてそれは重要なことだけど、人生においてのそれは、まるで自分が自分以外のプレイヤーに操作されているような感覚でもあって。

みみみはししし と笑い、屈《かが》めていた身体をよいしょと起こす。

「あはは！　どう見ても上の空って感じですねえ！」

「え。そ、そうか？」

いつもどおりの対応ができたつもりだっただけに、俺は驚いてしまった。どこかに粗があったろうか。

「そーだよ、漫才をやった私にはわかる！　間が一瞬遅い！」

「……ははは、そりゃ参った」

俺は苦笑しながらも、どこか嬉《うれ》しくなってしまう。こんなほんの少しの変化にも気づいてくれる人がいる。それはきっと、幸せなことだろう。

「どしたの？　風香《ふうか》ちゃんと喧嘩《けんか》でもした？　それとも腹でも減ったかー？」

冗談交じりに切り込んでくる言葉に、俺はたじろいだ。

「えーと……まあ」

「まあ？」

「まあその……えー」

「ハッキリせぇ――――――っい！」

そしていつものみみみによるみみみビンタが肩に向けて飛んでくる。いつものすぎて避けることもできたけど、たぶんみみみが言ってるとおり、ハッキリするためには食らったほうがよさそうだったので、俺は甘んじてそれを受けることにした。

しかし、一つ予想外。その手の角度はいつものように地面に垂直ではなく水平、俺の肩には手のひらではなく手刀の部分がぶち当たり、つまりそれはみみみビンタではなくみみみチョップだった。

「いっっっっってぇ!?」

想像の五倍以上の痛みに、俺は想定の十倍くらいの声を出す。もちろんみんなで帰っているのでみんなが俺のことを見る。やめて見ないで。みみみはたはーっと笑っている。

「おおーっ！　しゃきっとしたねえ！」

「やり方が脳筋すぎるだろ！」

するとみみみはたはーっと突き抜けるように笑う。

「よーっし！　いつものブレーンのツッコミに戻ったね！」

みみみは俺の文句をツッコミだと捉《とら》え、かかかと愉快に笑う。みみみがみみみすぎて大変です。

「ったく……」

俺は呆《あき》れてため息をつきながらも、同時に可笑《おか》しくもなっていた。こうしていきなりペースを握られるのはいつものことだけど、巻き込まれると強制的に元気にさせられるのがみみみなんだよな。

「で、なんなんですか～？　喧嘩《けんか》なんですね～？」

「ああもう、はいはいそうです」

「ハッキリしててよろしい」

俺が投げやりに言うとみみみは胸を張ってえっへんして、にししと満足げに笑う。

「なんでわかったんだ？」

「え？　そりゃブレーン、恋の悩みありまくりでーすって顔してるからねえ」

「まじですか……」

「あとなんか今日タカヒロと意味深に話してたし？」

「み、見てたんですね……」

たしかに教室の隅ですごい秘密の会話って感じで話してたからな……。まあ今回は恋の悩みだけじゃなく、日南《ひなみ》含めて人と関わる上での幅広い悩みもあったりしたんだけど。

「で、どーしたんですか友崎《ともざき》選手！　お姉さんに話してみなさい！」

言いながらみみみはあの例の変なストラップを俺の口に向ける。同じものの色違いは相変わらず俺のカバンに付いていて――そこには菊池《きくち》さんと一緒に買った、お揃《そろ》いのお守りも付いていた。

俺はそこにちくりと罪悪感めいたものを覚えながらも、

「えーと。……一回喧嘩っていうかすれ違いがあって、そこから一応、がんばって埋め合わせしてるつもりなんだけど……原因は解決できてない気がしてて」

言葉を探しながら話す俺の言葉を、みみみはふむふむ、と聞いてくれている。

「えっと……運命の旧校章ってあるでしょ？」

「あーはいはい！　そろそろそんな時期ですねえ！」

みみみはすぐにピンと来たように言う。やっぱ知らなかったの俺だけなんだろうな。

「あれを受け取る役を、俺と菊池さんに頼めないかって、泉《いずみ》に言われてて……」

「え!?　あれをブレーンが!?　ず、ずるい！」

あ、やっぱずるいとかになるやつなんだな。余計俺でいいのか不安になってきたぞ。

「けど、喧嘩をちゃんと解決できてない状態で、そんなの引き受けていいのかなーって」

「なるほどねえ……。けどさ、その原因って？」

問われてみると言葉にするのは少し難しいな、と思いながらも、俺はそれを説明していく。

「なんか……俺と菊池《きくち》さんって、真逆なところがあるだろ」

頭に浮かんでいるのは、ポポルと炎人の話だ。

「真逆……」

みみみは少しだけ考えて、ピンときたように頷《うなず》いた。

「あ！　なるほど！　ブレーンはみんなと仲良くなろうとしてるけど、菊池さんは違うってことですね!?」

「おお……正解」

「やったね！　80ポイント！」

「わからんけどいきなり80って高くない？」

みみみはわけのわからない高得点を得ているが、まあ会話に支障はないので放っておくとしよう。むしろ話は通じてるみたいだしな。

「……けど、よくすぐにわかったな？」

「え、そーお？」

「だって俺と菊池さんって、ちょっとインドアっぽいとことかあるし……ぱっと見、あんまり真逆って感じでもないだろ」

するとみみみはふふん、と鼻を鳴らした。

「ま、それだけ私は人を見る目があるってことですよ！」

「ははは、そうですか」

言いながらも、俺は少し嬉《うれ》しくなる。

だって、そういう自分の一歩内側の部分を見てくれて、それでみみみは俺に思いを伝えてくれたんだもんな。

「ん～。たしかに考えれば考えるほど、めっちゃ真逆だね？」

「考えるほど？」

俺がきょとんと相槌《あいづち》を打つと、

「ブレーンは自分の世界を広げていって、菊池さんは……人の世界を観察してる、って感じする」

「……おお」

言われて、俺はつい感心してしまった。世界を広げる人と、世界を観察する人。

漠然と真逆という言い方はしていたものの、そう言い方を変えてみると――

「たしかに、めちゃくちゃ正反対だな」

「だよね!?」

みみみはテンション高く言うと、うーんと頭を悩ませた。

「ってことは、それが原因で？」

「まあ……ざっくり言うとそうだな」

すると、みみみは顎《あご》のあたりを人差し指でとんとん、と叩《たた》きながら、唇《くちびる》を尖《とが》らせる。

「でもさ……それって相性いいってことにもなるんじゃないの？　恋人同士がお互いの持ってないものを持ち合ってる、ってことなんだし。旧校章を持つべき二人！　って感じする」

「まあ、そうなんだけどさ……」

というよりも、俺もそう思っていたのだ。

仮面と本音。理想と気持ち。

それをまったく別な方向から悩み、逆の言葉を与えて解決し合った俺と菊池《きくち》さん。

だからこそ、それが菊池さんと俺でなければならない『特別な理由』になると思ったし、実際あの図書室で思いを交わしあった瞬間は、特別だったように思う。

けれど、状況や気持ちが、それを変えてしまうこともあって。

「それが逆に、嫉妬《しっと》とかすれ違いを生んでる、ってというか……」

「……嫉妬、かあ」

みみみは少し驚いたように、けれど踏み込みすぎないくらいの温度感で、ぼそりとこぼす。

俺は菊池さんの内面について話しすぎてないだろうか、と心配になり、ほんの少しそこから話題を逸《そ》らすように、言葉をつづけた。

「あー、えーと。……直接的な原因っていうのがさ、俺がアタファミのオフ会に行ったり、菊池さんのいないところで遊んだりしすぎてたせいなんだけど……」

みみみは眉《まゆ》をひそめ、どこか含みのあるトーンで声を漏《も》らす。

「あー……」

「でも俺はオフ会には行きたいわけだし、他にもやりたいことはあるわけで……そのたびに菊池さんを傷つけちゃうなら、言葉で気持ちを伝えれば解決ってわけじゃないよなーと……」

「まーそうだねえ。それじゃ、寂《さび》しくさせたあとでご機嫌取ってるだけだもんね」

「う……」

痛いところを突かれ、俺は思わずつんのめる。水沢《みずさわ》にも似たようなことを言われたんだよな。勢いですこーんと蹴《け》ってしまった足もとの石が、俺から逃げていくように側溝へと落ちていく。俺は俯《うつむ》いてはあっと息を吐きながら、どうしたものかと頭を抱《かか》えた。

「ふむふむつまり、真逆だからこそ相性がいいと思っていたら、それがむしろすれ違いを生んでいる、というわけですねぇ？」

「その通りです……」

みみみは探偵口調で真相を明らかにしていき、真犯人である俺は素直に自白した。

「けど菊池さんの気持ち、わかりますねぇ。女の子は不安になりやすい生き物なのです……」

ううっと泣くみたいなジェスチャーを見せたあと、みみみはバネみたいにびよーんと身体《からだ》を伸ばした。

「まっ、男女の恋の永遠のテーマってやつだね！」

「や、やっぱそうなのか……」

そう言われると難しいというか、それをこんな恋愛レベル1の俺が解決できるのか、という気持ちになってしまう。けど、菊池《きくち》さんを悲しませないためには解決しないといけない問題なんだよな。

「ふ〜む。……たま選手はどう思いますか⁉」

と、不意にみみみは後ろを歩いていたたまちゃんに言葉を投げかける。たまちゃんはさっきから引き続き日南《ひなみ》と一緒に竹井《たけい》で遊んでいて、竹井はキャッキャと喜んでいた。しかし、みみみに話しかけられたたまちゃんはあっさりとこちらに歩いてきて、竹井は涙目でたまちゃんの背中を見ている。たまちゃんからも話を聞けて、竹井の魔の手からもたまちゃんを守れる。一石二鳥だ。

「どう思うって、なにが？」

たまちゃんが真っ直《ます》ぐな口調で言うと、みみみはたまちゃんの腕に抱きつきながら、

「性格が真逆な私とたまが、どーしてずっと一緒にいられてるのかってことです！」

俺はきょとんとみみみの質問を聞いていたが、一瞬考えてからなるほど、と思う。

「あ！　たしかにそれ……聞きたいかも」

考えてみると、俺と菊池さんも真逆だと言えたけれど——それと同じように、みみみとた

まちゃんだって、人としての属性のような部分が真逆だ。

自分に自信が持てず、だけど誰《だれ》よりも器用で人に合わせるのがうまい女の子と。

自分に無根拠な自信があって、だけど不器用で人に合わせるのが苦手だった女の子。

たまちゃんに関しては紺野《こんの》エリカの件でスキルを身につけ、在り方を大きく変えたわけだけど、それでも根っこの部分は変わっていなくて。二人が苦手な部分を埋め合う関係であることには変わりない。

にもかかわらず、二人はすれ違うどころか日々蜜月《みつげつ》を深めている……と言うと語弊があるが、誰もが認める二人組という関係を維持しつづけていると言えるだろう。

同じく真逆な関係を持つ俺と、二人はなにが違うのだろうか。

たまちゃんはうーんと素直な声を漏《も》らしながら、やがてあっけらかんと口を開いた。

「みんみがしつこいからじゃない？」

「ぐはぁっ！」

みみみはたまちゃんの容赦なき言葉の弾丸によって、心臓を撃ち抜かれる。さらばみみみ、あとのことは俺にまかせろ。

「ぐ……セーフ」

しかしみみみは強い女であったため、心臓の一つや二つ大丈夫だったらしい。よろける身体《からだ》をぐいっと元に戻し、けなげに言った。

「なんてこと……たまは私がしつこくなかったら離れていっちゃうのね……」

「うーん。そういうわけではないけど」

たまちゃんは素朴な口調で言う。

「けど、いろんなきっかけは、みんみがくれるから」

「たま……私のすきぴ」

「はいはい」

たった一言でみみみはの表情は反転、たまちゃんをキラキラした目で見つめはじめて、たまちゃんはそれを無視している。

「……でもたしかにたまちゃんとみみみって、お互いをカバーしあってるって感じだよな」

俺が横から言うと、みみみが嬉《うれ》しそうに俺を指差す。

「でしょ!? つまりそれはたまからの無償の愛っ！」

「めんどくさい」

「ぐはぁっ!?」

今度はたまちゃんに胴体をバッサリ真っ二つにされるが、みみみは嬉しそうにしている。愛の形は様々だ。

「ていうか、なんでそんな話？」

「あそっか！ よーしブレーンまかせた！」

「あー……えーと」

いつもみたいにみみみは俺に丸投げしてきたけど、たしかにあまりに当然な疑問だったよな。ていうかそれを聞かずここまで話してくれたことが素直すぎると言えよう。なので俺はたまちゃんにも自分の状況を、かいつまんで説明することにした。

「——ということでして」

「そういうことかあ。うーん……」

話を聞いたたまちゃんは、ものすごく真剣な表情で考えはじめる。嘘《うそ》のない女だし、実際百パーセントの力で悩んでくれてるんだと思う。なんていいやつなんだ。

やがて状況が整理できたのか、たまちゃんはこんなことを言った。

「私たちと友崎《ともざき》たちと違うのは……私が嫉妬《しっと》しない、ってところじゃない？」

それはまた、ズバッと遠慮のない一言で。

「なにそれたま！　どゆこと！」

みみみが詳細を聞くが、当事者である俺はなんとなく理解できていた。

「たしかに……菊池《きくち》さんって、みみみとたまちゃんでいったら、たまちゃんのほうになるもんな」

「うん」

たまちゃんは簡潔に頷《うなず》く。うん、以外なにも言わないのがたまちゃんって感じだ。そこまで言葉になったからか、みみみもそれが理解できたようで、ぴきーんと頭の上に電球を出しながら目を輝かせる。

「あそっか！　たまが菊池さんみたいに自分の世界を持ってて、逆に私がいろんな人と仲良くなっていく側だから、ってことだよね？」

みみみの言葉に、俺は頷く。

「そうそう」

「つまり、私はブレーンだった!?」

「違うけど」

「あれ!?　ブレーンまで塩対応!?」

そしてみみみはがびーんと目と口を見開いた。そんなみみみのリアクションに、俺とたまちゃんは顔を見合わせてくすくす笑う。

「たしかにたまがブレーンみたいに他の子ばっかりと遊びはじめたら、嫉妬しちゃうかも！」

「だよね？」

すんなりとそれを受け入れるたまちゃんは、やはりあまりに器がでかく素直すぎる。

そしてたまちゃんは、みみみのほうをちらりと見ながら。

「そういうふうにね、たぶん人と人って、寄りかかる人と自分で立ってる人がいて……自分で立ってる人がいろんなところに行っちゃうと、もう一人は嫉妬しちゃうのかなって」

「あー……なるほど」

それはたしかに支え合う板や棒のようなものをイメージしてみると、納得できる話だった。

「こっちが寄りかかってるのに、その相手がいろんなとこ動いていっちゃってたら、倒れちゃうもんな」

「そうそう」

するとみみみも納得したように、

「おおーったしかに！　たま賢い！　えらい！」

「しってる」

「知ってた!?」

そしてみみみはまたがびーんと衝撃を受けている。たまちゃんのスルーの仕方が強くなってきていてなによりです。

たまちゃんは自分とみみみを交互に指差しながら言葉を続けた。

「けど、私たちは逆でしょ？」

「……あー」

みみみは納得したように、少しだけ自省的に声を漏《も》らしたけれど、俺はその言葉の意味がすぐには理解できなかった。

「どういうことだ？」

「……えーと、ほら。私はたまに寄りかかったりもしてるけど……」

そんなことを少し言いづらそうに話しながら、

「私が動き回って、たまをぐいぐい押していろんなとこに連れてってる感じだもんね」

「あ……そういうことか」

俺は気が付く。この二人の関係。きっと強く立っているのはたまちゃんのほうで、けど、そんなたまちゃんに世界を広げるきっかけを与えるのはみみみで。

たしかにそれは、バランスが取れていると思った。

「友崎《ともざき》たちの場合は、そこが逆だもん」

「だね！　私たちは、たまは強いけど自分の世界で生きがちで、私はか弱いかわいい世界一の美少女だけど、この足で世界を広げてってるわけじゃん？」

「まあ、ここはツッコまないでおこう」

みみみは俺をむむむっ、とジト目で見つつも、言葉を続ける。

「けどさ、ブレーンたちの場合は、菊池《きくち》さんは弱くて一人の世界を生きがちなのに──」

そして俺のことを、儚《はかな》い笑みで見た。

「──ブレーンは自分で立ってる上に、自分で世界を広げていっちゃうわけです」

そうしてみみみは、寂《さび》しく笑った。

それはどこか、実感の伴っている言葉で。

「たしかにそれって——嫉妬《しっと》しちゃう気持ち、私もわかるなあ」

俺はそこまで意識できていなかったけど、言われてみれば頷《うなず》けてしまう言葉ばかりで。

そこにたまちゃんがさらっと結論を出すように、こんなことを言った。

「だから、ちょっとバランスが悪いのかもね？」

「バランス……」

言葉が、妙に腑《ふ》に落ちるのを感じていた。

菊池《きくち》さんと話しているときにも、感じた違和感。

互いが逆のことで悩んで。逆の言葉を与えあって解決して。

それがまるで奇跡のように思えたから、それを『特別な理由』だと名付けたけれど——それはまったく同じ理由で、矛盾《むじゅん》だとも、アンバランスだと言うこともできて。

もしもそれが種族によるものなのだとしたら、俺たちは。

みみみはうーんと視線を斜め上に向けながら言う。

「たしかに菊池さんって、友崎《ともざき》以外と遊んだりしてるの、あんまり見ないもんね」

「……そうなんだよな」

俺は実感とともに頷く。

日南《ひなみ》に人生の攻略方法を教えてもらって世界の見え方を変え、自分の世界を広げつづけている俺と、自分の好きなものに向き合い、元々住んでいる湖で自分を深めつづけている菊池さん。

それはやっぱり、ポポルと炎人の関係に近かった。

「俺も元々はアタファミばっかりやってる湖の出身だったけど……そこから出たんだよな」

「湖？」

たまちゃんがきょとんと俺を見る。

「あ、いやなんでもない」

俺は焦《あせ》って取り消す。

ついいつもの炎人の喩《たと》えで言ってしまったけど、伝わるわけないんだよな。たまちゃんは「ふーん」と特に気にせずに話を進めてくれている。こういうところがさっぱりしていてすごく助かる。

「だったら、ちゃんと大丈夫だよって言ってあげるしかないのかな？」

たまちゃんが言うと、みみみも明るく頷いた。

「あ、たしかに！　女の子は言葉を欲しがる生き物ですからねえ」

「言葉……」

それは水沢《みずさわ》が言っていたことにも似ていた。

つまり実際にその傾向はあるってことなんだろうけど、本当にそれだけでいいのだろうか。

俺にはやっぱり、どこか違和感があった。

二人の提案に、俺は少しだけ考える。

「一応、それは自分なりに言ったつもりなんだよな……」

言いながら、どうしたもんかと首をひねった。

「そーなんだ？」

「なんて言ったんですかーっ!?」

二人に詰められて、俺は気がつく。まずい。余計なことを言ってしまった。

「ああえーと！　いや、なんでもない」

慌《あわ》てて取り消すが、あとの祭りとはこのことだ。

「ちょっとブレーン？　相談乗ってるんだから答えてくれないとなにも言えないですねぇ〜」

するとたまちゃんも楽しそうに笑い、俺をいたずらっぽい表情で見る。

「そーだよ友崎《ともざき》？　ちゃんと言わないと」

「た、たまちゃんまで……」

なんてことだ。明るく振る舞うスキルを悪行に使うたまちゃんなんて俺は見たくないぞ。

しかし、にやにや笑う二人のロックオンは俺を狙《ねら》って離さない。

「う……」

「ほらブレーン！　タイムイズマネー！」

「そうだよー？」

「……わ、わかった」

そうして追い詰められた俺は、それを正直に言うしかないのだった。

「えっと――俺が好きなのは菊池《きくち》さんだけだから、って」

そしてたまちゃんは、あははと楽しそうに笑い、俺はみみみに肩をぺちーんと叩《たた》かれるのだった。

＊＊＊

赤っ恥をかいた数十分後。俺はみみみと北与野《きたよの》駅にいた。

みんなと別れて電車を降り、二人で改札を出ると、みみみはどこか居心地《いごこち》が悪そうに、斜め下を向いていた。

「……どうした？」

さっきまでの楽しい空気とは一転、みみみは気まずそうにどこか硬い笑みを浮かべて、俺を見る。

「いやぁ、菊池《きくち》さん、さ！　オフ会とか遊びとかそーいうの、嫉妬《しっと》してたんだよね？」

「そうだな」

俺が頷《うなず》くとみみみは、一度だけ唇《くちびる》をきゅっと結ぶ。そして意を決したように、けれど明るい声で。

「じゃあさ！　今日とかも二人で帰ったりしないほうがよさそーですね！」

「……あ」

そう。俺も実はそれについて、どうするべきなのか迷っていた。

菊池さんを傷つけてしまった理由の一つには間違いなく、俺とみみみがときどき駅から一緒に帰っていることもあって。それは特に菊池さんと付き合う前と変わらないことだったけれど、たしかにそれはやっぱり形式としては、恋人を持っているなら避けるべきことの一つと言えるかもしれない。

正直なところ俺は、俺さえしっかりとしていれば問題ないと思っているし、みみみとの時間も、自分にとって大切なものの一つだった。けれど。

みみみとは、ただ単に友達でいただけというわけでもないのだ。

「やっぱそう、だよな……。えーと……」

するとみみみはにっと笑う。

「なーに謝ってんの！　それとも私と一緒に校章をもらう覚悟でもあるのかー!?　せっかく彼

女できたんだから彼女を大事にしな！」

「……おう。けど、すまん」

「だーかーら！　いーのいーの！　ていうか私こそ原因の一つになっちゃったみたいでごめんって感じ！」

「いやそれは……」

いつか菊池さんとやったような謝り合いになってしまい、なぜか喪失感のようなものが胸をついた。

「よーっし、それじゃあ私先にいくね！」

「……おう」

「ブレーン、寂《さび》しくて泣くなよ？」

言いながら、みみみはくるっと俺に背を向けた。

「う、うるさい、みみみこそ」

俺が売り言葉に買い言葉を返すと、みみみは一瞬だけぴくりと、肩を震《ふる》わせた。そして振り向き、言葉を作る。

「ふっふっふ、こういうのは取り残されたほうが寂しいと、相場は決まってるのです」

「なんだそれ、ず、ずるい」

「じゃーね！　また学校で！」

そうしてぴゅーっとみみみは去っていってしまう。橙《だいだい》色の陽を逆光にして俺に背を向けるみみみの背中は、あっという間に小さくなってしまった。

それはどこか、大切なものを少しずつ手放しているような感覚でもあって。

「……いいのかな、これで」

そのとき感じていた寂《さび》しさはたしかに、自分がどこかに取り残されてしまったような、そんな複雑な感情だった。

＊＊＊

次の日の朝。

「実は……インターネットに小説を載せようかなって考えてて」

「へえ！」

朝の図書室。昨日のように二人でいる時間を増やすために一緒に登校し、この場所にやってきた俺たち。決意混じりの声で言う菊池《きくち》さんに、俺は明るく相槌《あいづち》を打っていた。

「そのほうが、人に見てもらうことに慣れたりできるかな、って」

「うん、そっか」

一聴していいなと思える報告だった。そういった界隈《かいわい》に詳しいわけではなかったけど、自分の書いた作品を誰《だれ》でも読める形で公開することは、経験という意味まで含めれば、決してマイナスにはならないだろう。初詣《はつもうで》のとき、次の作品は新人賞に送ろうと言っていたし、そのための第一歩としては申し分ないように思えた。

話しながら俺の頭をよぎるのは、昨日みみとたまちゃんと一緒に話した『アンバランス』であることについて。けれどいまはそれより、菊池さんの話を聞きたかった。

「すごくいいと思う。どんなの載せるの？」

「えっと、説明が難しいんですけど……」

菊池さんは頭の中をなぞるように、夢想するように、視線を上に向ける。小説のことを考えているであろうその表情は柔らかく、考えること自体がとても楽しいのだということが伝わってくる。

朝の図書室は本の一つ一つが音と光を吸収してしまうような密《ひそ》やかな雰囲気《ふんいき》が漂っていて、けれどそれは薄暗いというよりも仄《ほの》かな光が舞っているというような印象で。

その空気感はやっぱり、菊池さんに似合っていた。

「演劇でやった『私の知らない飛び方』と、『ポポル』のテーマを合わせたようなお話にしたいな、って思ってて」

「おお！」

もちろんそれだけで話の全貌《ぜんぼう》を把握できたわけではない。けれど菊池さんが、自分の好きな小説と、自分が本気で作った脚本を合わせた作品を作ろうとしているということ自体が、俺にとってはたまらなく楽しみで。

「すごく、いいと思う！」

「ふふ。……ありがとうございます」

そんな曖昧《あいまい》な言葉にすら菊池《きくち》さんは感謝を返してくれる。ほんの少しのとげとげしさすらない、優しい空間だ。

「『飛び方』を書いたあとで、まだあの作品のなかでは描き切れていないことがあるなって、気がついたんです。だから今回の話では、そこを書きたいなって思ってて」

「描き切れていないこと？」

するとどうしてか、菊池さんは少し寂《さび》しく笑う。

「はい。……『飛び方』は、クリスのための物語になっていったじゃないですか」

「うん……そうだね」

俺は演劇の本番を思い出しながら言う。

あの物語はクリスのための──別の言い方をすれば、菊池さんのための物語だった。

「箱庭の中に閉じ込められていた少女が……やがて、自分の意思で箱庭に閉じこもっていたことに気がついて。自分と世界の真ん中を選びとって、箱庭の外へ飛び立つための方法を見つける……そんなお話になったと思います」

俺はまた頷《うなず》く。

クリスは自分が好きな花飾りの職人になるという道を選び、そして、菊池さんも——。

「自分が作りたいものを作って、世界とつながりを持ったんだよね」

俺があえて具体的に言わず、現実と重ねるように言うと、菊池さんは胸に手を当てて微笑《ほほえ》み、丁寧《ていねい》に頷いた。

「あのときの私は……きっとあれを描かなくちゃいけなくて。だからこそいま、本気で小説家を目指すって道を選べたし……だからこうして、友崎《ともざき》くんと……」

「う、うん。……恋人同士に、なれた」

「……っ！」

俺が勇気を出して言葉を継ぐと、菊池さんは妖精《ようせい》から人間になったはずなのに、猛火の呪文《じゅもん》を発動する。ちなみに俺もアタファミで言うファイアブレスを放っていた。たぶん図書室ではあんまりやらないほうがいい。

「だ、だから……えっと……！」

「……うん」

そして二人の火と火は合わさり増幅して上級呪文へと変化してしまう。菊池さんはそのまましばらく言葉を迷わせた。

「その……」

やがて菊池《きくち》さんはたっぷりと言葉を溜《た》めて、こんなことを言った。

「……なんでしたっけ？」

「ちょっと」

あまりに熱を出しすぎたのか、菊池さんがおバカになってしまった。俺は苦笑しながら言葉を継ぐ。

「クリスを描いた『飛び方』では描き切れていないこと、でしょ？」

「あ、そうでした……」

顔を見合わせて二人は、くすくすと笑う。

そして俺は言いながらも、わかったような気がしていた。

あの作品は、クリスの話になった。

だから、まだ描き切れていないことがある。

——ということは。

「クリス以外のキャラクターのことを、描き切れてない、ってこと？」

「……はい」

きっとそれは、具体的にいえば一人のことを指していて。

「そっか。……取材とかもしたもんね」

菊池さんは頷《うなず》いた。

そう。俺と菊池さんはあの作品を作り上げるとき。キャラクターのことを深く描くためにとある人物の取材に出向き、そこに真実がないと考えた俺たちは、その人物の中学の頃《ころ》の同級生にまでも話を聞きにいった。

それはすべて、もう一人のヒロインの内面を描くためだ。

「……アルシアを、描き切れてない、ってことだよね」

それは——言い換えるのならば、日南葵《ひなみあおい》だ。

菊池さんが途中まで描いた日南の闇《やみ》。それは日南の動機や価値観に光を当てるような鋭さを持っていて、裏の顔を知る俺にとっても、興味深いものだった。

「はい。……触れづらい部分も多いんですけど……」

菊池さんはどこか言いづらそうに視線を迷わせる。たしかに日南の過去や内面はまだブラックボックスが多くて。一歩間違えると触れてはいけない部分に触れてしまいそうな予感があった。……それこそ話に聞いてしまった、妹の件がそうだろう。

「えっと、あとは本編で……」

「うん、わかった。そうしよっか」

小説を書く人としてのこだわりだろうか、菊池さんはそれ以上テーマについて語ることを嫌《いや》がった。

菊池さんは普段は自分を主張しないタイプだけれど、ときに職人気質を発揮することがあった。演劇のときもギリギリまで脚本を直しつづけたり、背景に色をつける演出まで考えたり。何度か菊池《きくち》さんのそういうクリエイターとしての一面を見た。

そして、そういうときの菊池さんは、俺の思いもよらないすごいことを考えていたりするから、きっとまかせてしまったほうがいいのだ。

「応援してる」

「ありがとうございます。まだ、一進一退なんですけどね」

楽しそうに笑むと、やがてふっと、菊池さんは真剣な表情になる。

「友崎《ともざき》くんは……プロゲーマーを目指すんですよね？」

気を使うようなトーンで放たれたその質問。

一瞬どうしてだろうと気になったけれど、俺はすぐにその答えに思い至る。

なんせプロゲーマーなんて職業は、たぶん一般的に見るとまだ非現実的というか、悪意をもって捉《とら》えれば荒唐無稽《こうとうむけい》にすら映る選択だ。触れることがどこかタブーめいて見えるというか、距離感が難しいのだろう。

「うん。目指すよ」

だからこそ俺は、自信を持って、はっきりと頷《うなず》いた。

「プロゲーマーに、なりたいと思ってる」

そして、にっと笑って見せる。

それはどう考えても茨《いばら》の道だけど、すでに活躍している人もいるし、至るための道筋もうっすらと見えている。

茨ではあれど、決して通れない道ではないのだ。

「それって、とても難しいんですよね？」

「うん。けど、自分にはその能力があると思う……いや、それはちょっと違うか……」

菊池さんが首を傾《かし》げるのを見ながら、俺は自分のなかにある自信の理由を探った。

俺はまだ、いまの自分がそのままプロゲーマーとして通用するとは思えていない。足軽《あしがる》さんから聞いた話だけでも、具体的な要素として足りない部分はいくつもあるように思えたし、現実、俺は足軽さんに三先《さんさき》の試合で負けた。

だから、自信の理由はそこではなくて。

「もし足りなくても、これからそれを身につけられる気がしてる——って感じかな」

すると菊池さんは俺の顔をしばらくまじまじと眺めたあと、安心したように笑う。

「……なんだか、友崎くんって感じです」

「なにそれどういう意味？　褒《ほ》めてる？」

「ふふ、どういう意味でしょうね」言いながら菊池さんは、ふいっとそっぽを向いてしまう。

「けど、褒めてはいますよ」

そしてちらり、と俺を横目で見て笑った。

「あ、ありがと」

その横顔はいたずらを楽しむ少女のように魅力的で。

「って言っても、ただがむしゃらに目指すってわけじゃなくて——」

そうして俺は菊池《きくち》さんに引き出されていくように、もっと自分のことを話していく。自分で決めた理想と現実の話——つまり、プロゲーマーを目指しながらも大学には行くつもりで、そのために勉強もアタファミもしっかりとやっていきたいこと。そしてただ強くなればいいわけではなく、それで食べていくためのプロモーションなどの戦略も考えていきたいことなどを話した。

「すごい……なんだか、聞いているだけでドキドキします」

菊池さんはまるで自分のことかのように喜び、頰《ほお》を熱で染めてくれる。

そして、俺を肯定して包み込むようなおおらかな声色で。

「とっても難しそうで、大変だと思いますけど……友崎《ともざき》くんなら、大丈夫だと思います」

「……ありがと」

俺は照れながら言うと、菊池さんは俺の表情をじっと見つめて、やがてくすっと笑った。

「どうしたの？」

すると菊池さんはどこか嬉《うれ》しそうに何度か頷《うなず》いて、

「話してるときの友崎くんが——なんだかとっても、楽しそうで」

——楽しそう。

俺はその一言に。菊池さんの綺麗《きれい》な笑顔に。息を呑《の》んでしまう。

「……うん」

とてもシンプルな言葉だけど、たぶん、とても大事なことで。

だからこそ俺は、それを空っぽのあいつに教えたいのだと思っていた。

「私も、応援してますね」

鈴を転がすような声で言うと、やがて菊池さんは少しだけ心配そうに俺の顔をのぞき込んだ。

「えっと……じゃあオフ会には、これからも？」

「あー……えーと」

俺はそこで少し困ってしまった。

たしかにオフ会には行きたいと思っている。けど、いま菊池さんが考えているのはきっと、このすれ違いの原因の一つになったレナちゃんのことだろう。

昨日の放課後、話したことを思い出す。

水沢《みずさわ》は言っていた。なにかを選ぶなら、なにかを捨てないといけないのだと。

みみみは言っていた。俺たち二人はバランスが悪いのだと。

「うん。……行きたいな、って思ってる」

俺が言うと、菊池さんはやはり迷ったように目を泳がせてしまう。

「そう、ですよね」

「えっと……プロゲーマーになるって決めたことも、お世話になった人に報告したいし……たくさん、その世界の話も聞きたいし」

すると菊池《きくち》さんは、語尾をすぼませながら。

「つ、次はたしか……」

「……今週の土曜日。対戦会に誘われてて、行こうと思ってる」

その言葉にわかりやすく、菊池さんはびくっと身を跳ねさせた。俺の心に罪悪感が蘇《よみがえ》ってくる。

「えっと、そこに、あのLINEの人は……」

LINEの人というのは間違いなく、レナちゃんのことだろう。

「どうだろ……けどたぶん、いるかな」

「そ、そっか……」

菊池さんは不安そうに俯《うつむ》いてしまった。唇《くちびる》を噛《か》む様子は儚《はかな》く、弱々しい。

「……やっぱり、不安？」

「え、えっと……」

菊池さんはそれを明言しなかったけれど、それはほとんど頷《うなず》いているようなもので。俺のなかにちくりと棘が刺さるのがわかった。

菊池さんの視線はやがて、レナちゃんではないところへ向けられる。

「対戦会……最初だけじゃなくて、毎回、日南《ひなみ》さんも一緒なんですよね？」

「え……」

少しずつ近づいてくる問いに、俺は警戒を強めてしまう。

だってそこは、言葉を間違えれば日南に迷惑をかけてしまう領域だ。

俺が頻繁《ひんぱん》に対戦会に行くことについては、プロゲーマーになると決めたのだし、そもそもオンライン一位になるまでやりこんでいるゲームだから、と納得もしてもらえるだろう。けれど、そこに毎回日南が一緒にいるというのは、説明の難しい違和感だ。

「……そうだね」

頷きながら、俺は困っていた。

日南がアタファミにハマっているという話だけなら菊池さんに伝えてあるし、そこまでなら競技性だけでなく大衆性もあるパーティーゲームだから、ということでギリギリ説明がつく。だから最初の一回、興味本位でついてきたのだというだけなら、そこまでおかしな話ではない。けど、現役のプロゲーマーと、それを志望するオンラインレート一位の高校生。そしてそこそこ実力のある実況者コンビと、謎《なぞ》の大人の女。そんな濃いメンバーのなかに何度も交ざり、場に馴染《なじ》み続けている、とまでいくと、違和感が残るだろう。

たしかに日南は誰《だれ》とでも仲良くなれるし、なんでもできる人間だけど——それはちょっと興味本位で、という話だけでは説明しきれない。

日本二位のNO NAME、というところまでが明らかになることはないだろうけど、それに近いなにかが明らかになってしまうことすら、日南《ひなみ》は望まないはずだ。

「えっと……その……」

けれど。

次に菊池《きくち》さんから飛び出した言葉はまた、俺の予想から少しだけズレたものだった。

「友崎《ともざき》くんのなかで、日南さんは特別な人なんですか……？」

それはどこか嫉妬《しっと》の混ざった表情と声で。

投げかけられた『特別』という言葉。それは演劇の脚本だけでなく、頼まれた〝旧校章〟の話を踏まえたようにも感じられる質問だった。

「……特別っていうのは？」

俺がその詳細を聞くと、菊池さんは心配そうに俺を見上げ、こんなことを言う。

「……友崎くんは私を選んでくれた、ってことはわかってるんですけど……」

そして、菊池さんは少し言いづらそうに。

「友崎くんにとって、本当に、鍵《かぎ》と鍵穴《かぎあな》のような存在って、日南さんだと思うから……」

「それって、前に……」

「……はい」

演劇のときにも話していた、菊池さんの『世界の理想』の話。

不安定な声で伝えられるその言葉には、自分を脅かす予感のようなものが感じられた。

俺の作った人間関係や行動がまた、意図せず菊池さんを傷つけてしまっていて、俺の心に再び、罪悪感がよみがえった。

「段々と……不安になってきたんです。本当に、私たちの関係が特別だって言えるのか。……本当に、私と友崎くんが、校章をもらうべきなのか」

「……っ」

それは、俺がみみみやたまちゃん、水沢《みずさわ》たちと話したことにも似ていて。

泉《いずみ》に旧校章の受け継ぎをお願いされたとき、菊池さんの瞳《ひとみ》にほんの少し揺らいでいたように思えた不安定。それを思い出してしまう。

「真逆だったっていう偶然は、本当に特別な理由になるのか、それはただ真逆なだけだったたってことにならないのか……怖くなっていって」

俺は自分と菊池さんが同じタイミングでその疑問に行き着いたことに、不吉を感じていた。

「やっぱり特別な関係なのは――」

菊池さんはそっと、ブレザーの襟《えり》に触れる。

「十年続く物語を受け継ぐべきなのは――友崎くんと日南さん、なんでしょうか」

再び問われるその言葉に、俺は考える。

日南《ひなみ》は俺にとってクラスメイトである前に人生の師匠で、アタファミを競い合うNO NAMEで。

そして俺が個人的に関わって、人生の楽しさを教えてやりたいと思っている、大切な友人だ。

確かに特別と言えば特別だけれど、その特別は菊池《きくち》さんの知らないもので。どうしてもここには、説明するための大きな壁がある。

「……ごめん」

そこで俺は、一つ思い至った。

たしかにそれは、俺とあいつだけの間の話だから、その領域を超えた行動は許されない。自分のためだけに相手に迷惑のかかる行動は、取ることができない。けど。

きちんと、許可をもらえたなら。

「ちゃんと説明するから……何日かだけ、待ってもらってもいい？」

もしそれができれば。

俺と日南の『特別』な関係のことを——初めて誰《だれ》かに話せるのかもしれないと思ったのだ。

「……わかりました」

その表情にはやっぱり、迷いと信用が入り混じっている。

「だから、やっぱり対戦会には行ってもいいかな？」

俺は改めて正面から、問い直してみた。すると。

「えっと……」

菊池さんは、迷ったように顔を伏せてしまう。

けれど、そのとき。

言いながら、自分の感情が、自分でもわからなくなっていくのを感じた。

もしも――。

もしもここで菊池さんに『それでも行かないでほしい』と言われてしまったら、俺はどうするのだろう？

しばらく無言が続いたあと。

菊池さんは焦《あせ》ったように口を開いた。

「い、いえ！　……その、友崎《ともざき》くんの将来について、邪魔したくないので……」

その口調と、表情で。

菊池《きくち》さんが迷いを振り払えないままに言っているのが、俺にもわかった。

きっと無理をして、自分の気持ちを押し殺しているということが、手に取るようにわかった。だってその瞳《ひとみ》は潤《うる》んでいて、見る先を迷っていて。机の上に置かれた指の先は、弱々しく震《ふる》えていたのだから。

それは見るからに不安定で、触れないことが不自然なくらいで。

まさにいま、菊池さんを傷つけているんだということが、痛いくらいにわかったのに。

——なのに。

「……うん、ありがとう」

その一言を、受け入れてしまっていた。

だって——俺には、その自信がなかったのだ。

もしも今、本気で行かないでくれと懇願されたら。

やっと見つけた俺の『やりたいこと』への大切な道を、大切な人に拒絶されてしまったら。

それを——受け入れることができない気がしたのだ。

そんな感情が自分のなかにあることに驚き、けれどそれとどう向き合えばいいのかは、いまの俺にはまだわからなくて。

「……ごめん」

償《つぐな》うように、贖《あがな》うように。菊池さんに聞こえないくらいの声で小さく呟《つぶや》く。

その声はきっと菊池さんに届いているけれど、その意味は成していないだろう。

俺たちのアンバランスが——特別な関係なのか、それとも矛盾《むじゅん》した関係なのか。

問いに対する答えが、少しずつ濃くなっているような気がしていた。

3　物理も回復もできる勇者は一人で冒険できてしまう

土曜日。アタファミの対戦会がある朝。

俺は朝食を食べながら、自分の部屋でパソコンの前に向かい合っていた。

画面に映っているのは無機質なワードソフト。打ち込まれている文字は、こんなものだ。

小さい目標：足軽《あしがる》さんに大会形式の三先で勝つ。
中くらいの目標：S tier以上の大型大会で優勝する。
大きい目標：大会総合戦績ランクで世界一位になる。

これは俺がプロゲーマーになると決めたときに定めたアタファミの目標で、やり方は日南《ひなみ》の人生攻略と同じ形式だった。これはやり方を踏襲したというよりも、俺はもともと似た形で目標を立てて、アタファミの腕を研鑽《けんさん》しつづけてきたから、それを引き続きこなしているだけだといったほうが正しいだろう。だから——ここから先が、俺の新しい挑戦だ。マウスを操作し、もう一つのタブを開く。

そこに書かれているのは、こんな文字列だ。

小さい目標：菊池《きくち》さんとの関係に特別な理由を見つけて、二人で旧校章を受け取る。
中くらいの目標：
大きい目標：人生において『キャラクター』になって、楽しく生きる。

それは日南との攻略を休止した俺が、自分自身に課した人生の目標だった。

日南に会議や人生攻略を休止したいとは言ったものの、それはあくまで日南の思う『リア充』へ向けた攻略をやめたい、ということでしかない。むしろ俺はいままでnanashiとして、一度始めたゲームには本気で向き合い続けてきたのだし、俺はこの人生というゲームが名作ゲームだと思えるようになったのだ。ならば、それをやめる理由はない。

「うーん……」

まだ空白になっている中くらいの目標。俺は真剣に頭を悩ませる。日南は中くらいの目標が一番大事だと言っていたけど、確かにこれは難易度が高かった。そもそもそれを決める指針となる大きい目標がざっくりしすぎてるのも問題なのかもしれない。けど、本音ってのはやっぱり、小学生みたいになるもんなんだよな。

――けど、そう思うと。

大きい目標。俺が『楽しく生きる』と設定している、いわば人生のコンセプト。

「日南《ひなみ》にとってのそれは……『リア充になる』だった、ってことだよな」

それは強さなのか、それとも脆《もろ》さなのか。

そんなことを考えていると、俺のなかにふと、いつかの廊下で浮かんだ疑問が蘇《よみがえ》る。

それは日南が紺野《こんの》エリカに〝制裁〟をくわえたときに覚えた感情で。

俺はここ半年とちょっとで、いろいろな経験をしてきた。けれど、自分のなかで言語化して『これがしたい』と思ったことは、そう多くはなかった。

だとしたら俺にとって最も重要な目標はきっと、それになるんじゃないか。

──なんてことを思った。

中くらいの目標：日南葵《あおい》のことを、知る。

そうして俺は、目標を刻んだノートパソコンをたたむのだった。

＊＊＊

少し早めに家を出て、俺は対戦会へ向かうため北与野《きたよの》駅から埼京線《さいきょうせん》に乗る。

乗っている電車は東京方面。いつもはだいたい大宮《おおみや》方面へ向かう電車に乗っているから、こっち方面はちょっと冒険感があるというか、外出してるぞ～って感覚でテンションが上がる。いつでも埼玉県民のことを見守っているコバトンに裏切り者として抹殺される可能性は少し気になるけれど、おそらくコバトンは県境をまたげないだろうから、浮間舟渡《うきまふなど》駅まで行けば逃げ切ることができるだろう。

とか考えていた、そのとき。

俺のポケットに入っているスマホが震《ふる》えた。

「ん？」

取り出してみると、画面にはLINEの新着メッセージにポップアップ通知が表示されていた。

「……うわ」

俺がこんなリアクションということは、言うまでもなく送信主は――レナちゃんだ。

菊池《きくち》さんと仲直りできた日の夜に文句を言って以来のレナちゃんからのメッセージ。ちなみにあの日俺が最後に送って何が来ても会話を終わらせるつもりだった『ちょっとね！　今後はやめてくれれば大丈夫！』というメッセージへの返信は来なかった。別にいいけどちょっとなんなんだと思っている。

「なんだ……？」

レナちゃんからのLINEは二通で、スワイプするとウインドウには『画像を送信しました。』『ねえ見て買った』とだけ表示されている。通知画面からは画像は見れないため、なにが送られてきているのかはよくわからない。

俺はそれに既読をつけるべきか迷ったが、足軽《あしがる》さんから来た連絡によると、今日の対戦会にはレナちゃんも来るんだよな……。だとするとそれまでには開く必要があるだろうし、もし見ないまま現場で「ねーあのLINE見た?」とか言われるのもめんどくさそうだ。

ということで俺は電車の座席に座りつつレナちゃんとのトーク画面を開く。――すると。

「……っ!?」

俺は声をあげてしまいそうになるのを咄嗟《とっさ》に抑えた。俺の画面に表示されたのはとてつもない光景。

送信されてきた画像は、下着の上から前が大きく開いた透け感のあるパジャマを着て、それを鏡に映した姿を自撮りした写真だった。

もともと身体《からだ》に密着したニットを着ていたからわかってはいたけど、強調されるべきところが強調され、それ以外が締まった蠱惑《こわく》的な曲線が浮かび上がっている。ただの下着姿というわけではなく、それがうっすらと隠れているせいで、俺が覗《のぞ》いているような気分にすらなって、妙に生々しい。鮮やかな紺色は俺の目を惹《ひ》き、そこに色香を感じてしまう。それが直接本人から送られてきているという事実も、妙に背徳感を刺激した。

俺は咄嗟にトーク画面を閉じ、怪しまれないくらいのスピードで首を回して周囲の視線を確かめる。特にいまの画面を見た人も、俺の押し殺した声を不審に思った人もいなさそうだった

けど、一瞬のうちに身体《からだ》のスイッチを切り替えさせられてしまうほどに、強力な一枚だった。

──ど、どういうことなんだ？

俺はどうすべきか迷ったが、返信しようにも文字を打っている間はあの画面を表示しつづけないといけないことになるし、そうなると視界の端から襲《おそ》いかかるスリップダメージで、俺の理性ポイントがさらに減っていくことは間違いない。休日の東京方面行ということでまあまあ込んでるし、電車のなかでそれをするのはちょっと難易度が高そうだ。

俺は一旦《いったん》冷静さを取り戻そうと目を瞑《つむ》る。しかしそうすると瞼《まぶた》の裏には、さっき目に焼き付いた写真が浮かんでくる。

「……ぐ」

心頭滅却に大失敗、むしろさっきよりも顔が熱くなってしまった俺は素直に目を開く。すると偶然目の前に五十代ほどのおじさんが立っていたため、その鼻の頭を凝視して気を逸《そ》らすことで、なんとか落ち着きを取り戻した。なんか一瞬目が合って不審な表情をされたけど、背に腹は代えられない。

「……よし」

平静を取り戻した俺は、もうそのメッセージに反応することはあきらめ、対戦会とその前の用事のことに頭を集中させることにした。大丈夫、アタファミに集中すればなんとかなるはずだ。

けど……対戦会にいるんだよな、レナちゃん。写真だけでこうなってたるのに、実際になにか仕掛けられたらどうすればいいんだよ俺は。嫌《いや》な予感しかしないぞ。

＊＊＊

数十分後。板橋《いたばし》駅前のカフェ。

「ちゃんと来てくれてよかったよ」

俺は日南と二人で、窓際のカウンター席に座っていた。

「……別に、約束したわけだし」

むすっとしたまま、日南《ひなみ》は不愛想に応《こた》える。

日南は周りからもひときわ目立つ洗練された服装で俺の隣にしゃきっと座っていて、座り姿だけでこうもオーラがあるのは単純に『姿勢』という基礎なのだろう。ちなみに俺はその隣で居心地《いごこち》悪さを感じながらおずおずとカフェラテをすすっていて、しかしそれは別に日南の隣が俺じゃ格好つかないから、とかそういうことではなく——

「人生攻略は休止って話だったけれど、対戦会には誘うのね」

ぐさりと言われ、俺は所在なく口を尖《とが》らせつつも思ったことを話す。

「まあ……人生攻略とアタファミは関係ないからな」

数日前に第二被服室で秘密を菊池《きくち》さんに明かすことの確認を取ったあと。アタファミの対戦会に一緒に行かないかと、俺から日南《ひなみ》を誘ったのだ。

「ふうん……」

言いながら日南は、カウンターに置いたスマホでInstagramのタイムラインをチェックし、いくつか華やかな投稿を選んではいいねをつけている。そういうのの選び方とかもパーフェクトヒロイン維持に必要なんですかね。服とかお洒落《しゃれ》な雑貨とかが多かったけど、あとでその装備を揃《そろ》えるとかですかね。かと思えば買ったチーズケーキをおしゃれな角度から撮影しはじめて、忙しいなこいつは。

「だからといって、私を誘う理由にはならないけど。私のことを、嫌いになりそうなんじゃなかったの？」

やはり目も合わさず無表情で言う。だけど、俺はめげない。

「まあ、そうだな。あのまま会議を定期的に続けたら、嫌いになってたかもしれない」

「そんな嫌いになりかけの人を、なんでわざわざ対戦会に誘うのよ」

言いながら、日南がちらりとこちらを見た。眉《まゆ》をひそめ、不機嫌そうにしている。

「たしかに俺は、お前の冷たい考え方とか、正しさばっかりで人の気持ちを考えない部分に関しては、いまでもどうかと思ってる」

「それだったら……」

「忘れたのか？」

俺は日南の言葉を遮《さえぎ》ると、息を吸ってからもう一度、口を開く。

その思いはきっと、まだ理屈の伴わない、気持ちによる大切な衝動だ。

「俺がお前に、人生の楽しさを教えるって言っただろ」

その言葉に日南は、ぴくり、と目を丸めた。

「会議は休止したいけど、俺はそこまでやめたいとは言ってない」

表情筋はぴくりとも動かさず、けれどただ一か所だけ変化を見せる、目の動き。

それが仮面の穴から覗《のぞ》く本当の顔だといいなと願いながらも、俺は表情筋を使って、自分の気持ちを反映させるための、前向きな笑顔を作った。

「これは——俺のやりたいことだからな」

得意気に言って、日南から目を逸《そ》らさない。

「……あっそ」

そのとき日南の目に現れた二度の大きなまばたきが、一体どんな意味を持っていたのかはわからない。けれど、いまはまだ、それでいいと思った。

「……ま、私もアタファミのことは好きだから、別にいいけど」

「だよな、そう言うと思った」

すると、日南《ひなみ》は不快そうに眉間《みけん》にしわを寄せる。

「あなたの予想どおりっていうのは癪《しゃく》だから、やっぱり帰ろうかしら」

「お、おい、それはないだろ」

俺がうろたえると日南はまたはあ、とため息をついた。

「……本当にやりたいこと、ねえ」

日南は眉《まゆ》を上げながら俺を横目に見て。

「ほかのことを証明する気は……もうないのね」

「……ほかのこと？」

俺の言葉に対する返事はせず、日南はふいと前を向き、広い窓の外を歩く人々を見つめる。

それを見て日南がなにを思うのかは、やっぱり俺にはわからなかった。

＊＊＊

「……なるほど、ね」

冬と歓楽街の香りが混ざる風に髪を揺らしながら、日南は眉をひそめる。

「どうしてもそこだけ、説明できないんだ」

俺が日南に話しているのは、菊池《きくち》さんが日南との関係のことを不思議がっていること。そして、これまでの俺と日南のことを——つまり日本一位のNO NAMEとしてオフ会で出会い、そこで人生攻略をすることになったことや、そのために日南が細かいアドバイスをしていたこと、その縁でオフ会に参加しているということなどを——可能な範囲で菊池さんに伝えたい、というものだった。

「よくよく考えると、オフ会にお前が毎回行ってる理由って説明しづらいし、けど一緒に行ってることを隠すわけにはいかないし……そうじゃなくても俺とお前の関係って、ちょっと特殊だろ。……あれ？　この道どっちだ？」

大まかな事情を話すと、日南は納得したように頷《うなず》きつつも、眉をひそめた。

「まあ恋人ってなると、ちょっと気になる存在ではあるでしょうね。道は左」

ちなみに俺は足軽《あしがる》さんから送られてきた住所をもとに日南を先導していて、日南もなぜかマップを開いている。俺の案内を信用していない可能性が高い。正しい判断だろう。

「……だから本当は、校章は俺とお前が受け取ったほうが相応《ふさわ》しいんじゃないかとか、そんなことまで思ってるみたいでな」

「それはまあ……単純に見てる人が意味わからなく思うからだめでしょ」

「いやそうだけど。気持ち的な話な」

相変わらず常にすごく正しいというか、現実を直視してくる日南《ひなみ》だった。

「……たしか、あなたが『とある人』にアドバイスをもらって、人生を攻略していっていることまでは、伝えてあるのよね？　あと、信号赤」

「うおぉ!?」

マップを見ながら人と会話しながら交通安全を確認するというトリプルタスクは俺には荷が重かったようで、俺は逐一日南に注意される。ちなみに日南は三つとも余裕でこなしている。

「えーと、そうだな。人生を攻略していっていることまでは、伝えてある」

俺は去年の夏休みの花火大会のあと、日南と決別をして。そして菊池《きくち》さんに自分のなかの悩みを打ち明けたとき、その人物は伏せた上で、誰《だれ》かに師事していること自体は伝えた。

「だったら正直……風香《ふうか》ちゃんなら、もうその誰かが私であるってことまでは、勘付いててもおかしくないわね。確信まではいかなくても」

日南は冷静に言い、俺もそれに頷《うなず》いた。

「まあ菊池さんは、たぶんここ二人は普通の関係ではないだろうなって、勘付いてるっぽいからな。……となれば、あるかもな」

日南はあきらめたように息を吐きつつ、後ろから来る自転車の道を空けるため、俺の腕をぐっと引いた。たすかる。

「別に教えていいわよ。そもそもいままでも、バレたら絶対にダメってわけでもなかったし」

「そうなのか？」

聞き返すと、日南はさらりと言葉を続ける。

「クラスのリア充トップカーストが、クラスに馴染《なじ》めない男子生徒にアドバイスして、クラスに馴染む手助けをしていた。そしてそれが見事成功した。これって別に、私の評判を下げるようなことじゃないでしょ？」

「それは……たしかに」

「しかもその男子生徒が、文化祭で演劇の中核になってクラスを引っ張って大成功、その後その脚本を書いた美少女と付き合って、果てにはなんかアタファミ日本一らしくてプロゲーマーになるとか言い出してる。ここまで行くと逆に私の評判が上がる可能性すらあるわね」

俺は頷きつつも、改めてこいつの人生攻略法の正しさに感服する。だってそんなところまで、半年ちょっとでいけてしまったんだもんな。

「っていうか実際、そこまで持っていったのはお前のおかげだからな。評判が上がってしかるべきだ」

「……ふうん」

しかし日南はつまらなそうに言い、説明をつづけた。あれ？

「だからまあ、もしもあなたが携帯を落としてLINEを見られたり、あなたが言葉尻《ことばじり》から誰かに勘付かれたりしても大丈夫なようには考えてあったのよ」

「基本原因は俺にある前提なんだな?」

まあそうだろうけど、と思いつつも俺は一応反抗する。

「当たり前でしょ。そもそも私は定期的にあなたとのLINEを消してるから大丈夫だし」

「おい、なんか寂《さび》しいなそれ」

俺は苦笑しながらも、言っていることには納得する。悲しい。

「それじゃあ、話してもいいんだな?」

「ええ。構わないわ。……けど」

日南《ひなみ》は冬の乾いた風に奪われたのか、珍しく乾いている唇《くちびる》を誤魔化《ごまか》すように舌でなめる。

それはどこかいつもよりも落ち着きがないように見えて。


「よりにもよって――風香《ふうか》ちゃん、なのね」


からからと、茶色くしなびた葉っぱが日南の周りをくるりと舞った。

「……なんだ、それ?」

すると、日南はまた曖昧《あいまい》な声で、

「あの子は私のことを……探ってるみたいだったから」

「そう……だけど」

俺は頷《うなず》き、少し迷ってから言葉を続ける。

「……演劇のことか？」

日南は頷き、同時に黒いヒールが踏み潰《つぶ》した落ち葉が、くしゃりと短い悲鳴を上げた。

「風香ちゃんはなんというか……いままで関わってきた人と、タイプが違うから」

その迷うような表情を見ながら、菊池《きくち》さんの演劇で描かれたことを思い出す。

日南の空虚と、上昇へのこだわり。

たしかにあの鋭さと冷静さをもって、その奥に踏み込もうとした人は、いままでいなかっただろう。

裏の顔を知っている俺は、日南の深い部分をおそらく誰《だれ》よりもよく知っているだろうけど、そこに踏み込む勇気を持っていない。日南に思いを伝えた水沢《みずさわ》は、おそらく踏み込んでやろうという覚悟はあるものの、俺ほどはこいつの裏を理解できていないだろう。けど。

菊池さんはその澄んだ目が見通す真実と、創作のためという大義を片手に、きっと俺も水沢も踏み込めないところまで踏み込もうとしている。

「だから少し抵抗があるけど……そうしないと困るというのなら、別に構わないわ」

「おう……助かる」

そうして無事話はまとまったけれど、同時に俺は驚いていた。

だって、『よりにもよって風香《ふうか》ちゃんなのね』という言葉。

それは日南《ひなみ》が誰《だれ》か一個人のことを、自分を脅かすようなニュアンスで警戒しているということで——俺はそんな日南葵《あおい》を、初めて見た気がしたのだから。

＊＊＊

やがて俺たちは、目的地である足軽《あしがる》さんの自宅のマンションの下へと到着した。

「……こ、ここか」

俺は道から見上げながら言う。そびえるのは黒を基調にした高層マンションで、ガラス張りのドアから見えるエントランスには落ち着いたブラウンのソファーとともに、幾何学的な形をした謎《なぞ》のオブジェが佇《たたず》んでいて、なにやら高級感がある。あれがなんなのかはまったくわからず、ただの飾りでなんの用途もなさそう、というところに逆に強さを感じる。

「おお、すげえ綺麗《きれい》」

「……たしか兼業プロゲーマー、なのよね」

「だな」

日南が思っているのはたぶん、一見して高級賃貸っぽいし、プロゲーマーの仕事だけでここに住んでいるのだろうか、いうことだろう。俺も将来はその道を目指すものとして、現実的な話には興味があった。ネットで見た話によると足軽さんはプロゲーマーと同時に社会人もやっているということらしいけど、プロゲーマーという職業がどのくらいのレベルで食べていけるかなどについてはまだわかっていないからな。そんなの聞きづらいし。

「とりあえず、入るか」

そうして俺と日南は正面玄関に設置されたパネルから教えられていた部屋番号を押してオートロックをあけてもらい、そのなかへと入っていった。

エレベーターを上がって13階。突き当たりの黒くシンプルなドアが開くと、そこから顔を出したのは足軽さんだ。

「お。いらっしゃい。あがってあがって」

「お邪魔しまーす！」

「お、お邪魔します」

招き入れられるままにさらっと嫌《いや》みのない様子で言う日南と、人の家にあがることに慣れていない俺。明らかに挨拶《あいさつ》のトーンに差があるが、まあこれは場数の問題だからしかたない。

玄関にあがると、ふわっと清涼感のある木のような香りが鼻腔《びこう》をくすぐる。こういうの、明らかに自分の家ではないぞ、って感じがしてちょっと緊張するんだよな。

俺たちは洗面所を借りて手洗いなどを済ませると、足軽さんに案内されてリビングへと向かった。

＊＊＊

リビングへ到着して数分後。

「……へえ、もう決断したんだ？　nanashiくんは変わってるなあ」

俺は早速、自分の決断について足軽《あしがる》さんへ伝えていた。

「はい。あれからいろいろ考えて、それしかないなって」

メンバーは俺、日南《ひなみ》、足軽さん、ハリーさん、マックスさん、そしてレナちゃんの六人だ。

居間には緑色のソファー、ゲーム機がつながった大きめのテレビと黒いローテーブル、背の高い照明などが置かれていて、全体的に無駄なものが少なく生活感が薄い。

ソファーの脇《わき》には四人がけのダイニングテーブルとチェアも置いてあり、俺と足軽さんとレナちゃんはそこに座っていた。ちなみに日南はテレビの前のソファーに座ってコントローラーを握っていて、マックスさんに見守られながらもハリーさんとの対戦を楽しんでいる。

「それしかない、ってことはないと思うけどねえ」

言いながらも、向かいに座っている足軽さんはどこか楽しそうに笑う。俺も自分の決意をその先人に聞いてもらえ、言外に歓迎してもらえたことが素直に嬉《うれ》しかった。

ちなみにレナちゃんは俺の隣に座っていて、俺は朝のLINEがあったからこうして間近にいるだけでそわそわがすごい。

「けど、決めたので……いろいろ教えてください」

「うん。だとしたら、これまで以上に本気で考えて取り組まないとね。もちろんアタファミの練習にも、それ以外の戦略も」

「はい」

俺は頷《うなず》き、にっと口角を上げる。

「すごぉい。けど、文也《ふみや》くんが遠い存在になっちゃう感じするなぁ」

レナちゃんが甘ったるく、鼻に掛かった声で言う。なんかもうみんなの前でも普通に文也くんとか呼んでくるのやめてほしい。まあ言っても聞かないんだろうけど。

「いや……、そもそもいまも別に近い存在とかじゃないからね？」

俺は心の門を閉ざすように言うけど、レナちゃんはなぜか楽しそうに笑う。

「もー！　文也くんひどーい」

言いながら、俺の肩を甘えるように触った。ちょっとやめて。俺の釘《くぎ》刺しすらむしろ仲いいが故のじゃれ合いみたいに演出するのやめて。

そして距離を詰められたことで、いつかも嗅《か》がされたレナちゃんの甘い香りが俺の鼻から忍び込んでくる。すると操られるように視線が吸い込まれてしまい、レナちゃんと目が合った。

さっき送られてきた画像が、頭の中に蘇《よみがえ》ってしまう。

「う……」

まずい。目の前にその本人がいると、余計生々しく想像できてしまうというか、そもそもレナちゃんの服装自体がもうそういう感じなのに、俺にはあまりにオーバーキルすぎる。なんだこれはそういう戦略か？

妖艶《ようえん》に笑っているレナちゃんは、二つにパーツが大きく分かれたニットのようなものを着ていて、一つはノースリーブのような形に、一つは肩を大きく出すような形になっている。二つ合わせてもめちゃくちゃざっくりと肩が出ていて、この子は身体《からだ》のどこかしらを出さないと気が済まないのだろうか。ちなみに無論、丈は短くて足もめちゃくちゃ出ている。いつもそうだから足を出すのはもうレナちゃんのなかでは礼儀に近いのかもしれないし、つまりこれは礼服の可能性がある。

俺は思考が乱れるのを感じながらも視線を逸《そ》らすが、何秒かごとにレナちゃんに意識を吸われてしまうのがわかった。なんだこれは、摑《つか》み範囲が広すぎる。後ろ投げがめちゃくちゃ飛びそうだ。

「ふふ、文也《ふみや》くん。どおしたの？」

言いながらレナちゃんは机の下で手を伸ばし、俺の腰の辺りを一瞬だけ触った。ちょっとこれセクハラじゃないですかね？　くすぐったいような感覚が俺の身体を走り抜けて、そういうことされるとなぜか同時に送られた写真の記憶も蘇るからやめてほしい。

「ど・う・も・し・て・な・い！」

俺は強い意志を持って言い、俺は椅子《いす》ごと引いてめちゃくちゃ距離を取った。これはもうフアウンド使いとしてはあり得ないくらいの間合い管理だけれど、レナちゃんはとんでもない飛び道具を持っているためこのくらいの間合いは必要になってくる。レナちゃんはくすくすと笑って俺を見ている。なにこの人こわい。

「ほんと？」

「ははは。けどたしかに案外すぐに、遠い存在になっちゃうかもしれないね」

足軽《あしがる》さんはそんな心理戦が行われていることなどつゆ知らずだろうか、話を元のレールに戻して言う。

えーと、レナちゃんの波状攻撃にやられて一瞬見失ったけど、俺のプロゲーマーとしての話だよな。時間的にはそんなに経《た》ってないのに数分前の話題みたいに感じる。レナちゃん恐ろしい。

「私もいけると思うなあ。見た目とかかっこいいし、なのにまだ高校生ってえっちだし、それでレート一位とか有名になる要素しかないもん」

レナちゃんが言ったことに関しては、脈絡なく放たれた一つのワード以外、実は俺も少し思っていた。男子高校生をえっちに思うハタチってやばくないですかね。

たしかに正直この日本でも最大規模を誇るゲームにおいて、プロの主戦場であるオフラインではないものの、オンラインレート一位。その時点でかなり希少性があるのに、それが現役高校生で、髪型やら服装やらも努力である程度は垢抜《あかぬ》けてはきてるはずで、たぶん喋《しゃべ》り方とかも自分で半年分の録音データを聞く限り、そこそこ悪くない……となれば、その段階で少なくとも見世物としてはある程度成立しているように思えた。まあアタファミの実力以外に関しては、ここ半年ちょっとでがんばって伸ばしたものなんだけどな。

「あー……まあ、それは」

と、そのとき。

「Aoiさん強すぎない!?」

テレビ画面のほうから声が聞こえた。

振り向いてみると、そこにはなんかもう普通にファウンドを出して、普通に全力でプレイしている日南《ひなみ》がいた。なにこの人もう正体バレるとかそういうのはどうでもよくなったんですかね。それともこういうオフ会のような会には三度目の参加だし、プレイがいくら似ててもNO NAME本人とまではさすがに思わないとか判断したのだろうか。

「その回避はさっき見ましたよ?」

「うそ!?　そこでアタックホールドしてるの!?」

日南はマックスさんのその場回避を的確に読み、撃墜技をホールドして回避の後隙《あとすき》にぶち当てる。一度見せた相手の癖《くせ》を狩るのは俺の得意技でもあるけど、俺のプレイスタイルを模倣して強くなっていったあいつも、それが的確なんだよな。というか、『俺がよく読むポイント』を熟知して、同じ読みを当てている、と言ったほうがいいかもしれない。

「うげえ、相変わらず強いなあ……」

俺の視線を追ったのか、レナちゃんもテレビ画面を見ながら言う。うげえとか言ってめちゃくちゃ嫌《いや》そうなのをまったく隠していない。けどまあたしかに悔しいのもわかるというか、たぶんいままで紅一点に近かったであろうオフ会に急にやってきた別の女が超絶美人のコミュ力お化け、しかもアタファミが異常に強いとなれば嫉妬《しっと》の一つや二つするだろう。

「うん、そうだね……あいつはめちゃくちゃ強い」

俺もレナちゃんに同意する。

日南のプレイは相変わらず機械のようというか、あまりにミスがない。

俺ですら試合のなかで楽しくなってコンボから読み合いでダメージのダブルアップに挑戦し、ミスをすることがあったりすることを考えると、格下相手に確実な勝利を挙げる技術だけで言ったら俺よりもうまいかもしれなかった。技術というよりも自制心、と言ったほうが正確だろうか。

遠目に眺めていると、足軽《あしがる》さんもテレビ画面を無表情で見つめながら言う。

「……なんかAoiちゃん、めちゃくちゃうまくなってない？　あそこまでファウンド強かったっけ？」

「あー……」

あいついままでは実力を隠してたからな……と思いつつ、実は俺も別の意味で、足軽《あしがる》さんと似たような感想を抱いていた。

「たしかに……強くなってますね」

そう。対戦会で見せていた力から、という意味でなく。

本来俺が知っていた実力から考えても、やたらと強くなってる気がしたのだ。

「お疲れさまでした！」そうして試合が終わり、日南《ひなみ》はご機嫌にハリーさんへ挨拶《あいさつ》する。ハリーさんも悔しそうに挨拶を返すと、二人はコントローラーを置き、並んでこちらに歩いてきた。

そしてハリーさんは首のあたりを掻《か》き、俺を見る。

「Aoiさんのファウンド、めちゃくちゃ強いね!?　nanashiくんが教えたの？」

ゲーム実況者らしい通った声でハリーさんは言う。俺はその質問にそこまで正直に答えるべきか迷いつつも、俺は口を開く。

「ああえーと、まあ、そんな感じですね」

そう聞かれたら頷《うなず》くしかないというか、まあ実際出会ってから何度もオフラインでファウンドのミラーマッチをしていたわけだし、それ以前にこいつが強くなったのも俺のプレイスタイルの模倣から始まったからな。そう考えると、俺が教えていたにも近いだろう。すると、日南も肯定するようにおどけた。

「いつもnanashiくんにはお世話になってます」

「やっぱり!?　最高のコーチが近くにいるのはいいねえ……」

言いながらもハリーさんのその声や表情には悔しさがにじみ出ていて、俺はそれを好ましく思った。実力で勝負するプロゲーマーというよりも、配信のおもしろさを売りにしているストリーマーと言ったほうが近いハリーさんだったけど、それでもやっぱり、ゲームに本気で向き合っている勝負師であることには変わらないのだ。

ともあれ、対戦台と化したテレビ前が空いた。せっかくの対戦会で誰《だれ》もプレイしていないというのももったいないので、俺はリュックからコントローラーを取り出すと、よしと気合いを入れる。

「それじゃ次俺やろうかな。……足軽さん、いいですか?」

「はは、まいったな、指名もらっちゃった」

「あ、だめでした?」

俺が明るく言うと、足軽さんは聞かせる独り言のような、いつもの口調で。

「……むしろ歓迎だよ。やろうか」

「よーし!」

そうして俺は指を軽くぐーぱーと動かすと、足軽《あしがる》さんとともにソファーに座る。

「よろしくお願いします！」

「うん。よろしく」

そうして俺と足軽さんのフリー対戦が始まった。

＊＊＊

数十分後。

俺は足軽さんとのフリー対戦を七試合終え、一度コントローラーを置いていた。

俺の隣に座っている足軽さんは、ふむとしばらく考え込んでいる。

「……変だなあ」

「変、というと？」

俺が聞き返すと、足軽さんはコントローラーを置いてこんなことを言う。

「……nanashiくん、いつもと動きが違うよね？」

「あ、わかります？」

俺は足軽さんの慧眼《けいがん》に、にこと笑って答える。やっぱりプロはそういうところもわかるものなんだな。

「わかるというか……勝率が全然変わってるからね」

「あはは……まあ、そうですね」

俺は苦笑しながら言う。

「けど、リザードの対策をしたって感じでもない。……ひょっとして、立ち回りを見直した、とか？」

足軽さんは探るように言う。

「えーと、そうですね。振る技の優先順位とかを変えていったりはしました」

「なるほどね……だからこの結果になったのかな？」

そう。今回の対戦での勝率は、前回とはまったく変わっていた。

結果は実に——二勝五敗。

前回よりも明らかに、俺の勝率が下がっていた。

視線を感じて後ろを見ると、日南《ひなみ》とレナちゃんが困った表情で俺を見ていた。おそらくレナちゃんは負けてしまった俺を見て単純に言うべき言葉に迷い、日南は俺の実力が大きく落ちていることに自体に、驚愕《きょうがく》しているのだろう。

「珍しい……というのはちょっと違うのかもしれないけど、nanashiくんって、オンラインでは常に勝率を上げつづけてるプレイヤーだよね？」

「まあ、そうですね」

そして足軽《あしがる》さんは冷静な目を俺に向けて、見定めるように。

「学業が忙しい？　それともなにか……練習時間が減る理由でも？」

そう言われ、俺は一瞬ドキ、と心臓が跳ねる。

「えーと……実は、練習時間が減るめちゃくちゃ大きい理由が、一つだけありまして」

俺はここ最近の自分のプレイを思い出しながら言う。

実は日南《ひなみ》にも言っていなかったけど、俺はここ最近、アタファミに対する向き合い方が、ほんの少しだけ変わっていたのだ。

今日の実力の低下は間違いなく、それによる影響だろう。

足軽さんは表情を変えずにしばらく考え、やがて思い付いたように口を開いた。

「……ひょっとして、彼女でもできた？」

ずばっと聞かれ、俺は驚く。

まさか一発目の質問でそれを聞かれるとは。

「あーいや……まあ実は、彼女はできたんですけど……」

「ええ？　半分冗談だったんだけどなあ」

足軽さんは笑いながらも、平坦《へいたん》なトーンで言う。俺はネタにマジレスみたいになってしまいちょっと恥ずかしくなりつつも、言葉を続けた。

「実は最近できまして……」

「へえ？　それで練習時間が減っちゃったんだ？」

少しからかうように、けれど核心を突くように、足軽さんが言う。

だけど俺はその言葉に——首を横に振った。

「いや、それは違うんです」

言いながら、俺はコントローラーを握る。

「違う？」

「理由は、こっちにあって」

そう。だってそれは実際、関係ないのだ。

「えーと、あと何回か、対戦してもらえないですか？」

「いいけど……質問の答えは？」

「それなんですけど……」

言葉を濁《にご》しながら、俺はコントローラーを操作する。

キャラ選択画面。手袋のようなアイコンが画面内を動き、ファウンドのところに置かれている俺のマークを回収した。——そして。

「たぶん、これがその答えってことになると思います」

俺がボタンを押した瞬間。

モニターに接続された安物のスピーカーから、『ジャック！』という低い声が響く。俺の使用キャラクターの欄に、顔を仮面のようなもので覆った人型のファイターのグラフィックと『JACK』の名前が表示された。

「まさか……キャラを変えた、ってこと？」

「はい」

俺が自信満々に頷《うなず》くと、足軽《あしがる》さんは驚いたように笑った。

「それは、サブとして？」

「いや、まだ試験段階ですけど、おいおいはメインキャラにしようと思ってます」

「……っ」

その瞬間、日南《ひなみ》が小さく息を呑《の》んだのがわかった。

気になってちらりと後ろを見てみると、日南は珍しく唖然《あぜん》とした表情で、俺を見つめていた。まあそうだよな。これまで俺と日南はずっと同じキャラを使っていたのだし、その練度やかけた時間がよくわかるだろう。

このタイミングでメインを変えるというのは、普通ならあり得ない選択だ。

逆にレナちゃんは無表情でこちらを見ていて、なにを考えているのか読めなかった。いろいろ深読みしている可能性もあるし、あんまり聞いてなくて別のことを考えてる可能性もある。

「うーん、やっぱりnanashiくんって、頭のネジが飛んでるよね」

視線を戻すと、足軽さんは俺を見てゆっくりと首を横に振る。

「そうですかね。けど……自分なりには考えがあって」

俺が答えると、足軽さんはにっと笑った。

「そっか。まあ、どういう理屈がそこにあるのかまではわからないけど、最終的な理由はわかるよ」

「……そうですか？」

そして足軽さんはにやりと笑って頷き、真剣な表情で。

「ただ単純に——そのほうが強くなれると思ったんだよね」

シンプルな言葉に、俺は好戦的に頷く。

「はい。いまはまだ使い込めてないので、お手柔らかにお願いします」

「こちらこそ、お役に立てれば嬉《うれ》しいよ」

そうして俺は新キャラ・ジャックを使って足軽さんとの対戦を始めるのだった——。

＊＊＊

――それから、数時間後。

日は沈み、まだ十八時頃《ごろ》とはいえすっかり窓の外は暗い。

足軽《あしがる》さんとの対戦も終え、ほかのメンバーとも何度も対戦し、対戦会は終盤。

俺と日南《ひなみ》はテレビに背を向けてダイニングテーブルの隣同士に座り、二人で休憩していた。

日南は小さいペットボトルのレモンティーを片手に持ったまま、黙りこんでいる。背後からは、足軽さんのリザードがレナちゃんの持ちキャラ・ビクトリアを吹き飛ばす音が響いていた。

日南はレモンティーを一口飲むと蓋《ふた》をして、ぼんやりとパッケージを眺める。

「……やめたのね、ファウンド」

Aoiではなく日南葵《あおい》としての口調――いや、もしくはNO NAMEだろうか。感情を殺したような声はいつもよりも弱々しく聞こえたけれど、それはこの会話がテレビの前の四人に聞こえないようにしているからとも考えられた。

「そうだな」

「せっかくそろそろ追いつけそうだと思ってたのに……本当に厄介な男ね、nanashiは」

困ったような声は、こころなしかいつもよりも線が細い。俺がキャラを変えたというだけなのに、まるでそれよりも大切ななにかを失ったかのような。

そして俺は、その理由こそを知りたいのだと思う。

「そんなに大げさに言うことか？」

「……どうして、このタイミングで変えたの？」

　またも珍しく、俺の行動の理由を尋ねる日南。相変わらず、視線はこちらに寄越さない。

「まあいろいろあるけど……ファウンドだと読み合いが多くなって、実力が近い相手だと安定しないと思ったのが一つ。お前との読み合いは得意だったから気づかなかったけど、たぶんいまのプレイスタイルだと、今後大事な大会で運負けする相手も出てくるんじゃないかと思った」

「大事な大会……ね」

　日南はぼそりとつぶやき、机の上にペットボトルを置いた。視線は変わらず、そこへ一心に注がれている。

「本気、ってことね。……プロゲーマーになるって」

「もちろん。本気だ」

　俺は間を置かずに肯定する。一度決めたことは、そう簡単には覆《くつがえ》らない。

「だからお前以外にも、ちゃんと安定して勝てるようにならないと、って思ってな」

「なるほどね……私が勝ちやすいみたいな言い方は癪《しゃく》だけど」

「お前の選ぶ択は、俺に似ててわかりやすいんだよ」

　俺がからかうように言うと、日南はペットボトルから視線を外して俺を睨《にら》んだ。

「余計なことは言わない」

けれどその視線はすぐにまた逸《そ》らされ、今度はテレビのほうへ向けられる。

「まだ強くなるつもりなのね、nanashiは」

「ま、今は一時的に実力、下がってるけどな?」

事実——さっきの足軽《あしがる》さんとの試合では、〇勝七敗という結果になった。

まあはっきり言って、惨敗というところだろう。

「そうね。……けど、たしかにファウンドで戦うときよりも、立ち回りは安定してた」

「だろ? 全敗したけど、毎回ワンストック差くらいで……このまま立ち回りを洗練させれば、そのぶん結果が伸びていく感じだったな」

俺は手応《てごた》えを感じながら言う。負けが込んだからといって、それは退化しているわけではない。むしろ強くなるために一時的になにかを失わなければならないことは、勝負の世界には往々にしてあるのだ。

「……っていうか今やったら俺、お前にも負け越すかも」

「変化途中のnanashiに勝ったところで、なんの意味もない」

「ははは。そりゃそうか」

心の底から同意しつつ、俺は言う。

「だからお前、今日は俺と対戦しなかったんだな」

それはきっと、負けず嫌いの矜持《きょうじ》——いや、もしくはNO NAMEとしての、nanashiに対するリスペクトかもしれない。

「お前はさ……なんでそこまで俺に……いや、nanashiにこだわるんだ？」

俺がなるべく声のトーンを変えないようにして本当に知りたいことを尋ねると、日南《ひなみ》は唇《くちびる》を開き——しばらくなにも言わないまま、再び結んでしまった。

やがて日南ははあとため息をつき、改めて口を開く。

「あなたには、関係ないでしょ」

「いや、あるだろ。俺がnanashi本人だぞ」

けれど、日南は拒絶を匂《にお》わせる声で。

「だとしても、よ」

そしてふい、と視線をまた俺から外してしまう。

「私がどう思ってるかは、あなたには関係ない」

「……そうかよ」

それは日南らしい一蹴《いっしゅう》だったけど、俺が詰めようとした覚悟の分だけ、心が傷ついてしまうのがわかった。けど、それでも俺はこいつと関わりたいのだと思っている。

「はあ。わかったから、一刻も早く元の実力を取り戻すこと」

「ふん、実力を取り戻す？　それはできない相談だ」

「……どういう意味よ？」

日南《ひなみ》はむすっとした表情で言う。だから俺は、nanashiとしての本音を伝えることにした。

「取り戻すんじゃなくてな、俺は一刻も早く、元の実力を大きく上回るんだよ」

自信満々に言うと、日南はやっと安心したように、期待するように笑った。

「ならいいわ。……せいぜい私に、追い抜かれないようにね」

それはどこか煽《あお》りのなかに祈りが含まれているようなトーンで。

いつもは見せない表情を滲《にじ》ませているように見える日南。こういう話をしているときだけは、どこかこいつの本音に触れられているような気がして。それこそがたぶん、俺の聞きたいことの一部なような気がして。

こいつの仮面を外した素顔を見つけるためにも俺はまだ、日南を対戦会に誘いつづけたいのだと思っていた。それがきっと、俺が〝目標〟を達成するための、近道なのだ。

考えながら俺は、今日の日南の試合を思い出す。

「けど、たしかにお前……強くなってたよな」

日南は自慢げにふふん、と鼻を鳴らした。

「でしょう?」

「なんか練習方法でも変えたのか?」

すると、まるで夜更かしでも自慢する子供のように、こんなことを言う。

「朝の会議が休止になったぶん、アタファミの練習に充《あ》ててるのよ」

いたとは。

たしかにいままで使っていた朝の時間が若干浮きはするけど、それをそんなふうに活用して

俺はつい声に出して笑ってしまった。

「ははは！」

「……なにもおかしいことは言ってないのだけど」

「くく……まあそうだな、おかしいことは言ってない、けど……ははは」

俺が注意を無視して笑っていると、突然肩の辺りに衝撃が走る。

「いてぇ!?」

めちゃくちゃ痛くて、完全に肩パンをされていた。普通にグーでやられた。しかも殴られたのはこないだみみチョップを食らった場所だから、なんかダメージが蓄積していって余計痛かった。日南は悪びれた様子もなく、拳《こぶし》を肩に当てたままつんと前を向いている。

「なにもおかしいことは、言ってないのだけど」

「お、おうすまん」

まったく同じことを繰り返す日南。痛みによって笑いを中断させられた俺は、素直に日南の言うことを受け入れるほかなかった。

「……お前、ホントにアタファミ好きだよな」

どこか不自然なくらいに入れ込んでいて。けれど俺とこいつをつなぐ、なによりも強い架け

橋で。

日南《ひなみ》は俺の肩に触れている握った指を緩《ゆる》め、すとんと自分の膝《ひざ》に落とした。

「……私は、あなたのプレイを模倣して、実力を上げていってたのよ」

難しい顔のまま、小さく唇《くちびる》を開いている。

「一つ一つ分析して、同じように練習して、やれることを増やして」

「それは、俺が一番よく知ってる。ほかの誰《だれ》よりもな」

日南はほんの少しだけ寂《さび》しく微笑《ほほえ》み、いつもよりも幼い口調で。

「……キャラを変えられると、こっちはすごく困る」

弱音を漏《も》らすような、どこかいじけたような声は、日南にしてはやっぱり、珍しくて。

「……まあ、それは我慢しろ」

対応に困りながら言う。

たしかに日南は俺のファウンドを真似《まね》て、ここまで上手《うま》くなった。だから、俺がファウンドをやめてしまえば、日南の実力はその段階の俺で止まるだろう。正確に言えば、その段階の俺の無駄な動きをそぎ落とし、操作精度を少し上げたレベルで、だろうか。

けど。

だからといって、ここまでいつもの調子が狂うものだろうか。

「ていうか、お前もジャックを使い始めればいいだろ。いいぞ〜ジャックは」

俺の提案に、日南《ひなみ》はあからさまにため息をついた。

「……あのね、残念ながら私はまた一からキャラを育てて完成させていくだけの時間はないし、それは無理。……っていうかあなたこそ、彼女もできて受験もあって、そんなことしてる時間あるの？」

「さあな。時間がなくても自信はある」

「……あっそ」

ふっと息を漏《も》らす日南に、俺は得意気に笑ってやった。いつもは常に主導権を握られてるけど、アタファミの話ならどの角度からこられてもしっかり確定の反撃ができるのだ。

やがて、日南はどうしてか、なにかをあきらめたように息を吐いた。

「人生攻略を休止して、メインキャラクターも変えて……そろそろ、私といる意味はないのかもしれないわね」

「なんだ、それ？」

日南がらしくない卑屈なことを言っている。

「俺はまだお前から人生において学ぶべきことはあると思ってるし、お前に人生の楽しみ方を教えるっていう大事なミッションが残ってるんだ。お前といる意味がないなんてとんでもない」

俺は堂々と言うが、日南は表情を変えず、疑うようにこちらを見ていた。

「人生の楽しみ方……ね」

「おう」

「……それが、私の救いになるとでも思ってるの？」

それはまた意味深な言葉だったけど、俺はその問いに頷《うなず》きを返した。

「ああ。それが俺のやりたいことなんだ」

俺が言い切ると、日南ははあ、とため息をつく。

「じゃあもう、勝手にして」

「わかった、そうする」

そしてもう一度得意気に笑って見せると、日南もさすがに呆《あき》れたのか、疲れたように笑った。

＊＊＊

それから数分後。

「……ていうかnanashiくん、彼女できたんだって？」

「う……やっぱそうなります？」

その足軽《あしがる》さんの一言によって、話題はさっきちらりと漏らしてしまった、俺のプライベートへと移っていた。

「すごい気になるなあ～」

ソファーのほうからやってきて、さらっと日南《ひなみ》とは逆側の俺の隣に座っているのはレナちゃんだ。なんというか近づかれると必ず匂《にお》いがふわっと脳に来て写真の記憶を引き出してくるからやめてほしい。あの写真はなんだ、俺の脳を縛る呪《のろ》いかなにかか。

「いま付き合ってどれくらいなの？」

レナちゃんは、面白がるように言う。

「えーと、二か月くらいですかね」

「二か月かあ。楽しい時期だねえ」

「あはは、まあ……」

と、俺は返事をちょっと濁《にご》しながら考える。だってまだ菊池《きくち》さんの問題は、一応の応急処置しかできていないような状態に近くて。それどころか特別ななにかを失いかけているようにも思えて。まだ解決方法を模索している途中だったから。

あまり人に話すような話でもないかな、と一瞬思ったのだけど、ここで詳細を隠すよりも、大人の意見を聞いておいたほうが今後にもプラスになるだろう。足軽《あしがる》さんはその分析的な考え方に知性を感じる大人だし、レナちゃんも普段はいろいろと厄介だけど、どう考えても経験豊富すぎる大人の女だ。

そう考えるといままで俺の相談に乗ってくれたのって、たしかにリア充の面々ではあったものの、全員が高校生だったからな。

「いや、実はちょっとすれ違いというか、そういうのがあって……」

「へえ～」

レナちゃんは緩《ゆる》く大人っぽいトーンで言う。なんかもう言外にじゃあ私にしとけば？　みたいな誘惑を感じてしまうんだけどそれは俺が考えすぎてるからだろうか。呪いに思考を操作されている。

すると足軽さんも意外と表情を輝かせながら言う。

「いいねえ。よし、ちょっと酒を買ってこようか」

「ちょっと、なに楽しもうとしてるんですか」

「やっぱこういうのは酒の肴《さかな》だからね。あ、もちろんAoiさんとnanashiくんはソフトドリンクね」

「あとはみんな飲むんですね……」

「もちろん♡」

レナちゃんはお酒しゅき～♡って感じでにこにこ笑っている。

「あ、すいません、僕らこのあと配信があるので……」

そこで声をあげたのはハリーさんで、マックスさんもそれに頷《うなず》いている。

「あ、全然いいよ。そこは仕事を最優先してもらって。残りのメンバーだけでやろうか」

「ありがとうございますー！」

俺はそんな会話を聞きながら、配信のことを仕事と呼ぶ三人に、憧《あこが》れを抱いていた。

足軽《あしがる》さんが立ち上がり、呼びかけるようにしてこんなことを言う。

「よし、それじゃあnanashiくんの恋の悩みを肴《さかな》に飲み会だね」

「わーい♡」

「今度は僕らも是非！」

「またやりましょー！　あ、女の子に行かすのあれなんで、買い出しは手伝いますよ！」

足軽さんの号令にレナちゃんが声をあげ、ハリーさんとマックスさんは明るく言いながら身支度をしている。俺は肴にされる側だから若干複雑な気持ちだったけど、どうしてか日南《ひなみ》もちょっと考え込むみたいな表情で黙り込んでいた。日南、もしかしてお前は俺の味方でいてくれるのか。

「……足軽さん」

やがて日南は真剣な表情で顔を上げ、足軽さんににっと笑いかけた。

「——肴、恋の悩みだけで足ります？　nanashiくんの暴露話ならいろいろありますよ」

「そうだよな味方なわけないよな!!」

あんな話をしたあとでも、やはり一枚も二枚も上手《うわて》な日南なのであった。

＊＊＊

それから数分後。

俺は居間の窓からベランダに出ると、もうぬるくなってしまったペットボトルの水を飲みながら、板橋《いたばし》の町並みを眺める。ベランダには布が張られた簡易的な椅子《いす》がいくつか置いてあったので、俺は手近にあった長方形の長椅子に座り、ぼおっと空を眺めた。

すっかり暗く、駅とは逆側が見えているのか、住宅街にはネオンの光も少ない。足軽さんは帰宅組の二人とともに出かけて行ってしまったため、部屋の中には俺と日南とレナちゃんだけが残されている。その状況がなんか気まずいので俺はベランダに来た。

俺はポケットから携帯を取り出すと、LINEのアプリを開く。菊池《きくち》さんとのトークを開くと、対戦会に行く前に『終わったら連絡する！』と送信し、それに菊池さんが『待ってますね。』と返したところでやりとりは終わっていた。

菊池さんのトーク画面からトークの一覧へ戻ると、不意にレナちゃんのアイコンが目に入った。今朝送ってきた写真もそうなんだけど、レナちゃんは普通にアイコンも身体《からだ》のラインを強調したものになってるんだよな。

薄暗いベランダ。それはなにか秘匿的な雰囲気《ふんいき》で、周囲には誰《だれ》もいない。

「あ、文也《ふみや》くーん」

瞬間。そこで俺の耳に届いたのはまた、キャラメルのような声。からからからという音とともに窓を開き、レナちゃんがベランダにやってきた。俺は急いでLINEを閉じると、平静を取り繕《つくろ》いながらレナちゃんへ視線を向ける。

けど、あまりにタイミングが悪かった。俺はいま声をかけられる直前までアイコンとはいえレナちゃんの写真を見てしまっていて——そして、目の前へ歩いてくるその全身が、嫌《いや》でも目に入っている。

すらりと伸びた白く肉感的な脚や、強調された身体《からだ》の曲線が俺の理性とは離れた部分を刺激する。頭ではそれを恐れているのに視線は吸い込まれ、何度も触れられた身体はそのくすぐったいような感覚を期待してしまう。一歩一歩近づくごとにニットから右脚と左脚の内ももが交互にちらりと見え、まるで催眠術の振り子のように、俺から判断力を奪っていった。

「えーと、ひ……Aoiは？」

「あー、なんかアタファミ誘われたけど、いまは気分じゃないって断ったら、オンライン潜っちゃった」

「あいつ……」

窓をのぞき込んでなかを見ると、日南《ひなみ》の後ろ姿とまさにいま対戦が始まった画面が目に入った。あいつ対戦会だとアタファミ愛お構いなしだな。ということはこれから少なくとも数分間、日南はこちらに来れないことになる。

明らかに思考が遅延しているのを感じた。レナちゃんがこちらに近づく前に立ち上がることもできたのに、視線を吸い込まれながらやっとの思いで返事を返したときにはもう、レナちゃんは俺のすぐ近くにいる。

さっきまでとは違い、いまは薄暗いベランダで、二人っきりだ。

「よいしょ」

そして、レナちゃんは俺のすぐ隣に座った。その瞬間にふわりと香る甘く淫靡《いんび》な匂《にお》いが俺の理性を超えて直接本能をかき回し、ただでさえ遅れている思考が乱れていく。腰をくねりと動かしてレナちゃんが俺に身体を寄せると、俺の左膝《ひざ》にレナちゃんの右膝がぶつかり、その体温がじわりと俺のなにかを溶かしていく。やめてくれ。

「今日も楽しかったねえ」

甘えるように、誘うように。

声、香り、身体、体温。ただそこに存在しているだけで味覚以外のすべてからじわりじわりと浸食されているような感覚に、ぞわりと背筋が震《ふる》えた。その震えは捕食される恐怖なのか、それともほかのなにかなのか。

「そ、そうだね」

言いながらも、俺はレナちゃんの顔を見ることができず、視線をコツンと当たっている膝の部分に落としてしまった。するとその視界に、レナちゃんの白く艶《なま》めかしい脚が映ってしまう。本能をくすぐる曲線がそこにあった。

「……っ」

視線の端にその上部が映る。そこにはぴっちりと密着した黒と紫のニットから二本の生々しい脚が覗《のぞ》いていた。すぐ近くでそれを見てしまっているから、その柔らかそうな肌の質感までもが、俺の思考に飛び込んでくる。

このままでは頭と身体《からだ》が、取り返しの付かないほど熱を持ってしまう。だから俺は慌《あわ》てて視線を逸《そ》らし、なにか言わねばとレナちゃんのほうへ視線を向ける。

すると、じっと俺の顔を見ていたのであろうレナちゃんがそこにいた。俺と目が合った瞬間、レナちゃんは淫靡《いんび》に、俺を支配するように笑う。

そして、火をつけられてしまった俺の衝動を見透かすように、こんなことを言う。

「ねえ、文也《ふみや》くん。いま見てたでしょ?」

その声は俺を受け入れ、むしろ楽しんでいるような声で。見ていたことがバレてしまった罪悪感と、それを肯定されたような甘い空気に、倫理観がくすぐられていく。

「い、いや……」

俺はなんとか抵抗しようと声を出すが、頭が焦《あせ》りと熱で支配され、言い訳が出てこない。

「だから、見てたでしょ?」

そしてレナちゃんの細い白い指がゆっくりと、俺の視線を誘導するように、膝《ひざ》から自らの太もものほうへと移動し——

「ここ」

ニットの裾《すそ》を、ちらりとめくった。

「は、はあ……っ!?」

あまりにも突飛すぎる行動。けれどその指先から広がった隙間《すきま》から、さっきまでは隠れていた部分の肌の白までが俺に晒《さら》される。惑《まど》わすような内ももの曲線はその奥まで続き、そこから先は暗闇《くらやみ》だ。

レナちゃんは俺が慌てて視線を逸らす前にニットを元に戻し、完全に身も心も停止している俺を見て「文也くんやらしー」と心地《ここち》よさそうに言う。俺はなにか言い返すことはあきらめ、ただ前を向くことしかできなかった。そんな様子を見てレナちゃんはくすりと妖艶《ようえん》に笑う。

「ねえ。聞いて?」

そしてレナちゃんはとろんと溶けた視線を俺に送り、

「写真、送ったでしょ?」

そしてそのまま、ニットに強調された胸のあたりを指差した。

「――わたし今、あれ着けてるんだよね」

「っ!」

そのたった一言で、俺の頭のなかに映像が頭に流し込まれる。それは写真で見た光景ではなく、いま目の前で妖艶《ようえん》に笑い、蜜《みつ》のような匂《にお》いと体温で俺を包んでいる現実のレナちゃんと重なっていて。

「う……」

鼓動が異常に速くなり、血液が勢いよく流れる。理性を押し流してしまうようなその鼓動は、完全に非日常だった。

レナちゃんは身体《からだ》を寄せたまま俺の耳に唇《くちびる》を近づけ、まるでくすぐるように、脳を溶かすように、

「このあと、うちこない？　私の家、この辺なんだよね」

その具体的な一言は、明らかな誘いの言葉で。

ここで困惑してしまうのはきっと、レナちゃんの思惑どおりだ。

「――っ」

だから俺はそれを振り払い、じっとレナちゃんを正面から見据える。

「ごめん。俺、彼女いるから」

はっきりと拒絶の意味を込めて言うと、レナちゃんは挑戦的に笑い、ぺろりと唇を濡《ぬ》らした。

「ふぅん……」

そして――その手をそっと、俺の膝《ひざ》の上に載せた。

「そうなんだぁ……」

「――ちょっ！」

レナちゃんはその指を指をすすす、と上へ移動させていく。非日常に落とされた身体には、さっき触れられたときとは比べ物にならないほどに電気が走る。膝から太ももへ、太ももから内ももへ――。

俺がとてつもない危機感からその場で立ち上がりレナちゃんから距離を取ろうとすると、その直前で不意にレナちゃんの指があっさりと、俺から離れた。それに驚き、俺の足は動かない。

レナちゃんはおあずけをするようにくすりと笑うと、俺に体をさらに密着させ、もう一度、耳に唇を近づける。

「ねぇ。期待した？」

キャラメルのような嬌声《きょうせい》、肩から伝わる体温、ふわっと香る蜜のような香り。レナちゃんのなめらかな髪の毛が俺の首を撫《な》でて、俺の身体にぞわりと電気が走る。

「き、期待なんて……」

「けど……彼女とはまだ、してないんでしょ？」

放たれた言葉は俺の思考を乱し、合わさって耳をくすぐる吐息は全身を震《ふる》わせる。

「じゃあいいじゃん。たのしも?」

　言いながら、レナちゃんは俺の理性を溶かすように、もう一度膝《ひざ》から、太ももへ向かって指を滑らせる。触れるか触れないかのじらすような手つきに、俺の身体《からだ》に走る電流がどんどんと大きくなっていく。

　だめだ、これ以上はまずい。だから俺は流されそうになる自分のすべてを理性で押さえつけ、レナちゃんの手首を強く握り、俺の身体から離した。

「だから、ダメだって」

　俺が言うと、レナちゃんはつまらなそうに眉《まゆ》を上げた。

「……そっかあ」

　そして俺は立ち上がると、さっきのようにもう一度、大きく間合いを取る。油断しているとさっきのようにいつの間にか近寄られてしまうから、しっかりと気を確かに持たなくては。

　しかしレナちゃんは余裕のある笑みを浮かべながら、とろんと笑ってこっりを見ていた。

「じゃあもう、してあげないね?」

　そうしてふいと興味を失ったように、リビングのほうへと歩き出してしまう。こちらが拒否したのにもかかわらず、なぜかこちらが拒否されたかのように感じさせられて、もうなんか頭が混乱している。

「な、なんなんだ……」

大人っていうのはみんなあんな感じなのか、いや、そんなわけないよな。ていうか俺はこのぐるぐる渦巻く感情をどうすればいいんだ？

「あーもう！」

ねえ、なんか変わってるとか最近よく言われるようになったけど、どう考えても俺、普通の男の子じゃない？

＊＊＊

数十分後。

足軽《あしがる》さんたち三人がが近くのスーパーで買い出しを済ませ、ハリーさんとマックスさんを抜きにした四人で宴会が始まってから数分後。

ソファー前のローテーブルの周りに集まった俺たちは床に直接座り、お酒とソフトドリンクを飲み交わしながら語らっている。話の種はもっぱら、俺の恋愛事情だった。

「――っていうLINEがレナちゃんから来て」

俺がこれまで菊池《きくち》さんと起きたこと――つまり予定が合わずにすれ違ったり、レナちゃんのことを知られたり、寂《さび》しさや不安を与えてしまったことを話していく。

「……で、それを？」

足軽《あしがる》さんの相槌《あいづち》に、俺は頷《うなず》く。

「はい。……彼女に、見られました」

俺が顛末《てんまつ》を話し終えると、そこで場がどっと沸いた。なんだこれ、なんかすべらない話をしたみたいな感じになったぞ。ちょっと待って俺相談したいだけなんだけど。

「笑いごとじゃないですって！」

「あはは～。文也《ふみや》くんおもしろーい」

「レナちゃんは一番笑っちゃダメだからね？」

文句を言うとレナちゃんはさらに嬉《うれ》しそうに「ひど～い」と笑う。いやなにもひどくないから。そして懐《なつ》いたようにいちいち俺の肩を手のひらで触れ、その状態で少しだけ指を動かしたりしてくるので俺はそれを払う。

「でもまあ、それはきっかけの一つで、ほかにも僕が友達と遊んだり、最寄り駅が同じになる女友達と途中まで帰ったりすることとかもやっぱり、彼女を不安にさせちゃって、すれ違いの原因になってたわけで……」

「なるほどねえ」

「へぇ～。文也くんモテるんだねえ」

静かに相槌を打つ足軽さんと、それ以外の部分に感心し、なぜか嬉しそうにするレナちゃん。なんか微妙に誤解されてる気もするけど、たしかによく考えたら彼女がいて、けどほかの友達と遊んで、下校で同じ駅になる女友達がいて……って客観的に見たらリア充っぽくはあるのだろうか。だとすれば、人生攻略は〝形式〟として、上手《うま》くいってることになる。その事実そのものに価値があるわけではないと思うけどな。

「最近では、なんかうまくいってないらしいって、クラスでも話題なんですよ」

「え、そうなの？」

そこで日南《ひなみ》から初出しの情報が来た。けどまあ確かに、俺も何人かに相談したし、菊池《きくち》さんも泉《いずみ》に相談してたみたいだし、そうしたら自然とそうなるか。なんせ文化祭の演劇を通してできた、クラス公認カップルなわけだしな。

「そっかあ、不安にさせちゃってるのかあ」

その横でレナちゃんが、唇《くちびる》に人差し指を当てながら、妖艶《ようえん》に言う。

「そうそう。それがよくなくて……」

「うーん、私はそうは思わないけどなぁ」

「ん？」

レナちゃんが不意に意見を主張し、そしてそのまま俺にぐいっと身体《からだ》を寄せる。

「不安に思わせちゃうからよくないって、なんで？　恋愛って、そういうのが楽しいのに」

小悪魔的に笑い、うっとりとした視線で俺に言った。

「不安が楽しいって、どういう……？」

なんだその発想の転換は。あまりに被虐的すぎるというか、けどたしかにレナちゃんが不安を楽しんで快感に変えてるみたいなのすごい想像できるし似合うから説得力はすごい。

「えーだって……不安なときって、ぎゅって胸が苦しくなって、けど頭のなかはその人のことしか考えられなくなって……」

お酒を飲んで潤《うる》んだ、けれどその奥は真っ黒な瞳《ひとみ》。それは触れたら深く、どこまでも落ちていきそうな黒だ。

「けどそのぶん会えたときは嬉《うれ》しくて、ちょっと触れ合っただけで頭おかしくなったりするんだよ？」

「そ、そういうもの……？」

まるでなにかを思い出して興奮しているような表情は、とろりと溶けていた。

「うん。たしかに普通に楽しく安定してるだけの恋愛もいいかもしれないけど……それだけだと長続きしないんじゃないかなあ」

それはあまりに恋愛レベルの高すぎる話で、初めての彼女に戸惑《とまど》い迷っている俺についていける領域ではなかった。

「けどそれって、レナちゃんだけじゃ……？」

俺が言うと、レナちゃんは真剣な表情で。

「女の子ってみんなそーだと思うよ？」

その言葉に、日南《ひなみ》が素早く反応した。

「んー、私はちょっと違うかも……？」

「あ、ほんとに？　私だけだった？」

するとそんなレナちゃんを、日南は親しみを持ってからかうように、

「レナさん、Mなんですか～？」

「んー。どっちもいける♡」

「あはは、おもしろいですねぇ」

二人は笑顔で言葉を交わしている。

けどなんだろう、お互いニコニコしてるんだけどそんなに本音では語ってないみたいな雰囲《ふんい》気《き》がして、ちょっと怖い。なんか言葉の端に一割だけ相手をディスる雰囲気を常に入れてきてるというか。日南なんか本音では一ミリも面白いと思ってないだろうし。

レナちゃんはニコニコとストローを差したチューハイを飲みながら、楽しそうに語りはじめる。表情も声も、溶けに溶けていた。

「Aoiちゃん、知らない？　好きって気持ちと不安が混じると、頭が変になっちゃうくらいその人のことしか考えられなくなって、制御できなくなるの」

「うーん……私はそういうの、経験したことないかもですね～」

「気持ちが理屈とか常識とか全部が壊れちゃって……けど、そうやって自分が相手のかたち

に変えられていっちゃう。そういうところが恋愛の醍醐味《だいごみ》だし、楽しいところなんだよ？」

なんというか飛び出す言葉の一つ一つのカロリーが高くて、なかなか消化することができない。言ってることが極端な気もするから、そのまま受け入れて良いのかは微妙な気もする。

そうしてレナちゃんは、自分の世界に浸《ひた》ったような表情でお酒の缶を両手で持って、

「だから私はそうやって頭がおかしくなっちゃうのも好きだし——誰《だれ》かの頭のなかを、私でぐちゃぐちゃにしちゃうのも、好き」

蜜《みつ》を垂らすような甘い声で言うと、陶酔するように、どこか残酷に笑った。

すると日南《ひなみ》は、さらりとした表情で。

「ちなみに、私はぐちゃぐちゃにする専門です」

「あはは、それAoiちゃんっぽいねぇ」

レナちゃんはからっと笑う。

「人には踏み入るけど、自分は踏み入らせない、って感じするもん」

「あ、それ当たってるかもです」

日南が片眉《かたまゆ》を上げると、レナちゃんはじっとその表情を値踏みするように見つめた。

「誰かに自分を変えられちゃうのがいやなんでしょ？」

するとこ日南はぴくり、とまぶたを動かす。

「……そうですね。自分のことはあくまで、自分で操作したいなって思ってます」

「だよね」

するとレナちゃんは、日南の柔らかい部分に、ゆっくりと手を突っ込むように。

意味を見出《みい》だしていくように、こんなことを言った。

「──Aoiちゃんは、臆病《おくびょう》なんだ？」

それは強キャラであるところの日南葵《あおい》に向けられる言葉としては、少し珍しくて。

「臆病……というか、誰かにまかせたら、それが間違ってるかもしれないじゃないですか」

日南はどこか居心地《いごこち》悪そうにしながらも、棘のないトーンを作って言う。

「そうだけどね？　私はそういうのも含めて、楽しみたいってタイプなんだあ」

「私は間違ったほうへ進みたくないから……その辺の考え方が違うのかもですね？」

「だねえ」

レナちゃんはご機嫌に頷《うなず》くと、目を溶かすように細めながら、見透かすように口角を上げる。

「わたし、ちょっとだけAoiちゃんのことがわかってきたかも」

「あはは、それはなによりです」

日南は柔らかく笑うが、レナちゃんはまだじっと、日南のことを見つめていた。

「うん。Aoiちゃんってなんかちょっと、私に似てるのかも」

「え。そうですか？　レナさんと私が似てる？」

明るく問い返す日南《ひなみ》に、レナちゃんは楽しそうに口角を上げる。

「私はね。誰《だれ》かに認めてほしいんだ。自分には価値があって、求められてる存在なんだって」

「あー……それはそんな感じしますね」

「でしょ？」

そのデリケートな内面についてさらっと肯定してしまうのがめちゃくちゃインファイトって感じで怖いけど、なんか二人はこのスタイルのほうが話しやすいのかもしれないな。俺も足軽《あしがる》さんもそれをレフェリーみたいな表情で見守っている。

「たぶんAoiちゃんは、私よりも現実的で、欲張りだから――」

言いながら、レナちゃんは不意に手を伸ばし、日南の頬《ほお》にその細い指先で触れた。

「誰かに、ってだけじゃ満足できないんだよね」

それはなにか官能的な声のトーンで。けれど、言っていることは俺にとって興味深いことで。

「……そうですね。誰かがいいって言ってくれるから、それで自分をよしとするなんて、ただの依存じゃないですか」

するとレナちゃんは納得するように笑う。

「ほらね？　やっぱり」

そしてレナちゃんはうっとり見とれるように指先を離して、ゆっくりと日南の肩に触れた。

「私──そういう私に似てる空っぽな女の子、好きだよ？」

蠱惑《こわく》的に上げられた口元、落ち着きのある視線。そこにはやっぱり、危険な香りが漂っていて。

日南もそれと同じくらいかそれ以上に余裕のある笑みを返すと、

「ありがとうございます。私もそんな自分が、嫌いじゃないですよ」

仮面を演じるように、鎧《よろい》を組み上げるように、感情のない言葉を並べた。

するとそこで、メインレフェリーである足軽さんがふむ、と顎《あご》に手を当てながら言葉を挟む。

「たしかにAoiさんは……なんというか、ものすごく正確無比だもんね」

「え？」

日南は足軽さんの言葉に首を傾《かし》げる。

「ああいや、Aoiさんのプレイスタイルの話ね」

「えーと、あ、アタファミの？　……それはよく言われますけど、なんでいまその話に？」

日南が戸惑《とまど》いながら尋ねると、足軽さんは当然のように。

「だってアタファミのプレイスタイルは、もちろん人生にも共通するからね」

「あー……まあそうですけど……」

あまりに当然のように言う足軽《あしがる》さんに、日南《ひなみ》は困っている。

「足軽さん。俺はその気持ち、めっちゃわかります」

「さすがだねnanashiくん」

俺は足軽さんと、熱い視線をぶつけ合う。

「Aoiちゃん……なにこの二人」

「さあ……」

あれ、なんかさっきまで日南とレナちゃんでバチバチやってた気がするんだけど、いまはすっかり男子対女子みたいになってるぞ。

なんてことを思いつつも、俺は足軽さんの言うことを興味深く聞いていた。単純に、足軽さんから見たAoi——ひいては日南葵《あおい》のプレイスタイルがどんなものか、知りたかったからな。

「Aoiさんって、一つ一つの動きに無駄がないとか、みんなから言われるでしょ？」

「あ、たしかにめっちゃ言われます」

「だよね」

足軽さんの平坦《へいたん》だけど聞きやすい相槌《あいづち》に、日南はくすっと笑う。

「さっきもハリーさんに言われましたし、nanashiくんにもいっつも言われます」

「まあ、俺のプレイを参考にしているくせに、無駄がなさ過ぎるからな……」

言葉を挟むと、足軽さんはふむ、と考えるように言葉をこぼす。

「けど、俺はそれちょっと違うと思ってて」

足軽さんの言葉に俺は驚く。

「え。違うんですか?」

日南のプレイスタイルの最も特徴的な点があるならそこだと思っていた。通常なら手癖だったりなんとなくの流れだったり、テンションが上がって動いてしまったり。そんな感じで不必要な動きが出てくるものなんだけど、日南の場合はそれが極端に少ない。それは人生における立ち回りでも同じことが言えるくらいに、こいつの〝型〟であるように思えた。

「いや、間違ってるわけじゃないんだけど、正しくもないっていうのかな」

「ふむ」

俺は考え込む。さっきのレナちゃんとの話も踏まえつつ、自分で答えを出したいとも思ったけど、これまで半年以上付き合ってて出ていない答えなんだから、なかなか難しそうだ。十秒ほど頭をひねったあと、俺は降参する。

「それはどういうことです?」

尋ねると、足軽さんは俺をしばらく見て、やがて日南に視線をやる。

その眼光は鋭くも緩《ゆる》くもなく、ただフラットに情報を処理するような、平熱だ。

「Aoiさんは動きに無駄がないんじゃなくて——動き一つ一つに、必ず理由があるんだよ」

それは言葉としては、さっきとそう大差ない意味だったかもしれない。

けどその微妙な違いは俺のなかで、とても腑《ふ》に落ちるものがあった。

「……足軽《あしがる》さん。たしかにそれ、あるかもしれないです」

「あはは。だよね」

俺と足軽さんはまた、二人で理解を分かち合う。

無駄がないのではなく、必ず理由がある。それはアタファミだけでなく、こいつの人生においてのプレイスタイルでも、同じことが言える気がした。

「うーん……？」

けれど、そんな俺と足軽さんに対して、日南《ひなみ》はどこか納得していない様子を見せていた。

「あれ、ピンとこなかったかな。実はそんなに考えてなかったとか？」

足軽さんはさらりとした口調で尋ねる。

日南はその質問すらいまいちピンとこなかった様子で、ぱちぱちと何度かまばたきしながら足軽さんを見ている。これはどういう状態だろうか。

俺はそのリアクションがなんだか不思議で、だっていま足軽さんが言ったことって、質問としてはあまりに普通というか、内容的に難しい部分はないもののはずだった。なのにどうしてここまで、質問そのものに困惑することがあるのだろう。

「いや、ピンとこない……ってわけじゃないんですけど……」

「うん」

そして日南は首を傾《かし》げながら困ったような口調で、こんなことを言った。

「……そもそも、理由がないのに操作することって、あるんですか？」

その答えに一瞬、俺と足軽さんの時間が止まる。

きっと俺たちがそこに感じたのは、ほかならぬ狂気だった。

「──あっはっはっはっはっは！」

足軽さんはこれまで聞いたことのないような、大きな声で笑う。

「な、なんですか……」

日南は眉《まゆ》をひそめて困ったように言う。ヒロインモードだからもちろん演技もあるだろうけど、自分がおかしなことを言ったことに自覚がないのはおそらく、本気だろう。

「ははは、まさかお前がそこまでぶっ飛んでたとはねえ」

「……ふーん」

「いでで！」

俺がわざと日南を置いてけぼりにしてやるように言うと、日南は無言でさっき殴った肩を親指でくいっと押す。やめて、その部分ダメージ食らったのここ最近で三度目だから。押すだけで痛いってわかってるなら押さないで。

「なんですか、二人して笑って。どういう意味ですか」

日南《ひなみ》はむすっとしながら言う。ヒロインモードだからそのむすっとした感じもかわいく見えてしまってずるいけど、困惑しているのはガチっぽいからざまあみろという気持ちである。

「あはは、えーと。あのねAoiさん。普通のプレイヤーっていうのは、大体の行動を、っていうかほとんどすべての行動を、手癖とかセットプレイとか無意識とか、『なんとなく』で操作してるんだよ」

「えー……？」

日南はちょっとかわいこぶった雰囲気《ふんいき》は残していたけど、NO NAMEとして心から衝撃を受けているのが透けて見えていた。

「もちろんトップにいけばいくほど、行動に理由を持っているプレイヤーは増えるんだけど……Aoiさんみたいに、理由がないと操作できないとまで言ってる人は正直……一人も見たことないかな」

「えーと……それは、足軽《あしがる》さんとか、nanashiくんも？」

日南の質問に、俺と足軽さんは顔を見合わせ頷《うなず》く。

「俺も感覚でやってる部分は大きいな。もちろん読み合いは言語化してやってるけど、なんとなく『この間合い気持ち悪いな』とか『なんかいま相手が跳びそうな気がする』とか、そんな直感で操作してることも多い」

「だよね。俺も、まあリザードだからちょっと違うけど、セットプレイとかは手癖が多かったりするかな」

「そうなんですね……?」

日南は最初こそ信じられない、という様子だったが、徐々に現実を受け入れてきたようだ。ていうか現実を受け入れられないのはこっちなんだけどな。あのゲームスピードですべての行動に理由をつけてるって、どんな頭の回転と言語化能力だよ。

けど、その『すべての行動に理由がある』という価値観は、たしかに日南葵《あおい》という人間を表す言葉として、これ以上ないほどに的確であるようにも思えた。

だって――そう。

笑顔、声、しぐさ、細かい所作から話す内容まで。

日南の行動には、恐ろしいほどすべてに、理由があって。

それはキャラクター・日南葵を操作している、プレイヤー・日南葵のプレイスタイルにほかならない。

「だから……たぶんAoiさんは、恋愛でも自分以外の誰《だれ》かに踏み入られて、自分が積み重ねていった理由を壊されるのが嫌《いや》なんだろうな、って」

「あ、そこで話戻ってくるんですね」

納得したように日南《ひなみ》が笑った。

そんな緩《ゆる》い雰囲気《ふんいき》ではあるけれど、俺は足軽《あしがる》さんの言葉を聞きながら、驚いていた。

だってそれはたしかに、俺が知りたいと思っている、日南葵《あおい》の内面の一部に思えたから。

「たぶん、そこがAoiさんの強さの理由だね。すべての行動に理由があって、理由が見つからないときは決して動かず、様子を見る。そして自分が知っている状況になったとき、その状況において正しいと知っている行動を取っていく」

足軽さんはすらすらとその行動原理を言語化していき、俺はそれに圧倒される。そしておそらく、それを身に受けている日南は、俺よりもさらに圧を感じていることだろう。

「たぶん、理由のない、正しくない行動を取ることに抵抗があるんだろう。さっき、レナちゃんが言ってたみたいにね」

「まあ、わからなくはないですけど……」

足軽さんの分析に、日南はどこか不快そうな色を含んだ声を漏《も》らす。そんななか俺は、足軽さんの言葉に驚いていた。

足軽さんは日南について、ほとんどアタファミのプレイスタイルしか知らないはずだ。

なのにその言葉はパーフェクトヒロインの仮面の内側——いや、人間・日南葵の本性を語っているようにすら聞こえたのだ。

足軽さんの目には、こいつの裏の顔である完璧《かんぺき》主義な日南葵の姿は――いや、それどころか、オンラインレート日本二位のNO NAMEであることすら、映っていないはずなのに。

「っていうか！　なんで私の話になってるんですか！」

やがて日南は場を回すように、話をそらすように。視線を俺と足軽さんへ交互に向けた。

「足軽さんはどう思います？　nanashiくんの恋愛！」

そうして主導権を握るとともに、語りやすいところへ話題を持っていく。そんな感じで日南についての話題は終わってしまったけど、そこで語られたいくつかの言葉は真相を解き明かす手がかりになる気がして。

俺の知っている裏の顔と、別の人から映る日南の特異性。それらが交差する地点に、俺の知りたいものがあるような感覚があったのだ。

＊＊＊

それから十数分後。

酔いが進んだ足軽さんは、いつもよりも少しだけ勢いのある口調で、こんなことを言う。

「……nanashiくんは、人と人が付き合うっていうのはどういう意味だと思ってる？」

すると、レナちゃんがふふっと吹き出した。

「それ、なんか足軽《あしがる》さんが真面目《まじめ》に言うと面白いですね」

「なにも面白くないんだけどなあ」

言いながらもちょっと照れてしまう足軽さん。なんかすごい冷静な大人って感じなのに、そんな足軽さんを振り回してしまうレナちゃんはおそろしい。

けど、付き合う意味か。俺は投げかけられた問いかけに、頭を悩ませてしまう。

「その人を選ぶ理由は考えてたんですけど……付き合う意味ってなると、難しいですね」

俺が菊池《きくち》さんと友達のような関係から恋人になったあと、一体どんな変化があったのか。具体的に考えながら、俺はとりあえずの答えらしきものを口にする。

「……定期的に一緒に遊べるとか、お互いの目標に協力し合える、とかですかね」

「え～、それじゃつまんなーい」

横からレナちゃんがへにゃり、と力が抜けたふうに笑いながら言う。完全にさっきよりもお酒が回ってきている。

「つ、つまらない？」

「えー、だっていま文也《ふみや》くんが言ったのって、友達でもできるじゃん」

「う……たしかに」

言われて俺は納得させられてしまう。たしかに一緒に遊んだり目標に向けて協力しあうというのは友達でもできるし、なんなら利害さえ一致すれば友達じゃない他人であってもできてしまうだろう。それが恋人になる理由だ、というのはちょっと弱い。足軽さんもレナちゃんの言葉に頷《うなず》いた。

「だね。まあそれがしやすくなるって面はあるだろうけど、そのために付き合ってるってわけじゃないよね」

「う、うーん……」

では恋人じゃないとできないことといえば……考えて浮かぶ答えって、あとはこのくらいしかないいんだよな……。

「じゃあ……その、一線を越えてもいい、とか？」

「キスとかえっちのこと？」

「は、はっきり言わない」

しかし、それでもレナちゃんはノンノンと首を振る。

「それも友達でもできるもん」

「できるか……？」

すると日南《ひなみ》も艶《つや》っぽく笑って、

「できることはできるんじゃない？」

おいまじかよ。いやまあ物理的にはできるんだろうけど、その意見はあまりに大人というか、大人のなかでも俺とは別の世界すぎて俺が参考にするには早い気しかしない。

「まあ極論だけど、たしかに二人の言う通りかもね」

「足軽《あしがる》さんもですか」

俺はついに孤軍奮闘となってしまう。おい日南《ひなみ》、お前も高校生なんだからこっちにつけ。

「でも……じゃあそれ以外に、付き合う意味ってあるんですか？」

俺が尋ねてみると、レナちゃんは待ってましたと言わんばかりに笑い、とろっとした表情と声でそれを言う。

「えっとねぇ。私が思うのは……お互いに、束縛してもいいってことかな」

「束縛……」

それはなんというか、さっきまでとはまた別の意味での大人というか。なんかちょっとドロドロしたにおいがしてきたぞ。

「それは……他の異性と会わないとかそういう？」

俺が言うと、レナちゃんは頷《うなず》く。

「そうそう。束縛は普通の友達でも、そーいう友達でもできないでしょ？」

「そ、そういう友達……？」

「うん。だから相手の行動に口を出せるのは、たぶん恋人だけなんじゃないかなあ」

レナちゃんはさらっと大人な意見を言う。俺がわかるようなわからないような言葉に怯《おび》えていると、そこで日南も頷いた。

「たしかに彼氏を作ると、そうなっちゃいますよねぇ。自分のやりたいことができなくなって、やりたくないこともやらなきゃいけなくなる、みたいな」

「あー！　そうそうわかる！　だからいまは私、あんまり彼氏っていらないんだよね～」

「あはは、私もです」

そんな感じでここに来てやっと危険そうな女の子二人が共感しあえてきている。ぶつかり合わなくてなによりだけど、日南が自分にとっての彼氏という存在について語るのは初めて見たな。

そこで足軽さんも口を開く。

「うん、けど、それはある意味ちょっと近いのかもなあ」

「それって、束縛のことです？」

レナちゃんが聞くと、足軽さんは頷いた。

「だって、友達でも同士でもない関係を定義するとしたら……アタファミで言うチーム戦みたいなものなんだよ」

「おお、なるほど！」

「いやなるほどじゃなくて」

「Aoiちゃん、この二人おかしいね？」

俺の納得に、日南とレナちゃんがツッコミを入れる。俺と足軽さんはわかりあってるのに、

二人が全然わかってくれない。すると足軽《あしがる》さんは少しだけ迷ってから、

「えーとじゃあ日本語に翻訳するなら……友達でも同志でもないっていうのは、『他人同士じゃなくなる』ってことになると思うんだよ」

「さっきの日本語じゃなかったんですね……ていうか、それって近いんですか？」

レナちゃんはイマイチピンときていない様子だ。

「うん。だってチーム戦で同じチームになる……つまり他人じゃなくなるってことは、相手の行動に干渉する権利を得る、ってことになるでしょ。それって、束縛に似てない？」

俺はその言葉にわかるぞと頷《うなず》く。日南《ひなみ》とレナちゃんもそこで理解した様子だ。

「あー……なるほど、たしかにです！」

「ねえAoiちゃん、けど最初からそう言えばいいと思わない？」

レナちゃんはぶーぶー言っているけど、足軽さんは活《い》き活《い》きとそれを語る。普段は知的だけど、アタファミの話をしてるときは無邪気だなこの人。

「チーム戦だから、相手の行動に干渉できて。……他人じゃないから、相手の友人関係とか、将来のこととか、家族の問題とか。そういう友達だったら触れられないような部分にまで口を出したり。自分じゃ責任を取れないかもしれない部分にまで干渉できる」

足軽さんが思考を広げていくように言うので、俺はそれを引き継ぐ。

「逆に言えば、相手からも自分の行動に干渉される可能性が出てくる、ってことですよね」

「うん。そういうことになるね。チーム戦だと」

「文也《ふみや》くんと足軽さん楽しそうだね？」

レナちゃんがツッコミを入れているが、俺は足軽さんの言葉に納得する。

行動に干渉。話を聞きながら俺は、あのときの大きなすれ違いを思い出していた。

対戦会に行くことを、よくは思っていないであろう菊池《きくち》さん。

そして足軽さんたちの言うとおり、人生において付き合うということが相手の選択に――

つまり、相手の人生というゲームのプレイ内容に干渉する権利を得るということなら。

菊池さんは俺に、そこに行かないでほしいと言う権利があった、ということになるだろう。

「そういうふうに、『他人』には踏み入れない『個人』の領域に足を踏み入れて、お互いに人生の責任を少しだけ預け合えるようになる。……もし友達でなく恋人になる理由があるとしたら、そこなんじゃないかな」

「……人生の責任」

俺は迷いながらも、言葉を繰り返した。

たしかにそれは、間違ってはいないと思えた。

だけど俺はその言葉が――自分の人生のなかでも正解だとは、思えなかった。

「それは、足軽さんにとってもですか？」

「そうだけど……なんか違った？」

問われ、俺は自分の考えを整理する。

たしかにそれは、アタファミのチーム戦という意味では正しいような気がした。

けど俺が思う『付き合う』という形とそれは、少し違う気がしたのだ。

「なんというか……僕は付き合ったんだとしても、お互いにやりたいことがあるなら、それを第一に尊重したいな、って思ってるかもしれないです」

足軽《あしがる》さんは頷《うなず》き、考えるようにふむ、腕を組んだ。俺は自分の考えを補足するようにもう一度、口を開く。

「たぶん僕は……付き合ったとしてもそれはチーム戦じゃなくて……互いに1on1をプレイする仲間だと思ってるのかな、って」

「なるほど」

その言葉で足軽さんはすぐに理解し、じっと俺を見た。レナちゃんと日南《ひなみ》は怪訝《けげん》そうな顔をしている。

「つまり恋人同士になっても、あくまで個人は個人として、お互いが自分の行動に責任を持ったほうがいい、ってことだよね」

「はい。まさにそうです」

個人は個人。

それはなんというか、俺がいままで生きてきた価値観のベースであるような気がして。人生を広げていったいまでも、そこだけは変わってないのだと思えた。

「だってそれって——個人競技で戦うゲーマーの、原則だと思うので」

俺が言うと、足軽さんは納得するように頷いた。

「なるほど。そういうことなんだね」

そう。

ゲームにはすべてルールがあり、結果があり——その二つを原因がつないでいる。

そしてその原因を作るのはすべて、自分の行動だ。

勝ちも負けも自分の責任。それがたとえキャラの相性のせいだとしても、もしくはそもそものキャラパワーの差だとしても、それは『そのキャラクターを選んだ自分の責任』。それがゲームの基本原則であり、ゲーマーがそこを見失った瞬間、起きた結果の原因を自分以外のなにかに責任転嫁する思考が始まり、成長は妨げられる。

オンラインレート一位を維持し続けてきた俺は、その『個人は個人で結果は自己責任』という考え方を、ひとときたりとも見失ったことはなかった。人生攻略を始める前、負けをゲームのせいにする中村《なかむら》に啖呵《たんか》を切ることができたのも、その価値観が俺の根本にあったからだろう。

「初詣《はつもうで》で毎年『努力したぶんだけ結果に返ってきますように』って祈ってるくらいには、個人は個人だと思ってます」

「ははは！　なるほど！」

「文也《ふみや》くんやっぱへんだねー」

足軽《あしがる》さんとレナちゃんは、楽しそうに笑った。別にこれマジだから、ウケ狙《ねら》ったつもりはないんだけどね。日南《ひなみ》はじっと黙って、場全体を俯瞰《ふかん》している。

「けど、ちょっとわかるよ。俺はたぶんnanashiくんほど極端に考えることはできてないと思うけど、ゲームに本気で向き合う人間には、少なからず同じ部分があると思う」

その言葉に日南は一瞬だけ息をのみ、俺もそれに頷《うなず》いた。

「はい。ですよね」

そして、自分のいままでの人生を振り返る。

孤独に生きてきた十数年。そしてそこから景色を広げはじめたここ半年とちょっと。

それでも俺の心に染みついているのは、自分の行動に自分で責任を取る個人主義で。

「nanashiくんはいままで、誰《だれ》かに対して尊敬や好意や感謝はあったとしても、自分以外の人間に深く入れ込んだことは、ひょっとすると、ないのかもしれない」

「……そうかもしれないです」

暗い部分に踏み込むような言葉に、けれど俺は頷く。

それはたしかに言うとおりで。

きっと――恋人である菊池《きくち》さんに対してもまだ、例外ではないのだろう。

「いまの彼女を含めて、俺は誰かに自分の責任を預けたことは、ないんだと思います」

俺が自省的に言うと、足軽さんはなにかを察したように、深く頷いた。

そして、やっぱり表情を変えず、鉛筆で淡々と証明を刻むような平熱で。

「だとしたら、nanashiくんはそもそも──恋愛に向いてないのかもしれないね」

それはバッサリとした意見だったけれど、やはり俺は、的外れだとは思えなかった。

「付き合ってもチーム戦にするつもりがないなら──個人は個人でなんの責任も預け合わないなら、『恋人』である意味がない、ってことですよね」

「そう」

足軽さんは短く肯定し、俺は答えあわせのようにそれに納得した。

するとレナちゃんが、心配するように俺を見る。

「けどさ文也くん、それってちょっとつらくない？」

「……どうだろう」

俺はあくまで、個人は個人として生きたいと思っている。だから一人でいるのはある意味当然だったし、そこになにかマイナスを感じることはなかった。

その上で、演劇を通じて菊池さんのことが好きという気持ちが生まれて、それを特別にする理由を見つけて、告白するという道を選んだ。けど、それは決して菊池さんと運命共同体になろうという意味ではなく、強《し》いて言うのならば、自分のなかの気持ちの発露だった。

そしてその個人主義がきっと、真逆でありアンバランスであるという『特別な理由』を『矛《む》盾《じゅん》』へと変える触媒となり、俺たちの関係を蝕《むしば》んでいるのだ。

遊びに行ったり、家まで送ったり、朝一緒に登校したり。

それは恋人らしい行動だったけれど、友達のままでもやろうと思えばできたことだろう。

それを水沢《みずさわ》は、〝形式〟だと言った。

「俺が彼女のためにしてることが全部〝形式〟になってしまってるのって、俺の恋愛への姿勢がそもそも〝形式〟だったから、ってことなんですかね？」

俺が恐れながら尋ねると、足軽《あしがる》さんは形式か、と一つ頷《うなず》き、

「恋人でないといけない理由がそこにないなら、そういうことなんだろうね」

忌憚《きたん》なく、ハッキリと。だからこそ俺は、自分のことを理解できてきた。

俺は言葉を受け止めながら、もう一度あのことを思い出す。

「たしかに俺、もしも彼女に『対戦会に行かないでほしい』って言われたら――」

そのとき、俺の心に溢《あふ》れ出てきた気持ちは。感情は。

対戦会に行くことを報告して、そこにレナちゃんがいることを、日南《ひなみ》と一緒に行くことを、菊《き》池《くち》さんが不安がって。

俺はその気持ちを尊重しようと、対戦会に行かない方が良いかと、菊池さんに確認した。

そのときの菊池さんは、対戦会には行ってほしい、将来のことを応援したいと言ってくれたけれど――。

もしも、行かないでほしいと言われてしまっていたら、俺は。


「もしそうなったら俺は――

相手の気持ちを、抱《かか》えきれなくなってしまっていたと思います」


正直に言った。

自分でも自分に驚き、だってこうして話す前までは、自分がそう思っていることに気がついていなかったのだ。

だけど、話してみると納得できてしまっていた。だってそこには、俺がnanashiとしてプレイしつづけてきた美学のようなものが息づいていたから。

「それは、nanashiくんがゲーマーだから、だよね」

見抜かれて、思わず頷く。

それは単に、菊池さんとの関係よりも自分の将来の優先度が高い、という話ではなかった。

「自分の感覚を信じて、誇りを持ち続けてきたゲーマーとして……自分の選択は、なによりも尊いものなんです」

アタファミを人生にするという道は、俺が自分だけの責任で選んだ、自分だけの選択だ。ならそれが恋人であろうと友人であろうと、たぶん、家族であろうと。

自分以外の誰《だれ》かの手によって踏みにじられてしまうのは、決して許せないものだったのだ。


——俺は自分のなかに潜《ひそ》んでいた感情を自覚しながら、菊池《きくち》さんの姿を思い浮かべる。


未来へと続くドアに向かって道を歩んでいる菊池さんと俺は、隣を歩くパートナーにはなれたのかもしれない。もしくは同じ方向を見て協力しあう、同志にもなれるのかもしれない。けれど、それでもあくまで歩いている道自体は二本の平行線で、手を振ろうと、どれだけ言葉や気持ちを重ねようと——俺のなかでその道は、決して交わらない一人一人の道だった。

きっとその先にあるドアも、それぞれに一つずつ用意されていて。

そしてこの結論は、俺のなかで決して変わらないという確信もあった。

「これって、おかしなことなんでしょうか。……人のことを、大切に思えないとか、そういう……」

言いながら、俺は怖くなってしまう。

だって俺は、いままでの人生で、誰かとそんな関係になったことは一度たりともなかったのだ。友達という意味でも、もちろん恋人という意味でも、ある一定の距離よりも内側に、自分を捧げられるような距離まで、誰かを入れたことはなかった。

けどもしも。それはみんなが当たり前にやっていることなのだとしたら。ひとりぼっちで過ごした十数年によって、俺のなかのなにかが欠落してしまって、それができなくなっているのだとしたら。

半年間本気で人生に向き合って、見える景色を大きく変えたのだとしても取り戻せない、不可逆的なものなのだとしたら。

「……っ！」

気がつかないうちに、俺の手が、唇《くちびる》が、震《ふる》えていた。

だってひょっとすると俺は、自分を信じ、努力を続けることができるという価値観を得るために、とんでもないものを失ってしまっているのかもしれなかったから。

「そんな俺は、誰かとまともにつながることはできないんでしょうか」

「文也《ふみや》くん……」

レナちゃんが俺の名を呼ぶ。そして日南《ひなみ》は、どうしてだろう。足軽《あしがる》さんのことをじっと、強い視線で射貫《いぬ》いていた。

力のない声で感情を吐露した俺のことを、足軽さんは神妙な面持《おもも》ちで見ている。その瞳《ひとみ》には同情の色はなく、そのことが俺には嬉《うれ》しかった。

そして、そのまま足軽《あしがる》さんは、諭《さと》すように。

「少数派であること、一般的に理解されづらいことを『おかしい』と呼ぶのであれば――nanashiくんは『おかしい』ということになると思うよ」


「っ！」

俺の胸になにか冷たいものが刺さるのがわかった。けれど足軽さんは、まだ言葉を続ける。

「だけど。個人的に言えば――」

表情は変えずに。けれどどこか、丁寧《ていねい》な口調で。

「それは決して、おかしいことでも、悪いことでもない」

「……それは、どうしてですか？」

藁《わら》にすがるように、自然と口が動いていた。

「たしかにそれは、ときに人に寂《さび》しい思いをさせるかもしれないし、場合によっては傷つけてしまうこともあるだろう」

やがて足軽さんは、日南《ひなみ》やレナちゃんのことを見て、

「だって君のことを好いている誰《だれ》かは、個人であることを望まず、もっと君に近づきたい、同じになりたいと思っているのかもしれないから」

「……はい」

心当たりがあった。

自分が傷つける意思を持っていないのに、自分の行動が相手を傷つけてしまって。

それはきっと、俺が日南を知ろうとして、そして拒絶されて傷ついてしまうように。

誰かに踏み込もうという意志と、それを切り離す一線との温度差によって生まれるのだ。

俺は頭のなかに何人もの人を思い浮かべながらも、ゆっくりと頷《うなず》く。

「そしてnanashiくんはきっと、それを受け入れられない。だけどそれは決して、nanashiくんがいままで一人で生きてきたから、ということではない」

「じゃあ、一体……？」

暗闇《くらやみ》で明かりを探すように尋ねる。足軽さんは黙ったまま、その視線をテレビ画面のほうへと向けた。

そこには、俺が選んだ新しいキャラクター『ジャック』が一人で前を向き、顔を覆った仮面にそっと、手をかけていた。

「それは、本当に自分だけを信じて努力を重ねてきたゲーマーの、業《ごう》みたいなものなんだよ」

「……業」

そのたった一文字の言葉は──俺の頭に強く、深く、残りつづけた。

＊＊＊

大宮《おおみや》方面行きの埼京《さいきょう》線が、俺と日南《ひなみ》を乗せて走る。

直前の話が頭にこびりついているからだろう、俺たちは二人とも言葉少なく、ただ電車が少しずつ県境に近づいていくのを待つばかりで。

車輪が音をたてるたびに俺の胸のあたりに溜《た》まっている不安感が揺れ、答えや言い訳という出口を探して暴れていた。

「……」

「……」

いつもの気にならない沈黙とは違う、冷たい空気。けれどそう感じているのは、俺がただそういう気分なだけかもしれなくて。

そんな沈黙に先に負けたのは、やっぱり俺だった。

「……なあ、日南」

「そろそろなにか言ってくると思った」

「おい」

そんないつもの調子の軽口は、少しだけ俺の調子を取り戻してくれた。日南はいつもの自信満々な表情で、俺を見ている。

「お前はさっきの話、どう思う?」

俺が曖昧《あいまい》に聞くと、日南には特にそれがなんのことかを確認する必要もなく伝わったようで、あっさりとした口調で答える。

「別に。人は人、自分は自分なんて、ゲームにおいて当然のことでしょ。自分がそうであることに、ショックを受ける必要なんてない」

切って捨てるような日南の口調に嘘《うそ》は感じられず、俺はつい、それを頼もしく思ってしまう。

「そもそも、それが特殊なことかのように語られてたのが最悪だったわ。まあ私はあの場でそんなことを言うわけにはいかなかったけれど、個人が個人として生きる。責任を誰《だれ》にも転嫁せず、きちんと自分で抱《かか》えて前に進む。こんなに美しいことがある?　……なにも、否定される謂《い》われなんて、ない」

どこか感情的な口調。けれどそれは迷いなく断定するような強さを湛《たた》えていて、少し気を抜けば、そこに体重を預けてしまいそうになるほどの。

「はは……やっぱお前、強キャラだわ」

言うと日南は一瞬だけ眉《まゆ》をひそめ、やがてまた当然のように。

「それはあなたが弱キャラなだけ。人生を一人で生きていくことができないなんて、それこそ努力と分析が足りないんじゃない?」

その言葉にまた俺は、つい安心して笑ってしまった。

「──お前は、変わらないな」

俺が言うと、日南《ひなみ》は一瞬だけ目を見開く。そして視線を窓の外に移し、肩口まで伸びている滑らかな髪の毛の先をつまんだ。

それは日南にしては珍しい挙動で、なんだか俺は最近、こいつの珍しいところを何度も見ているような気がしていた。

「そうね。──私は、変わらない」

そうして毛先を離した日南の表情にはどこか決意のような色があって。さっきまでつまれていた毛の先はぱらぱらと落ち、ほかのものに混ざって、もうどこにあるかわからない。それはきっと、日南自身にも。

「けどさ……一人で生きるのって、寂《さび》しくないのかな」

俺がこの先のことを考えて不安を逃がすように言うと、日南はまた、目だけを動かして俺を見た。

「さあね。……けど、少なくとも」

「少なくとも?」

俺が聞き返すと、日南は決意のこもった表情で俺を見た。

それはあまりに強く、仮面のように人工的だったけれど、どうしてだろう。その表情は、日南の内側にある表情に思えた。

「私は、寂しくても平気」

電車は北与野《きたよの》に到着する。

俺がその言葉に対する返事をする前に、日南は俺の背中を押した。

「ほら、ぼーっとしない」

「お、おう」

「じゃあ、また学校で」

「じゃ、じゃあ」

そうして俺はほとんど日南の意志によって電車を追い出され、扉の閉まった電車は日南を乗せて大宮《おおみや》へ向かって発車してしまう。ぽつんと取り残された俺はそのまま電車を見送り、ホームの真ん中に立ち止まった。

一緒に電車から降りた乗客たちが、俺の存在なんてまるで気にせずに、横を通り過ぎていく。俺は電車の影もまだ見えない線路の向こうをぼんやりと眺めていた。

どうしてだろう、俺はその場から足を動かすことができなくなって。

ろくに星の見えない北与野《きたよの》の駅で、夜空だけが俺を見下ろしていた。

車内の力任せな暖房で温められたはずの指先はあっという間に冷えていき、夜の街と同化する。まるで、そこに血が通っていないかのようで。

俺はやがて、日南《ひなみ》の言った言葉を思い出しながら、コンクリートに吸い込まれてしまうような声を、吐き出すように零《こぼ》した。

「寂《さび》しくない、じゃないんだよな」

そうしてゆっくりと振り向いて歩き出せたとき、ホームに俺以外の乗客はいなかった。

4　エルフの弓は高い確率で急所を貫く

日南と別れた十数分後。

俺は北与野の街を一人で歩きながら、スマートフォンの画面をじっと眺めていた。不定形の寂しさで冷えた心に染みこむように、もしくはそれを誤魔化《ごまか》すように。俺は画面に表示されている物語に熱中していた。


その作品の名前は『純混血とアイスクリーム』。

表示されている作者の名前は――菊池風香《きくちふうか》だ。


それは数日前に朝の図書室で話していた新作小説。

見つけたきっかけは数分前にTwitter、菊池さんの創作垢のつぶやきだ。

自分の業《ごう》を知って、もしくは日南の寂しさを汲《く》んで。自分以外の物語を摂取するような気分ではなかったけれど、菊池さんの小説だけは別だった。たしかに俺は、誰《だれ》かと個人と個人の関係を超える覚悟はできていない。けれど、菊池さんの彼氏として、そして菊池さんの描く物語の一人のファンとして。それを読みたいと思ったのだ。

そして、読みながら俺は、菊池《きくち》さんの話していたことを思い出す。

「……これ」

菊池さんの新作は、たしかに話に聞いていたとおり、『ポポル』と『私の知らない飛び方』両方のエッセンスを感じる物語で。

——けれど。

その内容は——俺が思ったものと少しだけ違っていた。

物語の舞台は現実とは違うファンタジー世界。エルフやオーク、狼《おおかみ》男や雪女など全部で三十二の種族が共存している世界。そんな世界の王城にすむ少女アルシアは、体内に血を持たない〝無血〟の少女で——そんなアルシアが、この物語の主人公だった。

「……アルシア」

読みながら、俺はその名前に驚く。それは『私の知らない飛び方』にも主要人物として出てきた名前で、そのときは王城の娘として——そして、日南《ひなみ》をモデルとして描かれていたキャラクターだ。それと同じ名前が今回、まったく違う特徴を持った同名キャラクターとして物語に登場していてる。

それも今回は、主人公として、だ。

たしかにあの演劇はあくまで関友《せきとも》高校の文化祭に来た人にしか披露《ひろう》していないし、同じ名前を使うこと自体にはなにも問題はないだろう。けど、わざわざ共通させるということには、なにかしらの意味があるはずだ。

それはカメオ出演的なことなのか、それとも名前を共通させただけの完全な別人なのか。どちらにせよ、あの作品はきっと菊池さんにとって、自分の身の周りのことをテーマに描いたような大切な物語で――ということは。

俺は数十分前に別れた日南の横顔を思い浮かべながら、その物語を読み進めた。

別の種族同士でも婚姻し、子供を作ることのできる世界。エルフと竜が子を産めば風を操る羽を使って空を飛ぶ飛龍が生まれるし、狼男と雪女が子を産めば、白い体毛に包まれた寒さに強いスノーウルフマンのような存在が生まれる。

そんな隔たりも制限も薄い世界で、アルシアはなんの血も持たない〝無血の少女〟だった。アルシアは血を持たないから、一人だけでは生きていくことができない。血流がないからこの世界で生きるために必要なエネルギーである五つの『正素』を自分で生み出すことができず、いずれ衰弱して死んでしまう。

けれどアルシアは血を持たないから、どんな種族の血も自分の体のなかに取り入れることができた。髪の毛よりも細い魔法の針で痛みもなく血を一滴回収すれば、それを自分に取り入れるだけで血を増やし、アルシアはなんの種族にでもなれたのだ。

それはアルシアが王城の少女であることなどを含めると『飛び方』を踏襲したものであったけれど、その設定の一部にはポポルの息吹も感じられた。

別の種族間での交配ができるという点はポポルとは違っていたけれど、多くの種族が共存する優しい世界は、きっとポポルの影響だろう。もしくは菊池《きくち》さんが、そんな世界を望んでいるのかもしれない。……けれど。

「取り入れて、コピーする……か」

俺の興味を惹《ひ》いたのはその、アルシアの設定だった。

アルシアは誰《だれ》かの血を取り入れなければ、力を発揮できなかった。強《し》いて言えば血の匂《にお》いや流れに敏感で、近づくだけで誰がどんな血統を持つのかを理解できることと、一滴の血だけで、それを体のなかで爆発的に増やすこと。血を司る二つの力がアルシアの特異性だった。

だけど、それはあくまで借り物だ。

相手の血を一時的に増やして力を得るけれど、時間が過ぎるとそれは失われてしまい、決して本物にはならない。そのあいだに繰り返し使った力は知識や反射として頭が覚えるからある程度は使えるようになるけれど、知識を超えた感覚として体の芯《しん》に刻まれることはなく、最も強い力を持つと言われる純血には決して届かない。

それでも世界を勝ち抜いていくためには優れた純血をコピーして、その力を知識や反射として身につけて、自分を育てていくしかない。

つまりは、究極の器用貧乏。――それがアルシアだった。


「やっぱり……これって」

その名前のことがあったから、というのもあったけれど。そうでなくとも俺は同じ結論に至っていただろう。

あらゆる分野で結果を出すために。その道のトッププレイヤーのやり方をとことん真似《まね》して、シンプルな努力の量だけで抜きん出ることによって、自分の正しさを証明つづける。

アタファミではnanashiである俺の真似をしていたように、おそらくは勉強でも部活でも人間関係でも、なにかの手本をもとにして、それが血肉となるまで真似をしつづけ、知識が記憶にこびりつき、脳が反射としてその動きを習得するまで反復練習をしつづけてきたであろう日南葵《ひなみあおい》。

それはまさに、この物語のなかのアルシアの在り方だった。

アルシアはあるとき、立ち寄った街のボードゲームの催しで、雑種の少年・リブラと出会う。

田舎育ちのリブラはもはや自分の過去の血統がどうなっているのかすらも知らない、雑種のなかの雑種で、自分の種族がわからないという意味では、ある意味ポポルとも近かった。

けれど、そこでアルシアは一つの事実を嗅《か》ぎ分ける。

めちゃくちゃに血が混ざった結果に生まれた、どの種族の特徴も現われていないリブラ。単なる雑種と思われていた彼の血統。

それはただの雑種ではなく、すべての血が一つずつ均等に混ざった特別な血統だったのだ。

二人の純血からハーフが生まれ、そのハーフの子がそれとはまったく別種族同士のハーフと結ばれ、四種類の血が均等に混ざったクォーターが生まれる。そしてそのクォーターが、また別の四種の血を持つクォーターと結ばれ、均等に八種の血を持つ者が生まれる。

さらにまったく別の血を持つ八種混合の血の者と子を産み――と、そうしてとてつもない偶然が重なっていった。

同じ偶然が五世代続くと、世界に存在する三十二種族の血がすべてが三十二分の一ずつ均等に混ざった子供が生まれ――それは『雑種』ではなく、古くから『純混血』と呼ばれる特別な血統になる。

つまり――リブラは田舎町で偶然生まれた、『純混血』の少年だったのだ。

そうしてアルシアは王家の権限でリブラを田舎町から拾い上げ、自分も所属する王城付属のアカデミーに招待し、関係を紡《つむ》いでいくことになる――。

と、そんなところで『純混血とアイスクリーム』の第一話は終わる。

それはまるで、『飛び方』で描いたアルシアという名の日南《ひなみ》像をさらに深めたような物語で。

俺は気づけば立ち止まり、呆然《ぼうぜん》としてしまっていた。

菊池《きくち》さんにはまだ、日南の裏の顔については話せていない。だから、具体的な部分に関しては知らないはずだった。

──なのに。

この物語には日南のもっと根本の部分。価値観や行動理念めいた部分が、ほとんど俺の理解と同じくらい、いや、場所によっては俺よりも深く。芯《しん》に達して描かれているように思えたのだ。

＊＊＊

帰宅後。自宅の洗面所。

俺は鏡を見つめ、笑顔を作っては元に戻しを繰り返していた。

日南にもらった武器。きっと日南がリア充としての『純血』から血を借りて、真似《まね》をして。

その結果に得たスキルを、俺にも教えてくれた。それは俺にとっては自分の世界を広げる『ポポル』であるためのスキルの一つで、人と関係を作るきっかけを作るための仮面だった。

それは決して本質ではないと思ったけれど、木の上になっている葡萄《ぶどう》が甘いのか酸っぱいのかを確かめるために必要な最初の一歩で。だから俺はそれがスキルであり仮面であることを知った上で、夏休みに菊池《きくち》さんに『スキル』を肯定してもらって以来、手段としていかなるときもこれを被りつづけてきた。

スキルを使ってやりたいことに向かっていって。いくつもの目標や関係性を作っていって。

そのうちのいくつかは俺にとって本当に大切なものになって、俺が抱《かか》えていたい腕のなかに収まってくれた。

そこに『やりたいこと』という血さえ巡らせていれば、間違いではないと思えたのだ。

けれど、頭に浮かんでいるのは――アルシアの〝無血〟のことだった。

アルシアはあらゆる種族になることができて。けど――だからこそ、どの種族にもなれなくて。

それは『飛び方』のアルシアと、どこまでも似ていた。

すべての血を少しずつ持つリブラとは対照的にどの血も持たないから、得たスキルは決して本当の自分とは重ならなくて。

得られるとしたら『こうすればうまくいく』という正しい知識の積み重ねだけだった。

あらゆることで一位になって。けどそこに『やりたいこと』を持っていない日南葵《ひなみあおい》。

あいつが目指している最後の目標は、一体どこなのだろうか。

俺は部屋のベッドへ横たわり、菊池さんの新作『純混血とアイスクリーム』のストーリーを思い出しながら、考えをまとめていった。

対戦会が終わったことと、電話がしたい旨《むね》を伝えるメッセージを菊池さんに送る。そしてスマホの画面を消すと、スマホの画面が光って震《ふる》えた。

「わあああ!?」

消したはずなのに光って震えたスマホに俺は叫び声をあげてしまう。ちょっといろいろ自分なりに気合いを入れてたところだったんだけど。見ると相手は菊池さんで、つまりいま送ったLINEに対する返信が即来たのだ。俺からのLINEをずっと待ってくれてたのだろうか。

俺はトークを開き、菊池さんからのLINEを確認する。

『対戦会、お疲れさまでした!
私はいまから寝るまでならいつでも電話できるので、準備ができたらかけてきてください!』

オフ会でレナちゃんが放っていた絡め取るような魔性とはまったくかけ離れた、心を落ち着かせてくれる聖性。俺のなかの後ろめたい感情がふわっと浄化されていくようで、俺は無性に菊池《きくち》さんの声が聞きたくなってしまう。

「……よ、よし」

俺は、スマホの画面をじっと見つめる。

というわけで、えいと勢いで菊池さんに電話をかけた。

「……」

スマホからポパパポパパポンと発信音が繰り返し響き、その音が継ぎ目で途切れるたびに通話がつながったような気がしてはもう一度鳴る。スマホに焦《じ》らされている。

そして、六度目くらいのコールで、菊池さんが通話に出た。

『も、もしもし！』

若干うわずった声で言う菊池さん。なんというか第一声でその緊張が伝わってきて、俺だけじゃなくて相手も緊張してくれてるんだなということがわかる。

「もしもし」

そうして菊池さんの声を聞いた途端、いつのまにか俺の緊張は解けていた。

『あ……友崎《ともざき》くんの声です』

菊池さんが、なにか柔らかい声で言う。

「あはは、なにそれ。そりゃそうだよ？」

『ふふ、なんだか緊張してたんですけど、声を聞いたら安心しました』

とても優しい言葉で言う菊池さんだったけど、その気持ちは俺にもわかった。

「……俺もかも」

『と、友崎くんも、って？』

そう聞き直されて、俺はしまったと思う。また恥ずかしいことを言わないといけないのかもしれない。

「そ、その……菊池さんの声を聞いて、安心したなって」

『──っ！』

そして、しばらく焦れったい沈黙が流れる。電話をつないで早々なにをやっているんだ俺たちは。

『え、えっと！　……対戦会お疲れさまです』

「うん。菊池さんも、待っててくれてありがと」

「……いいえ」

菊池さんが俺のことを尊重してくれていることがよくわかる言葉。

菊池さんからお疲れと一言言われるだけで、今日一日の疲れがすっと軽くなっていく。

と、そのとき。菊池さんが不意に、思い切ったような声を出す。

『あ、あの……えっと！』

「うん？」

『……友崎《ともざき》くんって、いまお家ですか？』

突然の質問に、俺は首を傾《かし》げた。

「あ、えーと？　うん、家だけど……」

『……そ、そうですか！』

「うん。どうしたの？」

尋ねると、菊池《きくち》さんはしばらく間をあけてから、どこか恥ずかしそうに。

『……か、顔が見たいな、って……』

「顔？」

『ちょっとだけ不安だったから、声を聞けたのが嬉《うれ》しくて……その、顔が見たくなって』

俺はその不安という言葉と素直な理由に感情を揺さぶられながらも、頭のなかには冷静に考える自分もいた。

「……けど、いまから？」

そう。俺はいま自分の家の近く。ここから菊池さんの家までは結構距離があるはずだ。

『え、えっと……LINEって、テレビ電話があって……』

「あ、そうなんだ？　詳しいね？」

俺は驚きながら言う。まあたぶん世間的には常識なんだろうけど、俺同じくらいリア充の常識に詳しくないであろう菊池さんがそれを知っているのは、ちょっと意外だった。

『は、はい。……弟と話すとき、そうすることが多くて……』

「あーなるほど……」

と、俺は納得しかけて。

「え、ていうか菊池さん、弟居るんだ？」

『はい……』

そこで頭に浮かんだのは、西洋絵画に出てくる少年のような天使の図だったけれど、菊池さんは普通の女の子なのでそんなことはない。単純に菊池さんと顔立ちの似た男の子というだけだろう。

「へえ……ってことはかわいいんだろうなあ」

言いながら、俺は自分が『てことは』という言葉に含めた意味に気がつき、はっと息を呑《の》んでしまう。

『はい。とってもかわいいです。……あ』

そして菊池さんも、少し遅れて気付いていしまったようだ。

「そ、その、友崎くん、って、こ、ことはって……どうして……」

『あー、ええっと……その』

俺は戸惑《とまど》いつつも、答えるしかなくなってそれを言う。ていうか最近こういうの多いし、菊池さんもなんならそれを言わせようとしてる説も出てきたな。意外とそういうの言ってほしいとかそういうタイプなんだろうか、ぐぬぬ。

俺は意を決して口を開く。

「そ、その……菊池《きくち》さんも、かわいいから……」

『……っ！』

そして二人で言葉を失う。なにをやってるんだ俺たちは。

「あ、ああもう！　じゃ、じゃあテレビ通話しよう！」

『は、はい！』

そんな感じで俺たちは、不安にさせてしまった時間を埋めるように、電波と物語でつながれた世界で、仲を深めるのだった。


それから数分後。

「お、おっけー」

『は、はい。……それじゃあ、押しました』

そう言われ俺がスマホの画面を見ると、画面には『テレビ通話の招待が来ています』というメッセージが表示され、画面には既に菊池さんがでかでかと映っていた。

——っていうか。

「っ⁉」

俺はそれを一目見て、強烈な衝撃を受ける。

画面に映っていた菊池さん。それはたしかに間違いなく菊池さんであったのだが――

いつもよりもちょっと緩《ゆる》めの、部屋着を着ていたのだ。

『ど、どうしました？』

「ううん、なんでもない」

こんなこと言えるはずもない。

そう。今日一日のあいだ、俺の頭からいくら振り払おうとしても消えなかったのは、今日の朝届いたレナちゃんからのあられもない写真と、目の前でめくられて見てしまったその白い柔肌。そして指先で太ももをなぞられたときの、くすぐったいような焦《じ》れた感覚。

それは理性よりも深い部分に刻まれたような衝撃で、頭で考えて消そうとしても、それ以外の部分がその続きを名残惜しんでいるように熱をもっていた。

そして今俺のスマホに映っている菊池さんの前開きのパジャマは、ボタンが上から二つくらい外れていてる。いつもよりも胸元がはだけた菊池さんは妙に官能的で、さらにその後ろに映る景色がいつも話している図書室とは打って変わった普通の家であることも生々しさを生み、俺の胸は跳ねる。

それは今日オフ会で散々色仕掛けめいたことをされつづけて敏感になった俺の頭には、あまりにも刺激が強かった。

「え、えーと」

『ふふ。友崎《ともざき》くんです』

「う、うん」

　俺は邪《よこしま》に心を乱されながら、互いに画面越しの顔を見ながら会話する。それはとても安心できる時間のはずだったのだけれど、俺は刺激から気を逸《そ》らすのでいっぱいいっぱいだった。なんか俺最近こういうのとばっかり戦ってない？

　そんな刺激に耐えながら始まった話題は、今日の対戦会についてだった。

「だから俺はキャラを変えることにして……」

『へえ、使うキャラクターをですか？』

　俺はそうして、キャラ変更をしたことをオフ会のメンバーにひどく驚かれたことや、日南《ひなみ》の人生のプレイスタイルが暴かれていたことなどを、正直に話していった。

　足軽《あしがる》さんに言われた業《ごう》のことについては——まだ、話せなかった。

『……そっか。すべての行動に理由がある、っていうのはすごく、しっくりきますね」

　菊池《きくち》さんはそのなかでも特に日南のことについて興味深そうに頷《うなず》いた。それはどこか、新しいことを知ったと言うよりも、知っていたことを確認したというような表情で。

『あの……友崎くん』

「うん？」

菊池さんはミント色と白のボーダーのクッションを抱きかかえながら迷うように視線を伏せ、こんなことを言った。

『文化祭の打ち上げ、あったじゃないですか』

「うん？　あったね」

『……そこで日南さんと、話したんです。……二人で』

「……あ」

俺はその光景に覚えがあった。

クリスマスイブ。大宮《おおみや》のお好み焼き屋で行われた、文化祭の打ち上げ。

そこでは泉《いずみ》がぐだぐだの挨拶《あいさつ》をしたり、竹井《たけい》が相変わらず竹井だったり、水沢《みずさわ》と演劇について話したり――いろいろなことがあったのだけど。

俺のなかで解決していなかったのが、まさにその光景だった。

「トイレの前の廊下で、だよね？」

『え、そうです』

俺の言葉に菊池さんが驚く。

「俺、それ遠くから見てて……なんか、珍しい組み合わせだなーって印象に残ってたんだよ」

そして――その後、近くを歩いてきた泉から「菊池さんが葵《あおい》に謝ってた」と告げられたのだ。

それから結局その事情はどちらにも聞けていなかったけど――いま、その話が出てくるのか。

『そのとき私も、いまのと近いことを、日南《ひなみ》さんに話したんです』

「近いって……すべての行動に理由があるって話？」

『はい』

菊池《きくち》さんは頷《うなず》くと、今度はじっと真剣に画面越しの俺に目を合わせる。

『あの、覚えてますか？　演劇の脚本のアルシアのセリフで「私はすべてを持っているわ。けど――」「だからこそ――なにもないの」ってところがあって』

「……あったね」

俺のなかでも印象に残っているセリフ。そしてきっと、菊池さんが強い意図を込めて入れたであろうセリフでもあって、本番で日南によって放たれたその一言はまるで、演技とは思えない鋭さがあった。

『実は打ち上げの日……あのセリフがどういう意図なのかって、日南さんから詳しく聞かれたんです』

「え？　日南のほうから？」

俺はその言葉に、驚いてしまう。

あいつは普段からパーフェクトヒロインとして仮面を被っている都合上、たしかに自分からいろいろな人に雑談を振ることは多い。けど、だからこそ触れると危なそうな話題、特に自分のパーフェクトヒロインとしての仮面を脅かす可能性のあるところには、決して自分からは触れることはないはずなのだ。

そして、まさにあの演劇の内容は、特にデリケートな話だろう。

『はい。それって、やっぱりちょっとびっくりしますよね』

「……うん」

菊池さんもその驚きを共有してくれるけど、たぶん俺ほどの驚きはそこにないだろう。だってその危ないところへ、日南のほうから踏み入れてきたということは——そうしないといけないくらいに、真相が気になっていたということなのだから。

「それで菊池さんは、なんて答えたの？」

俺が前のめりになって聞くと、菊池さんはぎゅっと、クッションを抱きしめてから、

『アルシアは、自分が本当に好きだって思えるものがなくて。

……自分だけでは自分を肯定できなくて』

菊池さんの言葉はその時点で、俺からしたら驚きしかなくて。

『だから——自分はこれでいいんだっていう証拠がほしいんだと思う、って』

そしてすぐに、菊池《きくち》さんの言いたいことに気がつく。

「自分は、これでいいんだっていう証拠、っていうのがつまり——」

『はい。その——『行動に対する理由』に似てるのかな、って』

菊池さんは、まるで自分の書いたキャラクターのことを話すように、物語るように、それを説明していく。

『だから、優勝だとか一位だとか、そういうわかりやすい価値を求めて——』

俺は少なからず驚いていた。

それはまるで、『純混血とアイスクリーム』で示されたアルシアのテーマや行動に、具体的な動機が与えられていくようで。

『世間で価値を認められているってことに、それが正しい「理由」を見出《みい》だしてるのかな、って』

それは俺が半年間、ほとんど誰《だれ》にも見せていないであろう裏の顔を見続けてきた俺が、ようやくなんとなく抽象的な輪郭をつかんでいた程度の日南《ひなみ》の内面だった。

たしかに演劇のときに取材をして、観察をして、俺から話を聞きはした。

けど、ただそれだけで——ここまで俺の見立てに漸近してしまうものだろうか。

頭に浮かんでいたのは無血の少女アルシアが、生き抜くためにあらゆる純血のスキルを身につけようとする姿。自分に血が流れていないからこそ、誰かの力を根拠にしないといけない空虚だ。

「……よく、そこまでわかったね？」

『はい。取材して、考えて、それで……』

そして、菊池さんはじっと、視野のすべてに焦点を合わせるような澄んだ瞳《ひとみ》で。

『世界のなかで——アルシアを、動かしてみたので』


俺は、思う。

あのとき、演劇の脚本を読んで。もしくは今日、新しい小説を読んで。

たしかに俺は菊池さんに創作者としての才能があるとは感じていた。もしくは小説のためなら日南の黒い内面についてだって踏み込んでいき、観察でその本質を暴いてしまう胆力のようなものも、物語を作るものとしての武器になるとも思っていた。

けど——きっとそれだけではないのだ。

だってそう。俺のなかに残っていた、もう一つ違和感。

「そのことを……日南にそのまま、伝えたんだよね？」

いま菊池さんが言ったことは、きっと誰もまだ、俺ですら日南に伝えられていない抉《えぐ》るような仮説だ。

下手《へた》をすると相手の踏み込んでは危険な部分にまで踏み込んでしまいそうな言葉を、その本人に伝える。その行動を、あの優しく遠慮がちな菊池《きくち》さんが選ぶということが、俺にとっては不思議だった。

だってそれは、たとえ日南《ひなみ》のほうから聞いてきたとはいえ、菊池さんの推測が正しければ正しいほど、相手の内面に踏み込むような行為になるはずで。それを菊池さんがわかってないはずがないのだ。

『伝えるべきかは、自分のなかでも迷ったんですけど……』

居心地《いごこち》悪そうに視線をさまよわせたあと、菊池さんは決意したように俺を見る。

そして——菊池さんが次に放った言葉は。

俺のなかの菊池さん像を、大きく変えることになったのだ。

『それを話したら——

日南さんが隠していた別の内面を、掘り出すことができるかもしれない、って思ったんです』

遠慮がちなトーンながら、静かな圧があって。

それはたぶん、普通の人から考えたら、優先順位がまるでおかしくなってしまっているような価値観。

相手の隠していた内面の柔らかい部分を晒《さら》して突きつけることで、更にその奥を引きずりだそうとする、なんて。

ここまでいくとそれは、極端であるように思えた。

「菊池さんは……これからも日南のことについて、知りたいと思ってるの？」

尋ねると、菊池さんは画面の外に手を伸ばして、自分が書いた原稿だろうか。Ａ４ほどの大きさの紙束を抱《かか》える。そして俺を見て、少しだけ迷ったあとに、口を開いた。

だけどそれは、自分のなかで答えに迷ったというよりも――それを俺に伝えるべきかを迷っただけ。そんなような気がした。

『はい。そこにはきっと、私の描きたいものが、あると思うので』

ハッキリと答える菊池さんの小説家としての瞳《ひとみ》は、きっと画面に映っている俺の瞳の――さらに奥にいる日南のことを、見ている気がした。

やがて菊池さんははっと我に返ったようにして、紙束を机へ戻すとポーンとクッションをベッドに放り投げた。家だと意外とそういうこともするんだな菊池さん。

『……っ！　ごめんなさい私ばっかり話しちゃって……』

「え、それは全然いいけど……」

そうして気を使う菊池《きくち》さんは、日南《ひなみ》の真相を暴こうとする菊池さんとはまた別の顔で。そのことをどう捉《とら》えるべきなのかは、いまの俺にはまだわからなかった。

そんなことを話していると、やがて菊池さんはどこかじれったそうに、こんなことを言う。

『あ、あの、友崎《ともざき》くん……。やっぱり、だめで……』

「……だめ？」

突然言われた言葉に、俺は思わず戸惑《とまど》う。そしてその声の熱っぽさに、俺は勝手に艶《つや》を感じてしまっていた。ずっとくすぶっている余熱に、いとも簡単に火がつけられてしまっている。

『その、明日、会えないですか……？』

「え？」

それは脈絡のない誘い。

「どうしたの、急に？」

尋ねると、画面のなかの菊池さんは画面越しにでもわかるくらいに顔を赤くした。

『えっと……テレビ電話をしたら、会いたい気持ちを我慢できるのかと思ったんですけど……』

「う、うん」

『顔を見たら……余計会いたくなっちゃって』

「……っ」

あまりにもストレートに伝えられたその気持ちが、さらに俺の熱を増す。俺も菊池さんの姿を見ただけでも会いたくなってしまっているのに、けれど俺の理由はちょっとだけ、菊池さんには言いにくい感情も交ざっていて。顔や身体《からだ》も自分でわかるくらいには、熱を持っていた。

「けど、明日は前にも言ったけど……」

『あ……そうですよね』

そう。明日は前々から決まっていた、クラスのみんなで行くスポッチャの会だ。前にも一度菊池さんに誘われて、それを理由に断ってもいた。

「けど……どうしようかな」

俺は迷ってしまう。

いままでの俺は、そこに優先順位を一切つけることなく、単純に先約を優先するというシンプルなルールのみで自分の予定を決めてきた。それはある意味では誠実だと言えたと思うけれど、そこで思い出すのは水沢《みずさわ》の言葉だ。

俺のしていることは、来るものを拒まず、こぼれていくところを見ているだけで、捨てるものを選んでいないということなのだと。

手にも持てるものは限られていて、すべてを選ぼうとしていたら、いつか自然となにかがこぼれ落ちてしまう。にも関わらず、俺はいままで選ぶだけ選んで、そのなかで持ちきれないものを置いていく覚悟はできていなかったのだ。

……なら。

「明日はやっぱり、菊池《きくち》さんのための時間にしようかな」

『え……えっと、けど……』

菊池さんは嬉《うれ》しさを隠しきれないようなトーンで、言葉を迷わせる。普段の菊池さんの価値観的には、自分のために俺が他の約束を断るのはよしとしないだろう。けどいまこうしてわがままを言っているのは、意図はしていないにせよ、きっと俺が菊池さんのことを傷つけてしまっているからで。旧校章の物語を引き継げるような特別な関係だと信じることが、難しくなってきているからで。

俺はここでも、持ちきれない荷物に少しずつ、順序をつけていっていいように思えた。

「大丈夫。みんなも話したらわかってくれると思う」

俺は窺《うかが》うような視線を送る菊池さんに、自信を持って言い切った。

「それに……運命の旧校章をもらうカップルが、本番までに喧嘩《けんか》なんかしたらだめでしょ？」

泉《いずみ》から与えてもらったきっかけを利用するように言うと、菊池さんはくすりと笑った。

『ふふ、それはたしかにそうですね』

そしてまた、熱っぽい声で。

『選んでくれて……嬉しいです』

そうして俺たちは互いに予定を伝えあい、時間を決める。俺はみんなになんて説明するかを考えたけれど、そのままのことを素直に話せばいいだろう。

『そ、それじゃあ、また明日……』

「うん」

『お、おやすみなさい！』

「うん、おやすみ」

そうして電話を切り、それぞれの日常へと戻る。こうしてつながりが絶たれているときはきっと、それぞれが違う種族として生きているのかもしれない。けれどその距離は、物語という名の世界でつながっている。

「……よし」

こうして言葉を交わすだけでうまくいくのかどうかはまだわからないし、特別な理由だってきっと、本当の意味では見つけられていない。俺たちがやっているのはあくまで対症療法なのかもしれない。だけど不器用ながらも二人の溝を埋めていくことは、二人の関係にとって必要なものに思えていた。

——が、それとは別に。

「〜〜〜〜っ！」

身体《からだ》のほうはもうやばかった。

菊池さんの熱っぽい『だめ』『会いたい』という言葉。画面越しに見たあどけなさを残した整った顔立ち。そして、いつもよりも油断のあった服装。

それらは今日の朝からずっと直前で止められ、くすぶりつづけていた俺のなかの衝動のようなものに再び火をつけるのには十分なもので、単純に言えば男としてかなりまずいことになっている。

俺はベッドに顔を埋《うず》めながらジタバタし、けど同時に少しだけ安心していた。自分はいままでこういう感情、直接的に誘ってくるレナちゃんにばかり感じていたけれど……ちゃんと彼女である菊池《きくち》さんにも感じることができた。それはきっと、健全なことだよな。

……が、それはそれとして。

「〜〜〜っ！」

やはり、もがき苦しむのであった。

＊＊＊

その翌日。

「友崎《ともざき》くん！」

俺は菊池さんと、北与野《きたよの》駅で待ち合わせをしていた。

「……こんにちは」

「うん、こんにちは」

いつものように律儀に挨拶《あいさつ》を交わし、俺たちは駅前で隣に並ぶ。

菊池さんはブラウンのロングコートにベージュのマフラーを巻いていて、コートの裾《すそ》から覗《のぞ》くスカートと、黒い革靴《かわぐつ》から覗く靴下《くつした》もまた、少しずつ色味の違うブラウンだった。一つの色味でまとめられたそのコーディネートは、浮世離れしている菊池さんを現実に映し出しているようで美しい。

ちなみに俺はそろそろ菊池さんに見せていない服がなくなってきたので、前に日南《ひなみ》と買い物に行ったときに買ったチェスターコートを着ている。靴下とマフラーの色を合わせているのもそのままだ。ありがとう日南先生。

これから俺たちが向かうのは——日南に紹介されて何度か行ったことのある、サラダのおいしいイタリアンだ。

「よし、それじゃいこっか」

「はい」

「こっち！」

俺はなるべく堂々と明るく男らしく、菊池さんをエスコートする。最初に菊池さんと二人で映画を見に行ったときはこんなこと一切できなかったけれど、いまではある程度自然にそれをできるようになっていた。

　数分歩くとそのお店の前に到着する。俺は扉を開けると声をかけてきた店員さんに「予約の友崎《ともざき》です」と伝え、菊池《きくち》さんと一緒に奥へと入っていった。ちなみにいまのセリフはあんまり言ったことなかったので事前に録音とかして練習してある。油断はない。

「わ、落ち着く雰囲気《ふんいき》ですね」

「だよね。ここのサラダが好きで……」

　こうしてこのお店に来ることになったのは、菊池さんの希望だった。と言っても、具体的にこのお店を指定されたわけではない。

　今日のデートでどこに行きたいかを尋ねたところ、「友崎くんの一番好きなところを知りたいです」というリクエストをもらい、俺がこのお店を選んだのだ。なにかと思い入れみたいなものもあるし、なんせガチで美味いからな。あの食にうるさい日南《ひなみ》が気に入っているだけのことはある。

「ここが、友崎くんのお気に入りの……」

「うん」

　言いながら、俺は慣れた手つきを装ってメニューを開く。実際のところは何度か来たことがあるとはいえお洒落《しゃれ》度合いが高いため、どうしてもそわそわしてしまう部分はあるんだけど、それは出さないようにしている。

「パスタランチとサラダランチがあって……あんまりたくさん食べないなら、サラダランチがオススメ。ここのサラダがめちゃくちゃ美味くて……」

「へえ！」

そんな感じで自分の知っていることを菊池さんに伝える。けど余計なことまで言い過ぎることはなく、自分が楽しく話せることだけを伝えた。夏休みのときは用意してきたことを話しすぎて、話しにくくなってしまったからな。

そうして俺と菊池さんはパスタランチとサラダランチをそれぞれ注文すると、雑談をしながらその到着を待つのだった。

＊＊＊

「こ、こんなにおいしいサラダがあるんですね……！」

「ね！　めちゃくちゃ美味いよね……久しぶりに食べるとやっぱりすごい……！」

俺たちは料理のおいしさを共有しあい、二人の時間を楽しむ。

自分が好きなものを、自分が好きな人と共有できるというのは、とても幸せなことで。

「菊池さんと一緒にこれを食べれて、よかった」

「あ、ありがとうございます……」

素直な気持ちを伝えることで、俺はまた少しだけ温かい気持ちになっていた。

「あ、あの……昨日のことなんですけど……」

「うん？」

いつのまにか話題は昨日の対戦会のことになり、菊池《きくち》さんは——。

「あの女の子はやっぱり、昨日もいたんですか……？」

「あー……」

あの子というのは間違いなくレナちゃんのことで、たしかに俺は昨日、そこについてはどうするべきか迷い、あえて自分からは触れていなかった。

けど、聞かれたなら嘘《うそ》をつくわけにはいかないだろう。

「うん。いたよ」

「そ、そうなんですね……」

言いながら、菊池さんは取り繕《つくろ》うように笑う。

それは、これ以上聞くべきか迷っているような表情で。

「えーと……」

俺は迷う。レナちゃんとの出来事について、どこまで話すべきなのか。

そのまますべて伝えてしまうのは簡単だけれど、それがお互いにとっていいことなのかは危うい気がするし、だからといって都合よく隠すのも誠実ではないだろう。

だから俺は、菊池さんにそれを聞いてみることにした。

「菊池さんは、あったこととか細かく聞きたい？　……裏切るようなことはしてないんだけど、聞いて気持ちいいことばっかりではないかな、って思うから」

するると、菊池さんは少し怯《おび》えるように唇《くちびる》を震《ふる》わせると、真《ま》っ直《す》ぐな声と目で。

「えっと……なるべく、ちゃんと聞きたいです」

「……わかった」

頷《うなず》くと、俺はオフ会でのレナちゃんの立ち回りについて、詳しく話すことにした。

レナちゃんは二十歳の女性で、『友達ともそういうことができる』と当たり前に言うくらいには、積極的な人であること。

対戦会では距離を詰めるような立ち回りをよくしてきて、おそらくは俺のことを狙《ねら》ってきているということ。

直接的に誘ってくることもあって、そのときはなんというか……身体《からだ》を使って駆け引きをして来るということ。

「そ、そんな人なんですね……」

菊池さんは明らかに衝撃を受けている。まあそうだよな、高校生にはあんまりいないタイプの人間だし、前に一回菊池さんの前で通話の着信が来たことで、その顔を見られたこともある。ルックスは一般的に言ってめちゃくちゃ良い部類であろうから、危機感みたいなものを覚えても仕方ない気がした。

だから俺は、安心させるためにも、やっぱり自分の思ったことを正直に伝える。

「けどさ、俺ちゃんと『彼女がいる』って伝えたし、菊池《きくち》さん以外とそういうことになるつもりは……」

ないから、とまで言いかけて、俺は気がついた。そして、どうやら菊池さんも同時に気がついたらしい。

「わ、私と……っ」

そう。俺はいま間接的にだけど、菊池さんとはそういうことになるつもりがある、みたいなことを言ってしまっていた。ちょっと待って大丈夫ですかね。純粋な菊池さん相手にこんなことを言ってしまって、警察に逮捕されたりしないですかね。

「あ、あの……そ、そういうことっていうのは……」

「あー！　その！　えーと！　な、なんでもない！」

俺がめちゃくちゃ焦《あせ》りながらとてつもなく下手《へた》に誤魔化《ごまか》すと、菊池さんはどこかしゅんとしたように視線を下に向けた。

「な、なんでもないんですか……？」

「え？」

「わ、私じゃやっぱり……」

そして顔を上げた菊池さんは、どうしてか涙目になっていた。

「やっぱり男の人って、そういうえっちな女の子が好きなんですか……？」

「え、ええ⁉」

菊池さんから飛び出した菊池さんらしくない言葉に、俺は衝撃を受ける。

「い、いや俺は菊池さんのことが……」

俺が言いかけると、菊池さんはあのとき見たレナちゃんのアイコンを思い出しているのだろうか、俯《うつむ》いて自分の姿を見るようにしながら。

「けど……私はあの女の人みたいに……」

落ち込んだように、声を沈ませていく。そしてまた見あげた瞳《ひとみ》には涙が浮かんでいて。

「その……そういう魅力は、ないから……」

「っ！」

いまにもこぼれてしまいそうな菊池さんの涙。俺はそれをどうにかしないといけなくて。そしてそれはきっと、こぼれた涙を拭《ふ》くことではなくて。

その溜《た》まった涙がこぼれないようにすることなのだ。

そしてそのとき。俺の頭に浮かんでいたのは——やっぱり、本当の気持ちだ。

「そ、そんなことない！」

気がつくと、俺は叫んでいた。

だって俺はどうしようもないほどに、それを感じていたから。

「お、俺は！　菊池《きくち》さんのことも！　そういう目で、見たりしてるから――！」

言った瞬間、世界が止まった。

俺の思考も、菊池さんの動きも、すべてが止まっていた。

ただ一つ。二人の顔の色だけが急速に、これまでにない早さで赤く染まっていることだけがわかった。

やがて、これ以上ないというくらいに菊池さんの顔が赤くなったあと。ぽん、と破裂するように菊池さんは口を開く。

「ちょ、直接言われると……っ！」

菊池さんは身体《からだ》を縮めながら俯《うつむ》いてしまい、俺を見あげるその瞳《ひとみ》には、さっきまでとは違う、熱のこもった涙が浮かんでいて。

「その……どんなときに……」

そして菊池さんは、わざわざその詳細を尋ねてくる。なんかちょっと前も思ったけど、菊池さんってやっぱりこういうことを聞きたがってるよねたぶん。

けど、俺は菊池さんを安心させるためには、自分の恥ずかしさなど関係なく、それを伝えるしかないのだ。

「そ、その……この間テレビ電話したときとか……服装がいつもと違って」

「～っ！」

すると菊池《きくち》さんは身体《からだ》を半身にして、腕で身体を覆った。

そしてむっとしたように、けれどどこか喜んでいるようにも見える瞳《ひとみ》で、俺を睨《にら》んだ。

「……えっち」

その一言によって、俺はまた一段と菊池さんのことをなんというか、そういう目で見てしまうようになるのだった。い、いや健全だから良いよね!?

＊＊＊

そうして俺たちはデザートまでを食べ終え、食後の紅茶を飲んでいる。

「とっても、おいしかったですね」

「でしょ！　ここ好きなんだよなあ」

俺たちは嘘《うそ》のない素直な感想を言い合い、その幸せな時間を噛《か》みしめる。

「紅茶もとっても美味《おい》しいし、素敵な時間でした」

「俺も、一緒に食べれて嬉《うれ》しかった」

「わ……私もです」

何度か食べたことのあるここの料理だったけれど、一緒にいる人が違うだけでその時間の色は変わるような気がして。まあもちろん日南《ひなみ》といるときも楽しさあるんだけど、菊池さんといるときはなんというか、ゆっくり流れる時間に揺られて、その温かさを共有するような感覚で。ちなみに日南といるときはお互いに鋭い得物を持って試合をしているような感覚だ。

「よし、じゃあそろそろ行こうか」

「ですね。行きましょう」

そうして俺たちが席から立ち上がろうとした、そのとき。

「──あれ？　風香《ふうか》ちゃんと、友崎《ともざき》くん？」

俺の耳に、明るく快活に作られた、聞き慣れた声が届く。

「えっ？」

振り向くとそこにいたのはなんと日南で、俺はあまりのタイミングに肩を大きく震《ふる》わせてしまう。え、なに、この人頭に思い浮かべると召喚されてしまうタイプの魔獣かなにかですか。

「あら、葵《あおい》のクラスメイト？」

上品かつ親しみやすい口調で言うのは、日南《ひなみ》の後ろにいる三十~四十代ほどの女性だ。その隣には日南によく似た少し幼い顔の女の子がいて……ということはつまり。

「えーと……葵《あおい》さんのお母さんと妹さん、ですか?」

俺が親御さん相手だからということでうまく『葵さん』と言うことができたことに進歩を感じつつ尋ねると、その女性はにこりと子供っぽく笑って頷《うなず》いた。

「はい。いつも葵がお世話になってます」

「い、いえ、こちらこそ葵さんにはお世話になってます」

「わ、私も……えっと、菊池風香《きくちふうか》といいます」

「あ、僕は友崎文也《ともざきふみや》っていいます」

俺が菊池さんに倣《なら》って自己紹介をすると、日南の母親はまたくしゃりと笑う。

日南の母親は首まで覆われている白いニットの上に黒く上品な質感のロングコートを着ていて、首には真珠のような白く高級感のある飾りの付いたネックレスをしている。その挙動や表情は全体としてとても親しみやすく、その年齢や雰囲気《ふんいき》と比べて若々しい。

「ご丁寧《ていねい》にありがとう。これからも葵をよろしくね」

フレンドリーかつ嫌《いや》みのない口調で、またにこりと笑う。その笑顔は第二被服室の日南というよりも、クラスでのパーフェクトヒロインとしての日南に近くて。けれど少なくとも俺の目には、そこに作為的なものは映らなかった。

「ほら、遥《はるか》」

母親に促《うなが》されると、その隣にいた女の子が俺たちに向き直る。

「えっと、日南遥です！　お姉ちゃんがお世話になってます！」

やや固い声で言うと、ぺこりとお辞儀をする。見た目的には中学生くらいだろうか。そのわりには口調は少しだけ幼い印象ではあったけど、高校生から見た中学生って意外とこんなもんなのかもしれないからなんとも言えない。

「ということで妹の遥です。よろしくね」

茶目っ気のある口調で母親が言う。それはやっぱり親しみやすく、話した時間は短いのにもかかわらず、すでに俺は好感を持っていた。

「偶然だねー！　もう帰るところ？」

菊池さんもいるからか、日南はパーフェクトヒロインとしての日南で俺に話しかけてくる。俺はそれに「ああ、そうだな」と対応しつつも、視線はチラチラと日南の母親と妹の方へ向いてしまっていた。

これが日南の家族、か。

それはなんというか見るからに温かい家庭というか、俺と菊池さんが日南の小学校の同級生に話を聞いたとき、両親が目立つ存在だった話があったのも納得できた。

「そっか、じゃあまた明日、学校で！」

日南《ひなみ》が俺たちを帰すように言うと、くすりと笑いながら日南の母親が口を開く。

「あら、もっとお話ししてけばいいのに」

「い・い・か・ら！」

それはなんというかとても自然な親子のやり取りで、まあ親といるところを同級生に見られたくない、というのは、それが日南葵《あおい》であることを除けば、よくある感情の一つだろう。

……けど。

「おう、そうだな。じゃあ行こうか」

「は、はい！」

「じゃあな、また明日」

「日南さん、また」

そうして俺たちは二人で会計を済ませ、その店をあとにする。

「かわいい二人ね」

「あはは。だよね。なんか最近付き合いはじめたらしくって――」

背後から聞こえてくる日南一家の声。

俺はそれをうっすらと聞きながらも、一つのことを思っていた。

――日南は、家族の前では〝そっちの顔〟なんだな。

＊＊＊

しばらく、あてもなく冬の北与野《きたよの》を歩く。

俺は最寄り駅だから歩き慣れているはずの北与野の街だったけど、少しいつもの道と外れるだけで、まるでまったく知らない街みたいで。けどたしかに、最寄り駅だからこそ駅までの道以外って、実はあんまり使わないものだよな。

菊池《きくち》さんは一歩一歩でぽーん、ぽーん、とつま先を蹴《け》り出すようにしながらゆっくりと、俺の隣を歩く。俺まで聞こえるか聞こえないかくらいの小さな声で鼻歌を歌っていて、そのご機嫌な足取りは幼い少女のようだ。つま先の丸い革靴《かわぐつ》が冬の日差しを反射して涼しげに光り、丈の長いスカートの裾《すそ》が、風のように優しく揺れる。

そんな恋人の姿を横目に見ながら、俺は充足していた。たぶん俺はまだ、足軽《あしがる》さんの言うように自分以外の人間を、菊池さんを、自分の人生の内側にまでは入れることができていない。けれどこうして言葉を交わして、たまにすれ違ったりもしながらも、ただ隣を歩くだけで幸せを感じられるような関係ではあって。

ならそれだけで十分じゃないか——と思っていることこそが、業《ごう》というものなのだろうか。

「友崎《ともざき》くんって、素敵なお店をたくさん知っていますよね」

「うん？　そう？」

くるりと身体《からだ》ごとこちらへ向けて、尊敬するように、ご機嫌な口調で言う菊池さん。

「はい！　だって、大宮《おおみや》の喫茶店もそうですし、さっきのお店もとっても素敵でした！」

「あ……」

「友崎くんについていくと、いっつも新しく素敵なものが知れるので、私はとっても楽しいです」

そう言って、にこ、と笑う。俺はその姿を見て幸せな気持ちになりながらも、少しだけ、複雑な気持ちでもあった。——と、いうのも。

「こういうお店って、どうやって見つけるんですか？」

考えていると、まさにその部分に対する質問が飛んでくる。それに対する回答は——まあ、別にまったく悪いことではないのだけど、少し菊池さんには言いづらい話ではあった。

「えーと、今日のお店は……何回か、日南《ひなみ》と来たことがあって、それで」

「……日南、さん」

菊池さんの歩幅が、少しだけ狭くなる。さっきまでご機嫌だった足取りはいつものものに戻って、その瞳《ひとみ》はぱちぱちと少し不安そうに俺を見つめていた。うう、やっぱり。

「そ、そっか、だからさっき……」

「うん……そうだね」

そう。あそこで日南《ひなみ》に会ったのはすごい偶然かと思いそうになったけれど、よく考えればあそこは日南に紹介してもらったお店なのだ。そして日南にとってもお気に入りのお店だったということは、まあそりゃあ日南が別な人と来ていてもおかしくない。というか、日南ももとは親から教えてもらったものかもしれないよな。

「えーっと、じゃあ大宮《おおみや》のお店は……」

「あー……」

改めて気がつく。

だって、そういえばあの喫茶店も。

「えーと……そこは日南と行ったこと自体はないんだけど、教えてくれたのは……日南だな」

「そ、そうなんですね……？」

菊池《きくち》さんはぴた、と足を止めてしまう。

「前に、私のバイト先にも……二人だけで来てましたもんね」

「あ……」

俺が人生攻略を始めた本当に最初の最初のころ。俺と日南が偶然訪れたカフェで、菊池さんが働いていたのだ。……そう考えると菊池さんって、俺と日南が二人っきりで遊んでいるところを実際に目撃した、唯一のクラスメイトなんだよな。

「あの頃《ころ》って……友崎《ともざき》くんがまだ、みんなと仲良くなってない頃でしたよね……」

菊池さんはそれに気付いてしまう。そう、あの時期は俺がまだクラスの人たちと仲良くなる前だったから、いまよりも違和感は大きかったはずだ。

けど、そこには理由があって。

「あのさ、菊池さん」

だから俺は菊池さんを、すべてが詰まったその場所へ誘おうと思っていた。

「明日の朝、来てほしいところがあるんだ」

「朝……。図書室じゃなくて……ですか？」

俺は頷《うなず》く。

「ある教室があって……そこで、伝えたい話があるんだ。できればそこで、伝えたい」

すると菊池さんは、少し考えてから、ピンと来たように言う。

「日南さんのこと……ですか？」

俺は驚きつつも菊池さんをまっすぐ見て、頷いた。

「このあいだ話してた、日南との関係について。日南に聞いて、菊池さんには話していいってことになった」

「……っ！」

それは、期待と不安が入り混じったような表情で。

「だから明日。そこで全部、話したい」

はっきりと言い切った。

「わかりました……！」

これまでその原因を話すことができなかった、俺と日南《ひなみ》の特別。それを伝えられるのは、俺と菊池《きくち》さんの関係にとって、大きなことだろう。

「これでやっと……菊池さんにも、知ってもらえる」

けれどそのとき。

俺の言葉に反応したのか、不意に菊池さんが、意を決したようにこんなことを言う。

「私……友崎《ともざき》くんのことが、もっと知りたいです……」

「……俺のこと？」

菊池さんは頷《うなず》く。

「なんだか私、友崎くんと付き合ってるのに、友崎くんのこと、なにも知らないような気がして……」

「そ、そんなこと……」

菊池さんは、うつむき気味に首を横に振る。

「いろいろなことを教えてもらったけど、全部ただ聞いただけで……過ごした時間も、出会ってからの時間もたぶん、その……負けてて」

なにかに対抗するように言う菊池さんは、不器用ながら、俺の目を見つめていて。

「私、友崎くんのこと、一番知ってる人になりたいんです……」

その甘い言葉は、俺の脳を揺らす麻薬のように、俺の鼓膜《こまく》から溶けた。

「だって私は……友崎くんの、彼女だから……」

「……っ！」

いじらしい瞳《ひとみ》と、ざわつきを押さえ切れていない指の動きに、俺は引き寄せられる。それはあまりに強い引力で、弱キャラである俺ですら、この子は俺が守らないと、という気にさせられるような、そんな。

「だ、だから、その……」

そして菊池さんは俯《うつむ》いたまま俺の隣に並び、横から俺を見上げて——

白く細い、俺の好きな菊池さんの指先が、俺のコートの袖《そで》口をつまんだ。

「いまからお家……行ってもいいですか？」

その丸く柔らかそうな頰《ほお》に差す赤は、やっぱり俺にも伝染してしまうのだった。

＊＊＊

そうして俺たちはいま、俺の部屋にいる。

そう。俺は、ではなく俺たちはなのだ。

「……お、お邪魔しますっ」

菊池《きくち》さんは声をうわずらせながら俺の後ろから部屋に入り、身を縮こまらせながら視線だけをきょろきょろと動かしている。ちなみに両親と妹は出かけていたようで、家にはいま俺と菊池さんしかいなかった。

「あー……えー」

そして俺は声をうわずらせるどころかまともな言葉すら出てこず心臓の鼓動を普段のちょうど五億倍にしながら、自分の部屋のはずなのにどこに座ればいいかすらわからなくなっていた。

俺はとりあえずベッドに腰掛けようかと思ったが、そうすると自然な流れとして菊池さんもその隣に腰掛ける的なことになりそうで、それはちょっとなんかやばい感じがしたので回避、俺はベッドを背もたれにするように座り、精神を整えるようにピンと背筋を伸ばした。姿勢を変えれば心も変わるって日南《ひなみ》先生も言ってたからな。

すると菊池さんも倣《なら》うように俺から少し距離を取った隣に座り、おずおずと前を向く。菊池さんは見るからにカチカチに固まっているけれど、もちろん俺も菊池さんの顔が直視できない。

「あー……その」

「は、はい……」

特になにも思い付かないままにとりあえず発声だけしてみたけど、やはりこんな精神状態じゃなにも出てこないどころか、変に喋《しゃべ》り始めてしまったプレッシャーによって俺の頭も身体《からだ》も真っ白になっていく。

「えー……えーと」

「……はい」

「あー……つまり」

「う、うん……」

と、なにも進まずにいたそのとき。

突然俺の部屋のドアが開け放たれた。

「文也《ふみや》ただいまー。ちょっと洗濯物……え」

そこにいたのはさっきまで出かけていたはずの俺の母親で、洗濯かごを持って部屋の前に立っていた。その目線は俺とその隣にいる菊池さんのあいだを行ったり来たりし、やがてにこっと笑みを作る。

「あら、お友達が来てたのね。ごゆっくり」

母親はその張り付いた笑顔のままドアを閉め、その数秒後にドタドタと階段を降りる音が聞こえた。

「ふ、文也が女の子を……って、誰《だれ》もいないじゃない～！」

妹と父親はまだ帰ってきていないようで、母親は自然と一人ではしゃぐ形となっている。なにをやってるんだうちの親は。

「え、えーと……」

菊池《きくち》さんは完全に困っていて、俺も困っている。けど、俺のなかの緊張はさっきよりも薄れていた。あと、なんなら共通の話題もできた。

「あはは……ごめん、うちの親、いつもあんなんなんだよねぇ」

俺がおどけたトーンで言うと、菊池さんは一瞬目を丸くしたあと、くすりと笑った。

「おもしろいお母さんですね」

そうして俺と菊池さんは顔を見合わせて、くすくすと笑い合う。よし、なんかいい感じでほぐれたぞ。彼女を家に連れ込んだときに母親が良い役割を果たすってことがこの世界にあるんだな。漫画でしかこういうのを見たことなかった俺にはとても新鮮だ。

――しかし。

「えーと、ど、どうしよっか……」

「は、はい！」

菊池さんが俺のことを知りたいと言って、二人でここにやってきた。とはいえ、部屋に来たところで俺はなにを話せば良いのだろう。一番大きかった日南《ひなみ》との秘密も話してしまったし、これ以上話していないことはない気がした。

「えっと……その」

そして菊池さんはちらりと、机の上にのっているモニターを見た。

「友崎《ともざき》くんが一番好きなものって、あのゲームなんですよね……?」

「うん。そうだね」

思わぬ角度からの言葉だったけど、そこに関しての自信はめちゃくちゃあるので、俺はハッキリと頷《うなず》く。

「だったら私……アタックファミリーズについて、知りたいです」

「え」

「私も……一緒にプレイしてみたいです」

「ええ!?」

俺は驚いて声をあげる。けどその驚きは決してマイナスなものではなく、むしろめちゃくちゃ嬉《うれ》しい悲鳴だった。

だって、自分が好きな人と一緒に、好きなゲームができる。こんなに幸せな時間がほかにあるだろうか?

俺があまりの嬉しさに停止していると、菊池さんが時間を埋めるように口を開く。

「えっと……その友崎くんも……」

「うん?」

そして菊池《きくち》さんは、幸せな時間を思い出すように。

「アンディ作品のこと——知ろうとしてくれたから」


「あ……」

そこで俺は気がつく。

最初はアンディ作品を読んでいるという勘違いから始まった俺たちの関係だったけど、俺はそれから本当にアンディ作品を読んでみて、その良さを知って、菊池さんと映画に行ったり、新刊を一緒を買いにいったり——いつの間にかそれは、二人の仲をつなぐ、とても大切なものになっていった。

「だから、私も知りたいんです。友崎《ともざき》くんの……好きなもの」

少し照れ混じりに、けど俺を包むように笑う菊池さん。俺はそれを見ているだけで、たまらなく愛《いと》おしくなってしまって。

「よし!」

俺はつけっぱなしになっているコントローラーをカラーボックスから引っ張り出し、ゲーム機のスイッチを入れる。

「じゃあ、一緒にやろう。なんでも教えるよ」

「ふふ。……日本一なんですもんね」

「あはは。そうそう！」

そうして俺は、ワクワクした気持ちで画面を見つめ、やがて気がつく。

これはひょっとすると、だけど。

菊池さんなりに、すれ違いを埋めようとしてくれているのかもしれないよな。

程なくしてモニターから聞きなじみのあるオープニングが流れ、画面にはアタファミに登場するたくさんのキャラクターがそれぞれの個性を発揮しながら縦横無人に駆け回る映像が流れる。

「えーっと、このゲームはいろいろなタイトルの有名キャラを集めた格闘アクションゲームで――」

俺は適宜画面を進めながら、それを解説していく。菊池さんは俺の話をとても興味深そうにふんふんと聞いてくれていて、俺はそれが嬉《うれ》しくてどんどんと語ってしまう。

そもそもこのゲームが生まれた歴史。そして競技シーンの盛り上がりから、単純なパーティーゲームとしての人気などを順番に伝えていく。そこまで語らなくて良いだろ、みたいな部分に関してもどんどん言葉が出てきた。

「――って感じで、深さとポップさが両立した神ゲーに……はっ！」

やがて、俺は気がつく。

あまりにも菊池《きくち》さんがにこにこと話を聞いてくれるから、好きなものに熱くなるゲームオタクの血が騒いでしまっていた。気がついたら身振り手振りも大げさになっていき、もうほぼ演説の様相だった。これは冷静にならなくては。出だしからなにをやってるんだ俺は。

「……って、ご、ごめん、語りすぎた」

するると、菊池さんは一瞬きょとんと目を丸くしてから、天から俺を赦《ゆる》すようににこ、と笑った。

「そんなことないですよ？　もっと……聞かせてください」

それは俺の暴走すらも受け入れてくれるような笑顔で。

「天使……」

「えっ」

俺はいままで頭のなかでは散々言ってきたけどたぶん口に出したことはなかったその言葉をついに、呟《つぶや》いてしまった。だって仕方ないでしょ今のはあまりに光による抱擁すぎた。

俺の言葉に菊池さんは驚くと、目を逸《そ》らして毛先をいじるなどして照れつつ、ちょっとむっとした表情で俺を見上げた。

そして、小さくいじらしい声で。

「もう……極端《ひご》です」

あまりに庇護欲をかき立てるようなその振る舞いに、俺はコントローラーをぽろりと落としそうになる。けれどこれはいずれ俺の商売道具になるものなのだからとぐっと握り直し、深呼吸してからもう一度菊池さんを見た。

「……照れるので、そんなに見ないでください」

けれどそこには、さっきよりも顔を赤らめ、聖性を増している菊池さんがいた。

「妖精《ようせい》……」

「も、もうだから！」

そして俺はまた、理性を失ってしまうのだった。

＊＊＊

それから数分後。

「え、えい！　……あれ？」

「あはは、たぶんボタンが違うよ」

モニターの前で俺と菊池さんがコントローラーを握り、トレーニングモードでキャラクターを操作していた。

よく考えるとこの状況って、彼女が自分の部屋に来て二人っきりになっているというかなり男子高校生涎《よだれ》ものの状況だと思うんだけど、アタファミを始めてしまうとただのゲーマーになってしまう俺はそんなことも半分忘れ、菊池《きくち》さんと一緒にただゲームを楽しんでいた。

画面のなかの女性キャラ・ヴィクトリアは菊池さんの「えい！」という勢いの良いかけ声とともに、特になにもしない。たぶん押すボタンを間違えてる。ていうかアタファミにおいてなにもしないボタンなんてないはずだから、そもそも押せてない可能性がある。あとヴィクトリアはレナちゃんが使ってるキャラでもあるから、なんかちょっとやめてほしいなとか思っている。

「じゃなくて、ここ」

「ここ……えい」

するとヴィクトリアは魔法のステッキを光らせ、前方に攻撃を出す。

「や、やった！」

「うん、すごい！」

「す、すごいですか!?」

菊池さんは目を輝かせて喜ぶ。ちなみにいまのは操作で言うと『菊池さんがAボタンを押すことができた』ということでしかないのだけど、菊池さんが喜んでるからめちゃくちゃ褒《ほ》めることにした。どんどん甘やかしていく。友崎《ともざき》流のアタファミ塾は褒めて伸ばすのだ。

「えーとじゃあ次は……」

考えながら俺が適当にガチャガチャとキャラクターを動かしていると、菊池さんの驚いたような視線が俺の操作するキャラクターに向いているのがわかった。

「な、なんですかその動き……？」

「あ、なんでもない、手癖で……」

　画面ではジャックが小ジャンプで細かく跳ねたり『瞬』を使って地面を滑ったりを繰り返していた。完全に無意識でやっていた。けどまあたしかに、素人《しろうと》目に見てもめちゃくちゃ機敏な動きをしてるだろうから、ちょっとなにそれって感じで引いちゃうのも無理はない。なんか昔泉《いずみ》にも動きで引かれたことがあった気がするな。いまや弟子なわけだが。

　やがて、菊池さんの視線は俺のコントローラーに向けられる。一つの行動に対応するボタン入力数の関係上、俺の指先はたぶんちょっと引くくらい細かく繊細《せんさい》な動きをしている。画面上の動きよりもさらに、指先のほうがおかしな動きをしているんだよな。

「これって……どのくらい練習したんですか？」

「え、どうだろう……。でも、この動きを安定させるって意味だけで言ったら一週間くらいだと思うよ。……試合で無意識でできるようになるまで、って意味では数か月くらいかな」

「へえ……」

　菊池さんは感心したように頷《うなず》く。

「このゲーム全体でだと、どのくらい練習したんですか？」

「えーどうだろ。……時間で言ったら、一万時間はやってるかな？」

「い、いちまん……」

さらっと言った俺の言葉に、菊池《きくち》さんは言葉を失う。けどまあたしかに普通にゲームをエンジョイしてるだけの人からしたら一つのゲームを一万時間以上やるって、ちょっと考えられないよな。受験勉強ですら総合で三千時間くらいやれば難関大学も受かると言われているし、実にその三倍以上だ。どうだすごいだろ。

俺がアタファミを始めたのが約三年前、仮に千日前だと仮定すると、一日十時間平均で練習していることになり、俺は青春のほとんどをアタファミに捧げていることになる。待て、俺は青春のほとんどをアタファミに捧げていることになるのか。

「まあ、ゲーマーとしては実はそこまで珍しいことではないんだけど、そのくらいはやってると思う」

すると、菊池さんは少しだけ考え、慎重な口調で言う。

「なのに……キャラクターを、変えたんですよね？」

「あー……」

たしかに、それを聞かれるか。ていうかそれに関しては足軽《あしがる》さんとか日南《ひなみ》にすらおかしいって言われたことだから、ゲームに造詣《ぞうけい》の深くない菊池さんからしたら、余計おかしいことだよな。

「うん。そのほうが、強くなれると思ったからね」

「……すごい」

俺は自信を持って答える。それは一度足軽さんに聞かれて頭のなかで整理されたから、という部分が大きかったけれど、そのことがより菊池さんの驚きを生んだようだった。

「あの……友崎《ともざき》くんって、このゲームの日本一なんですよね？」

「うん。オンラインのレートでだけど」

やがて菊池さんは、控えめに俺の顔をのぞき込みながら、遠慮気味にこんなことを言った。

「そっか。友崎くんは……心の底から、ゲーマーなんですね」

「っ！」

その菊池さんの何気ない言葉に、俺の心臓が跳ねる。

足軽さんから昨日言われた言葉。――ゲーマーとしての業《ごう》。

その俺の本質を表すような言葉が、脳裏に蘇《よみがえ》ったのだ。

「……どうしたんですか？」

表情に出てしまっていたのか、様子のおかしさを尋ねてくる菊池さんに、俺はどう言葉を返すべきか迷う。それは自分が初めて自覚した闇《やみ》のようなもので、まだ自分でも整理し切れていなくて。

だからなんでもないと誤魔化《ごまか》して、話を変えてしまってもいいと思えたけど。

「あのさ……実は俺、昨日の対戦会で言われたことがあって」

「……言われた？」

突然話を切り替える俺に、菊池《きくち》さんは首を傾《かし》げる。

だって、そう。

そレはレナちゃんのときもそうだった。俺と菊池さんがすれ違ってしまったのは、俺がオフ会であったことや思っていたことをろくに伝えず、きちんと言葉を交わすことができていなかったからで。

だとしたらこういう話しにくいことも、伝えるべきだと思ったのだ。

「俺はもしかすると、恋愛に向いてないのかもしれない、って」

言うと、菊池さんは真意を探るように、どこか不安そうに俺を見た。

「そ、それはどうして……？」

だから俺は、菊池さんにもわかるように、

「なんて言うか……俺は自分の選択とか、判断みたいなものをすごく信じてて、だから個人は個人だって思ってて……」

「……はい」

「でもそれは……いま菊池さんが言ったみたいに、俺がゲーマーだからなんだよ」

「……自分で目標に向かって努力して、自分で結果を出すから、ってことですよね？」

「え」

少ない思考時間で導き出された、あまりに本質を突いた解答に、俺は驚きの声を漏《も》らしてしまう。

だって、まさに言うとおりだった。個人競技のゲーマーとしての本質は、目標に向かった努力を繰り返すことにある。

「うん。そうだけど……よくわかったね？」

すると菊池さんは、ふと目を逸《そ》らして、俺の想像とは違うことを言う。

「友崎《ともざき》くんのことは……一人でいるときも、たくさん考えてるから」

そのいじらしい一言に、俺はまたさっきとは違う意味で心臓が跳ねた。

「あ、ありがと」

けれどどうしてだろうか、菊池さんは寂《さび》しそうな表情をしていて、そしてまた一歩踏み込むように、こんなことを言った。

「友崎くんが個人でいたいのって……きっと、恋人同士って関係になっても、変わらないんですよね？」

「……っ！」

菊池さんが静かに吐き出す言葉は、明確に俺の言いにくかった急所を突いていて。

「……いまのところは、そうなんだ」

「そっか……」

だから俺も、それを肯定することしかできない。

「それは……誰《だれ》に対しても、ですか？」

菊池《きくち》さんの言葉に、やっぱり俺は頷《うなず》く。

「たぶん俺は……誰かに好意とか感謝はあっても、自分以外の人間に深く入れ込んだことはないのかもしれなくて……」

俺は足軽《あしがる》さんに言われたことを引用しながら、思いを菊池さんに伝える。それはきっと、いまの俺にとって最も大きな悩みのひとつで。

「だから、少し不安っていうか……俺は個人でしか生きることができなくて……誰かと本当の意味でつながれることはないのかな、って考えると、怖くもあって」

すると、菊池さんは悲しい目をして頷き、テーブルの上に置いた手をぎゅ、と握った。

「それって……とっても、寂《さび》しいことですよね」

その場に落とすように言う。

「やっぱり……そうなのかな。これじゃ、俺はずっと寂しいままで……」

俺が自嘲《じちょう》するように言いかけると、菊池さんは小さく、唇《くちびる》を噛《か》んだ。

「それも……そうなんですけど」

そして菊池さんは、目にうっすらと涙を浮かべながら、寂しく笑った。

「寂しいのは……私もです」

言われて、心に後悔が押し寄せる。俺はまた自分のことに精一杯で、それを言われた菊池さんの気持ちなんて考えられずにいて。どうにか言い繕《つくろ》えないかと口だけが開くけど、なにも言葉は出てこなかった。適当なことを言うくらいならきっと、出てこないでよかったのだろう。

「そうだよね、ごめん」

だから俺はただ、謝った。

「ううん」

菊池さんは寂しそうに微笑《ほほえ》んだまま、首を振る。

「悩んでるのは友崎《ともざき》くんなのに、私も自分のことばっかりで……」

「ち、違う、俺こそ俺のことばっかりで……」

そんな感じでまた、俺と菊池さんは互いに譲《ゆず》り合ってしまって。

だけど——次に飛び出した菊池さんの言葉に、俺はまた少し面食らってしまった。

「——きっと、日南《ひなみ》さんも、同じってことですよね」

「え……」

二人のあいだをぴり、とした疑問が通り抜ける。

「自分で目標に向かって努力して、自分で結果を出す人って、日南《ひなみ》さんもですよね？」

その視線には、鋭さと不安が同居していて。

それは日南の、もしくは俺たちの、本質を突いている気がした。

「……そうだね。あいつも、そこは同じだと思うけど……」

どうしてまたその話に、とまでは言えずにいると、菊池《きくち》さんは斜めに目を伏せて。

自分の指先を見つめる菊池さんはやっぱり、どこか寂《さび》しい目をしていた。

＊＊＊

「今日はありがとうございました。とっても、楽しかったです」

菊池さんの家の前。

暗くなった空の下で、俺と菊池さんは向かい合っている。

「こちらこそありがと。一緒にゲームできて、楽しかった」

「はい。それから……わざわざまたここまで、ありがとうございます」

「いいって。なるべく一緒にいようって、決めたでしょ」

「……うん」

申し訳なさそうに、けれど少しだけ嬉《うれ》しそうにはにかみ、菊池さんは下を向く。

「今日、友崎《ともざき》くんのことをたくさん聞けて、よかったです。……これで、私もがんばれそうです」

「そっか……なら、よかった」

そう前を向いて笑う菊池さんの表情に、まったく不安の色がないと、俺は言いきることはできなかったけれど、その瞳《ひとみ》にはポジティブな色が確かにたたえられていて。

「それじゃあまた明日も、学校で」

「はい。それじゃあ、おやすみなさい」

「あはは。ちょっと早いけど、おやすみ」

そうして別れたあとの気持ちは決して、冷たいものではなかった。

＊＊＊

その日の深夜一時。

「……お？」

俺はTwitterを見ながら驚いていた。

『キャンリードに小説の最新話を投稿しました。

純混血とアイスクリーム002 - 学園』

見つけたのは二分前に投稿された、菊池《きくち》さんの小説が更新されたことを示すつぶやきで、俺にとってそれは少し予想外だった。

いつものLINEのやり取りや今日の去り際の挨拶《あいさつ》からいって、菊池さんはいつも結構早い時間に寝てるっぽいし、そもそも今日は北与野《きたよの》でランチからの日南《ひなみ》に遭遇、そして俺の家でアタファミ、と結構濃密な一日だったから、菊池さんは帰ってお風呂《ふろ》にでも入ったらすぐに寝てしまっていると思ったのだ。

けれど、それが十二時を少し回ったこのタイミングでの更新。わざわざ書きためていたものを今アップしたわけでもないだろうから、この時間まで菊池さんは小説を書いていたということになるだろう。

「……ふうん」

一日活動した高揚感から筆が進んだのか、それとも単にギリギリまでできていたものが偶然いま完成しただけなのか。なんにせよ、あの続きが気になっていた俺としては、小説が更新されたことは、意外ながら嬉《うれ》しいことだった。

——けれど。更新された『純混血とアイスクリーム』第二話は、それとはまた別の意味で、俺の予想外のものだった。

無血の少女アルシアは、雑種のなかの雑種と思われていたリブラが『純混血』であると見抜き、王城のアカデミーに招待する。アルシアの住む場所が王城というのは『私の知らない飛び方』と共通していたけれど、その主な舞台は違った。

アカデミーは世界でも最も富裕層が集まる学校で、その血統を気にして結婚する家系が多かった。そのためほとんどの生徒が純血もしくはハーフで、それよりも血の薄いものは落ちこぼれとして扱われる。そんな風潮のある学校だ。

リブラは特別な血統である『純混血』だったものの、そのことを広く知らしめてしまうのはNGであったため、アカデミーには本来相応《ふさわ》しくない『雑種』として入学することになった。転校生であり雑種。そんなリブラは当然学校ではいわゆるカースト最下層と言っていいような扱いを受けるところから始まり、それをアルシアからの助言によって、テクニカルに処世していく。そんなところが物語の筋だった。

——っていうより、これって。

そこまで読んで、俺はぞわり、と鳥肌のようなものが立つのを感じた。

だってそれは、ほとんど日南と俺の通った道をそのまま描いているようで。

まるで——日南《ひなみ》と俺を主人公にした実話を、俺が読んでいるような感覚だったから。

物語は、アルシアがアカデミーでの過ごし方のコツを教える修業パートと、リブラがそれを実践する学園パートを繰り返して進んでいく。リブラは失敗を繰り返しながら何度でも立ち上がって徐々に成功へ近づいていき、努力と成功という意味では、ある意味王道とも言える筋書きだった。

努力がから回って失敗したり、けれどそれが回り回って成功につながったり、自分の来た道を人が読むとこんな印象になるのかな、という感想ですらあった。

けれど、それは俺が話していない部分の詳細まで、完全にとまでは言わないまでも、かなりのレベルで言い当てていて。

リブラの特徴はその適応力だった。その段階では自分もそうなのだろうかと迷ったものの、読み進めていく内に、納得させられてしまう自分がいた。

リブラは世界でも特に僻地《へきち》にある田舎町の出身で、引っ込み思案だったリブラは周りには友達すらいない。それもどこか俺の境遇に似ていて、だからリブラは一人でできるその世界で最も有名な将棋のようなボードゲームで何度も何度も繰り返し遊び、それをとことんまで極めていった。俺のアタファミほど極端な描写ではなかったものの、たしかに俺がリブラの境遇だったらそうしていたかもなと思わされるものだった。

その工夫を繰り返す経験からか、普通にしていたら不便でしかたない生活も、発想を転換して土俵ごと別のものに変えることで、強く生き抜いてきた。きっとそれも俺と同じで——読み進める内に俺の人生とリブラの人生が、ごちゃごちゃに、自分がリブラになっていくかのように、混ざっていく感覚を覚えていた。

リブラはそのゲームの経験から、人よりも努力をすることに抵抗がなくて、飲み込みが早くて、俺と同じように負けず嫌いだった。たしかに俺も一つのゲームを極めるとそういう効果を生むと実感していて、ひょっとすると俺もリブラと同じように、他人から見たら飲み込みが早いと思われるのだろうか。

リブラは『純混血』という特別な血統だったものの、一つ一つの血は薄いから、その能力は低い。それは一見俺と同じ『弱キャラ』だと言えたけれど、リブラの純混血は同時に『あらゆる種族の特徴を、ほんの少しだけならすべて扱える』という意味でもあり、それは努力することに抵抗のない俺にとってうらやましいもので、リブラにとっても相性がよく、俺も人間という種族が、リブラのようであればいいなと思った。

リブラ、俺、リブラ、俺。テーマの渦と呼ぶべきか、物語の圧と呼ぶべきか、自分の人生からリブラを解釈し、リブラの描写から俺の人生が再解釈されていくような。いままで経験したことのない感覚が、心を乱していくのがわかった。

たしかに演劇『私の知らない飛び方』のときにもリブラは俺をモデルにしていた。だけどそれは自分の本音をそのまま伝えるのが得意だったり、不器用ながら前に進むという性格が共通していたりと、あくまで表面的なものだけだった。

けれど、今回は違う。

そこに描かれていたのは俺が話したエピソードを菊池《きくち》さんが『解釈』することによって暴かれた、俺のほんとうのことだった。

そして俺は、第二話の最後の部分にあった、ある一節でそれを確信する。

リブラはあらゆる血を持ちなんにでもなれるため物事に執着がなく、変化することに抵抗のない少年だった。

だから一つの種族のスキルを自分のできるところまで極めても、それを捨てることに迷いがなかった。田舎町からアルシアについていき、そこから雑種の転校生として生き抜くという選択すら、自分の運命を大きく変えるものだったのにもかかわらず、まるで生き抜くことそのものをゲームのように捉《とら》え、楽しんでいた。

　そしてあるとき、リブラはアルシアにこんなことを独白する。

　自分だけが純混血で、だからみんなとは種族が違っていたリブラ。

――自分は個人でしか生きることができなくて、誰かと本当の意味でつながれることは、ないのかもしれない、と。


　瞬間、俺のなかの混乱や驚きがすべて、寒気と確信に変わるのがわかった。


　だって、その一言は。

　その、葛藤《かっとう》は。


――俺があのとき菊池さんに告白した、俺という人間の業《ごう》だったから。


「……っ」

　そして、俺はすべてを理解する。

　あの日、北与野《きたよの》で。

菊池《きくち》さんに友崎《ともざき》くんの好きなものを知りたいと言われ、わざわざ部屋にまで上がりたいと言われ、そうしてそこで伝えた俺の人生や、考え方。

もしくは朝の図書室で最初から順に教えてほしいと言われて話した、俺の思考の軌跡。そして、これから向かおうとしている先。

俺の過去と、現在と、未来。

あのとき図書室で、北与野《きたよの》で、部屋で聞かれたことは――もちろんそのまま俺のことを知りたくて聞いてくれた、という部分もあるのだろう。

けど俺は――それと同時に。


小説家・菊池風香《ふうか》に、取材されていたのだ。


背中に走った寒気のようなものはやがて、恐怖めいた感情に変わる。

菊池さんがすれ違いを埋めるために、もしくは単純に俺に興味を持ってくれて、話を聞いてくれたのだと思っていたあの時間。

それは、俺の恋人の菊池さんとしての会話ではなく、小説家・菊池風香としての――観察だったのだ。

そしてそのとき、俺の頭に菊池さんが言っていた一言が蘇《よみがえ》る。

『友崎くんのことは……一人でいるときも、たくさん考えてるから』

もしもその一言に、俺が思っていたのと違う意味も、含まれているのだとしたら。

しばらく操作していないスマートフォンの画面が、不意に消える。そこに訪れた想定外の闇《やみ》は、俺自身の姿を映し出していて。

自分すら気がついていなかったものを、世界を俯瞰《ふかん》するような澄んだ存在に見透かされ、それがテーマとして反映されて物語にされていく。それは心の底に沈殿していた濁《にご》りがゆっくりと攪拌《かくはん》されていくようで。俺はこの物語の先を読むのが怖くなっていった。

そして――。

「……日南《ひなみ》」

自分の身になってみて。そこに、寒気や恐怖めいたものを感じて。

俺は、初めて理解した。

そう、だって。

これはあのとき、俺たちが日南にしたことと同じだ。

演劇『私の知らない飛び方』。あの物語に出てくるアルシアというキャラクターは、明確に日南《ひなみ》をモデルにしていて。日南に取材したことはおろか、まだ誰《だれ》の目にもさらされていない、あいつの本質を暴いていくような造形をしていた。むしろそれを積極的に深く抉《えぐ》っていくような、物語構造ですらあった。

そう考えると、あいつは。

俺はこうして、ただ小説を読んだだけで自分が暴かれていくような感覚を覚え、得体のしれない恐怖を感じているのに。

日南はそれを、ただ脚本として読んだだけでもなく。

ただ、観客として見ただけでもなく。

——役者として、自らの闇《やみ》そのものを演じたのだ。

キーとなったセリフ。

『私はすべてを持っているわ——。けど——だからこそ、なにもないの』。

それはおそらく日南にとって、自分でも自覚しているかどうか怪しいくらいにあいつの心の芯《しん》の近い部分に巣くっている、闇のようなものだろう。

それを具体的に突きつけられ、懺悔《ざんげ》するようなセリフとして生徒たちの前で言うことを強制された日南葵《あおい》は、どれだけ心を揺さぶられただろうか。

「……っ」

どうして、気がつかなかったのだろう。

自分自身が空っぽであるというセリフを、それがその人間の本質であるかもしれないと感づきながらも、それを本人に言わせてしまうこと――。

それがどれだけ、残酷なことなのかということを。

俺はそのとき、理解した。

演劇を通して菊池《きくち》さんがした『小説家志望』という決意。

それはおそらく、俺のアタファミを人生にするという決意と同じくらい、固く強いもので。

誰かを傷つけてしまう可能性よりも、やりたいことを優先する。

おそらくは傷つけてしまう可能性について誰よりも自覚的で、誰よりも考えていたであろうにもかかわらず、それをせざるを得なかった菊池さんは――。

きっと、俺と同じ。

――小説家としての、業《ごう》を抱《かか》えているのだ。

5　秘められた能力には決まって代償がある

次の日の朝。

俺は久しぶりに、第二被服室に来ていた。

ここには俺と日南《ひなみ》の半年が詰まっていて、俺と日南しか知らない場所で。

そして。

俺に連れられてやってきたその女の子は、部屋の様子をきょろきょろと見渡す。やがて俺の正面に座ると——いつもの調子で挨拶《あいさつ》した。

「……おはようございます」

「うん。おはよう」

そう。そこにいるのは日南ではなく菊池《きくち》さんで、たぶんこの時間、この場所に俺と日南以外が来たのは、初めてだった。

なにもかもが詰まっているこの場所で、俺はいつもの椅子《いす》に手をかけながら、立ったまま菊池さんと向かい合う。

「……あのさ。日南のことについて、なんだけど」

俺は、空気を変えるように言う。

菊池《きくち》さんははっと目を見開くと、かしこまったように背筋を伸ばす。

そして覚悟を決めるように大きく息を吸うと、強い目で俺を見た。

「はい。教えてください……！」

それは期待に満ちた表情で、たしかにこの日南《ひなみ》の秘密の問題は、菊池さんの嫉妬《しっと》と、創作者としての興味の両方に関わる話なのだ。

「もしかしたら、半分気がついてるかもしれないけど――」

ゆっくりと話し始めると、菊池さんは息を呑《の》んで、俺の目を見つめた。

俺はいままで誰《だれ》にも明かしたことのないそれを、露《あら》わにしていく。


「前に話した、俺の人生の色を変えてくれた『とある人』。あれが、日南なんだ」


短く、シンプルに言う。けれど、きっと菊池さんはこれだけでわかってくれるだろう。

「……やっぱり、そうなんですね」

驚きと納得が入り交じったような声。少し落ち込んでいるようにも見えるけれど、その見立てが正しいかはわからない。

「うん。えーと、最初から話すと……」

そうして俺は、いままで過ごした『人生』のなかでも、あり得ないくらいに濃密で、信じられないくらいにすべてが変わった大切な時間の話を、正直に伝えていく。

「出会いは学校でも……それどころか現実ですらなくて。ぜんぶがせんぶ、アタファミの世界から始まって……」

アタファミで日本二位のプレイヤーがいたこと。そのプレイヤーは俺とプレイスタイルが似ていて、おそらくは俺のプレイを参考にしていたであろうこと。けどその真似《まね》の精度や努力への姿勢は聞かずとも戦えばわかるくらいに誠実で、俺はそんなNO NAMEのことを、会う前から尊敬し、認めていたことまでを話す。

「ってことはそれって……」

「うん。そんなNO NAMEとオフ会をする約束をして、顔を合わせてみたらみたら——それが、日南だったんだ」

「す、すごい偶然……」

「あはは、だよね。けど、最初にすごい偶然があって……そこからは、必然しかなくてさ」

それから俺は日南に『人生は神ゲー』だと教えられ、あくまでそれを確かめるという意味で、従ってみることにしたこと。

人生に本気で向き合っていくうちにどんどんと、人生というゲームが、楽しくなっていったこと。

そして人生というゲームも、そんなゲームに夢中になれている自分のことも、好きになれていったこと。

日南《ひなみ》のおかげで——人生のことも、菊池《きくち》さんのことも好きになれて。

こうしていま菊池さんと一緒に、カラフルな景色を見ることができて——だからこそ、俺はあいつに人生の楽しさを教えてやろうとしているのだということまでを、ゆっくりと話した。

そしてここから先のことは、俺にもまだわからない。

だって俺はここまでしてもらっていて、なのにそもそも日南のことをまだ、きちんと理解できていないから。

「そっか……そうなんですね」

菊池さんはどうしてだろう。少しだけ目に涙を浮かべながら、それを聞いていた。

「それは……友崎《ともざき》くんにとって、これ以上ないくらい、大切な存在ですよね」

「……うん」

「だからやっぱり、特別なんです……私なんかよりも」

「そ、そんなこと……」

けど、俺はそれ以上言葉が出てこなかった。

だって俺が菊池さんと付き合うときに与えた理由は、そのアンバランスさが特別であると同時に、種族としての性質が矛盾《むじゅん》しているという意味でもあって。

実際、それが原因ですれ違いまで生まれて——何度も菊池さんを傷つけてしまっていた。

「日南さんは毎日、この教室で友崎くんと会議していたんですよね？」

「……そうだね」

俺が頷《うなず》くと、菊池さんはぴく、と唇《くちびる》を震《ふる》わせた。

それは自分でいられる強さなのか、それとも別のものなのかはわからなかったけれど。

菊池さんは俺に、こんな言葉を投げかける。

「けど……それってすごく不思議な話だと思いませんか？」

その表情はまた、小説家としての菊池さんで。

「だって日南さんは、友崎くんの世界の色を変える魔法が使えるだけじゃなくて、それこそ勉強や部活にも励んで、結果を残していかないといけないと思うんです」

そこには嫉妬《しっと》に蓋《ふた》をするような歪《いびつ》さと、真実を追い求める頑《かたく》なさがあって。

「そういう、わかりやすい価値のあると思えるものにしか時間を使わないはずなんです」

それはきっと、水沢《みずさわ》ではわからなくて、俺では踏み込めなかった、菊池《きくち》さんだけに許された問いだった。

「なのに――。どうして誰《だれ》かを変えるための、魔法を使おうと思ったんでしょう?」

ここに浮き上がったのは、俺だけが知る日南葵《ひなみあおい》の大きなブラックボックス。

あのときNO NAMEと出会い、俺は人生はクソゲーで、ルールもコンセプトもなくて、弱キャラに生まれたらキャラ変更ができない理不尽なゲームだと言った。するとあいつは俺の腕を引っ張って部屋に連れていき、それを覆《くつがえ》してやると言って、人生攻略の指南を開始した。

いままでは漠然と、俺の言葉を覆したいというあいつの負けず嫌いなのかと思っていたけど、たしかにそれだけでここまでのことをやり続けるというのはイマイチ納得できることではないだろう。

もしくは部屋に連れていかれたとき、『唯一尊敬したnanashiがこんなにくだらないやつなんで、私までくだらないみたいじゃない』と漏《も》らしていたけど、それだけである意味献身的とまで言っていいほどのサポートをし続けてくれている、というのも理由としては弱い気がした。

「日南さんは——『すべての行動に、理由がある』はずなんですよね？」

——だとしたら、なぜ。

菊池さんの言葉は、やっぱり俺では踏み入れないところまでを射程に入れていて。

俺と菊池さんの平行線の二本の道。その先にあるドアは二つだったけど、この話に関しては、目指すところが同じなような気がしていたから。

「実は——俺もそれ、ずっと気になってたんだ」

協力を乞《こ》うように、俺は言う。

だってひょっとすると、俺の知ってることと菊池さんの観察眼があれば。

その場所に、届くような気がしたから。

俺の『中くらいの目標』を、達成できる気がしたから。

「だから、俺と一緒に考えてほしいんだ……日南の、ほんとうの理由について」

俺が言うと、菊池さんの目は真実を見通すように光る。それはきっと、菊池さんの小説家としての目だろう。

「はい。……けど」

菊池さんの視線は、真《ま》っ直《す》ぐ俺へと向けられている。

「友崎《ともざき》くんは、個人は個人だと、思ってるんですよね？」

「うん、そうだね」

それは俺が菊池《きくち》さんに語ったことだったけれど、どうしていまここでその話が出てくるのだろうか。

「なのに――」

その答えは、すぐにわかった。

「――どうして友崎くんは、日南《ひなみ》さんのことをそこまで知ろうとするんですか？」


「……っ！」

言葉の矛先《ほこさき》が俺を向く。

それは俺のなかの動機を深く問う言葉で。

日南の行動の理由を探ろうとしたのと同じ鋭さが――つまりは、菊池さんの小説家としての業《ごう》が。

この瞬間、俺にも突きつけられていた。

『日南葵《あおい》のことを知りたい』。

それは俺がたまちゃんの件で、日南が紺野《こんの》にあの仕打ちをしたときから、思いつづけてきたことで。だけどそれは気持ちから来るもので、理由は俺のなかで、ハッキリしていなくて。

「えーと……」

だけど、菊池さんはまるでなにかを物語るように、気持ちを結晶化していくように、俺にこんな言葉を浴びせる。

「きっと……友崎くんのなかで、日南さんが特別だからじゃないですか？」

俺よりも俺を知るかのような、澄んだ目線。

「特別……」

その問いは、俺の見て見ぬふりしていたものを照らすように、深いところへ突き刺さる。

「私は思うんです。アルシアはきっと、自分の血がなくて、したいことがなくて。だから見てる世界が昔の私や友崎くんみたいに……モノクロなんです。正解ばかりを求めて、自分が、自分の気持ちでこうしたいみたいなものを、なにも持ってなくて」

「……うん」

物語を使って深掘りするように。俺を、導くように。

「友崎くんはそんな女の子を見て、どう思ってるんですか？」

言葉をぼやかしながら、それを俺に問いかける。

けれど菊池《きくち》さんの目に宿っている色には、不安や嫉妬《しっと》も含まれていて。

俺はそんな菊池さんの矛盾《むじゅん》を孕《はら》んだ言葉に、自分の気持ちが引き出されていくのがわかった。

「俺は……たぶん、日南の世界がモノクロなのが、嫌《いや》なんだ」

「うん……」

俺は言葉を、現実に置き換えて言った。菊池さんは大人びた表情で微笑《ほほえ》むけれど、その笑顔の向こうの瞳《ひとみ》には、うっすらと涙が浮かんでいて。

「……俺はたぶん、あいつが、日南《ひなみ》が大切な存在だからこそ。あいつにいままで、数え切れないほど、大切なものをもらったからこそ——あいつがそんな、寂《さび》しい思いをするのが嫌なんだ」

俺は、まるで菊池さんに導かれていくように、気持ちを言葉にしていく。

「そう……ですよね」

なのに。

菊池さんは俺の言葉を聞けば聞くほど、浮かべた涙を大きくしていった。

「それは……日南さんが、世界に色をつけてくれた人……だからですか？」

震《ふる》える声で、涙まじりに。けれど俺はまた菊池さんの問いによって、別の気持ちに気がつかされてしまって。それが言葉として、感情として、あふれ出していった。

「日南は……あのとき菊池さんが教えてくれたとおり、俺にとっては魔法使いなんだ。だから……！」

菊池さんが俺の心を詳《つまび》らかに攪拌《かくはん》すればするほど、俺の口からは日南のことを思う気持ちが零《こぼ》れてくる。それを聞けば聞くほど菊池さんの目に浮かぶ涙は大きくなっていくのに、菊池さんは俺の心から本音を掘り起こすのを、決してやめなかった。

たぶん——それは、業《ごう》で。

「友崎《ともざき》くんのことを……この世界でもポポルにしてくれた人なんですよね？」

菊池さんは、怯《おび》えながら。

「この世界を……、カラフルにしてくれた人なんですよね？」

きっと、そうしなければいけないから。

動機を問う言葉を、俺に投げかけつづけた。

「あいつは、自分でも知らないうちに、そんなつもりもないうちに、世界に素敵すぎる魔法を使ってて……。自分がそんなものを与えたってことにも気付いてなくて……俺が日南からもらったものをどれだけ大切に思ってて、俺が日南にどれだけ感謝してるかすら、あいつはわかってないんだ」

一度漏《も》れはじめた言葉は、真実は。もう止めることはできなかった。

それは、俺が日南のことを特別に思っているということのなによりの証拠で。

「……はい。そうだと、思います……」

震える声で言いながら、菊池さんは一粒の大きな涙を零した。

「だって……二人は同じで……。二人とも、個人で生きてるから……！」

菊池《きくち》さんは俺の心を、日南《ひなみ》への気持ちを、大切な理由を。暴くのをやめない。どこまでも深く、深く、導くように言葉を放ち、それはまた俺の心の底に眠っている気持ちを呼び覚ましていく。

「そう……だからあいつは、俺が感謝したって、自分はなにもしてないって言うんだ。それは自分がやりたくてやったことだからって。自分の意志でした選択だからって。……けど、俺はその気持ちが、誰《だれ》よりもよくわかるんだよ！　……だって俺もどうしようもないくらいにゲーマーで、個人主義で……、そうやってアタファミをやってきたから」

かき混ぜられた俺の心の流れは、その勢いのままに渦を巻きつづけて止まらなかった。

心の奥底まで踏み入られて、自分で見ることのなかった気持ちが、とめどなく零《こぼ》れ落ちていく。

「感謝しても伝わらない。受け取ってもらえない。……だから、俺はさ」

視界が少しずつ、涙で滲《にじ》んでいった。

「俺の意志で、日南の世界をカラフルにしたい。

あいつの見てる世界をカラフルにして、人生っていうゲームを楽しんでもらいたい」

──なのに。

俺は自分の思っていることを、自分の業《ごう》とともに。

「俺が、そうしたいんだ」


感情のままに言った。

それは菊池さんによって導かれた、いままで自覚したことのない気持ちで。

けれど、言葉にしてみればなにも間違ってないと確信できるくらい、本質的な気持ちで。

そしてそれは——俺がいままで抱《かか》えていた個人主義を、ほんの少しだけ越境するものだった。

「……やっぱり、そうなんですね」

そして顔を上げると、菊池さんは、涙をぼろぼろ流していた。

「だから日南さんは……友崎《ともざき》くんにとって、特別な人……っ、なんです」

まるで諭《さと》すように言う。

菊池さんは俺の心に踏み込みつづけて、奥底から言葉を引き出した。

けど、その言葉によってこんなに感情的に涙を流しているのもまた、菊池さんで。

きっとその涙は、理想と気持ちの——いや、〝業と自分自身〟の矛盾《むじゅん》だった。

菊池さんは涙を拭《ぬぐ》いながら笑顔を作り、けど、声を震《ふる》わせながら。

「ごめんなさい……話を聞いていて、そんな素敵で、綺麗《きれい》な関係ってあるんだなあって眩《まぶ》しくなって、嬉《うれ》しくて、涙が出てきて」

なにかを物語るようでも、感情をそのまま漏《も》らすようでもある口調は。

「……でも、それと一緒に……そっか、じゃあ私は絶対に、日南《ひなみ》さんに勝てないなあって思って……悲しくなってきて」

どこか自嘲《じちょう》的でもあったけれど、それはその特別な関係を祝福するようでもあって。

「同じゲームを愛して、お互いに尊敬し合って、自分のためにしたことで、相手に大切なものを与えて、だからそれを返すために……友崎《ともざき》くんもがんばろうと思ってる……そんなのあまりに理想の関係すぎて、素敵で……」

菊池《きくち》さんは明るい笑顔を作るけど、次の瞬間、それは嫉妬《しっと》の混じった声に変わる。

「……だからっ！　私の入る余地なんて、少しもない……っ！」

引き裂かれた感情を曝《さら》け出す。それはきっと、業《ごう》によって傷ついてしまった、少女としての菊池さんの叫び。だからそれは、痛いくらいに理解できる感情で。

だけど俺は、いま菊池さんに気付かされた感情から、目を逸《そ》らすわけにはいかなかった。

だってそれはきっと、俺のなかの真ん中にある気持ちで。

俺にとって、なによりも優先しなければいけないくらいに大切な〝目標〟だったから。

「俺はさ……菊池さんのことが好きなんだ」

「……っ！」

真剣なトーンで言う。

けれど菊池さんは、これから来るであろう言葉を予感したように、息を呑《の》んだ。

「その気持ちに嘘《うそ》はなくてさ……こうして日南に対する大切な気持ちを自覚してからも、やっぱり菊池さんのことは好きなんだって、思えてる自分がいる。なんていうか俺はある意味、それに安心してて」

「……うん」

菊池さんも涙を浮かべながら、真剣な表情で、それを聞いてくれている。

「けどさ……日南に人生の楽しさを教えたい、俺があいつの世界をカラフルにしたいって気持ちは――」

そして俺は、光のような言葉に導かれた、答えを告げる。

きっとそれは、俺よりも先に、菊池さんがわかっていたことなのかもしれない。

「――俺のなかではきっと、恋愛とか、そういう気持ちよりも、大事なことなんだ」

それは俺が明確に、自分の抱《かか》えている大切なもののなかから、一つを選び取った瞬間だった。

「はい……そうだと思います」

それは残酷なことのはずだったけれど、菊池《きくち》さんは静かに、俺の言葉を受け入れてくれた。

「あいつを恋人にしたいとか、そういう意味でもなくてさ。たぶん、恩人とか同志とか、仲間とか……そういう方向で、あいつのことは大切なんだと思う」

だから不安かもしれないけど付き合いつづけてほしい──なんてのは、俺のわがままにすぎなくて。俺はその言葉は言えなかった。

「……一回考えさせてほしいんだ。俺は日南《ひなみ》と関わりつづけたいし、菊池さんのことが好きだから、これからも付き合っていたいと思ってる。だけどそれは、菊池さんに寂《さび》しいのを我慢しろって言ってるのと同じだからさ」

俺は付き合いはじめたあの日を思い出す。

「演劇のあと……一度は答えを出した菊池さんのことを、言葉っていう魔法を使って選んだのは俺だから。俺がきちんと考えて、答えを出す」

あのとき抽象的に悩んでいた、リブラとアルシアが特別である理由と、リブラとクリスが特別である理由。理想と気持ちのあいだで悩む菊池さん。

本当はリブラはアルシアと結ばれるべきだと語る菊池さんに、俺は気持ちを肯定するための『後付けの理由』を与えて、理想の関係を求める菊池さんを説得して、『リブラがクリスを選べばいい』という理屈で気持ちを優先させせ——俺は友崎文也《ともざきふみや》として、菊池風香《ふうか》を選んだ。

だからあれは俺の選択で、誠実でありたいならその責任は、俺が取るべきなのだ。

少なくとも俺が——ゲ、、、ーマーでありつづけようとするのならば。

「……わかりました。待ってます」

特別であると同時に、アンバランスという意味でもあった、炎人とポポルの関係。

特別はいつしか種族同士の矛盾《むじゅん》となり、やがて人間としての業《ごう》へと形を変えた。

俺たちの関係には、特別を肯定するための魔法が、足りなかったのだろうか。

「友崎くんは、言ってくれました。理想も気持ちも、どっちも追い求めていればいいって」

それは本当に、あのときと同じで。

「私にとって、大事なのは気持ちだけじゃないんです。どっちも大事なんです。だから……片方じゃ嫌《いや》なんです。……私にとっては、自分の気持ちだけじゃなくて、友崎くんと日南さんの関係も大事なんです」

菊池さんはまた強がるように笑う。

そして、その手を被服室の椅子《いす》の背の上に置いた。

思えばそれは、いつも日南が座っている場所だ。

「だから、友崎くん。もしも、友崎くんの荷物が自分の手に余ってしまって、なにかを捨てないといけないいんだとしたら——」

そうして菊池《きくち》さんはゆっくりと目を細めると、頬《ほお》に歪《いびつ》な跡を残しながら、涙で第二被服室の床を濡《ぬ》らした。

「手放すものに、私のことを選んでくれても、いいですからね」

＊＊＊

その日、俺と菊池さんはそれ以上会話をしなかった。

もともと進んで学校でイチャイチャするようなタイプではなかったため、特にそれを怪訝《けげん》に思う人もおらず、いや、もしかしたら多少は思った人もいるのかもしれないけれど、少なくともそれをわざわざ伝えるほどの違和感ではなかったのだろう。

事実、昼休みに菊池さんについて聞いてきた水沢《みずさわ》も、特に違和感を覚えていなかったようだった。

学食。中村《なかむら》の気まぐれによって、竹井《たけい》とかみみみとかその辺の元気なグループが、キャッチ

ボールをしに外に遊びに行ってしまい、いまここには俺と泉《いずみ》と水沢《みずさわ》だけが残されている。正確に言うならば、俺がそのノリについて行ける気分じゃなかったところを見かねたのか、水沢が残ってくれて、泉は泉で『みんな子供だねー』と大人の女ムーブをして同じく残ったのだ。

「で、どーよ文也《ふみや》、あれから」

水沢はあくまで雑談という空気感だったものの、俺は今日の朝揉《も》めてしまったばかりだったから、どうしても声のトーンが暗くなってしまう。

「あれからって……菊池《きくち》さんのこと？」

すると、泉が心配そうに言う。

「あ！　それ気になってた！　校章受け取るの大丈夫そう!?」

「えーと、ごめん……。実は、今日の朝もちょっと揉めたっていうか……」

俺が曖昧《あいまい》に言うと、泉はがびーんと声をあげる。

「えー!?　いまから代わり探したほうがよさそう!?」

「ははは、最近よく揉めてんなあ。大丈夫なのか？」

水沢は軽い口調で言うけど、俺はそのテンションにはついていけなかった。

「いや、今回は……ひょっとするとさ」

「うん？」

「解決すること自体が……難しいのかもしれない」

意味ありげに言うと、泉は真剣な表情で首を傾《かし》げる。

「……それ、どういうこと？」

俺は、菊池さんとのやり取りを思い出しながら。

「あの校章って……特別な関係になるって言われてるんだよな？」

「うん」

「だとしたら……たぶん、俺と菊池さんは最初から矛盾《むじゅん》してて……だから、特別な存在になるのは難しかったのかなって……」

曖昧ながら、そんなことを言う。

「どういう意味だよ？」

「むじゅん？」

聞き返してくれる二人を見ながら、俺はいまの関係性を思い出す。

「なんていうか……俺にはもともと、絶対にやりたいこととか、切っても切り離せないくらい大切な人がいて」

その言葉にぴくり、と水沢が反応したが、特になにも言わず俺を見ている。

「けど、その存在自体が菊池さんに寂《さび》しい思いをさせたり、嫉妬《しっと》させちゃってて……だけど菊池さんは、俺のやりたいことも、ほかの関係も尊重したいと思ってくれてて……」

「うーん……女友達と彼女どっち取るの、みたいなこと？」

「近くもあるんだけど、たぶんそれよりもう少し、その友達が特別というか……」

「そうだよな。わかるよ」

俺はただ吐き出すように言ってしまうけれど、水沢《みずさわ》はそれを飄々《ひょうひょう》と、けれど神妙に受け止めてくれる。水沢はその『もう一人』のことも、誰《だれ》だかわかっているのかもしれない。

「私はまったくわからなかった……友崎《ともざき》の恋愛難しいね!?」

そして泉《いずみ》はキャパを超えたようで、頭がポンってなっている。けどそれを素直に言ってくれているので、俺も気が楽になった。

水沢は片眉《かたまゆ》を上げ、顎《あご》のあたりを指でさすった。

「まあ正直、それはもうお前の問題だから、俺から言えることはないんだけど……」

「や、やっぱりそうか……」

俺が圧《お》されながら言うと、水沢は余裕のある軽い口調で、

「けど、お前が勘違いしてることを、一個だけ教えてやれるぞ」

「勘違いしてること……？」

俺が聞き直すと、水沢はにっと自信ありげに頷《うなず》く。泉はきょとんとしている。

「お前さ、まあ、俺が言ったからってのもあるけど……いま、自分で選んだ責任とか、特別ってなにかとか……校章に相応《ふさわ》しい関係とか。そんな小難しいことばっかり考えてるだろ？」

「……そうだな」

頷くと、水沢はやっぱりな、と笑った。

「けどさ……まあ、こんなこと優鈴《ゆず》がいる前で言うのもなんだけど……」

「な、なに!?　私!?」

突然名指しされた泉は背筋をしゃきんと伸ばして、衝撃に耐えるように身構える。

そして水沢は、さらりとこんなことを言った。

「——運命の旧校章なんて、別にもともとは誰かがつけてたお古の鉄くずだぞ？　そんなんに相応しいもくそもないからな？」

「身も蓋《ふた》もないこと言った!?」

まさにそれの実行委員をやっている泉は衝撃に耐えきれず叫ぶ。

「けど、文也《ふみや》ならわかるだろ？」

言葉を振られて、たしかに俺は、水沢の言いたいことがわかるような気がしていた。

「本質は鉄くずで……けどそこにロマンチックなお話っていう〝形式〟がくっついてる、ってことだよな？」

するると水沢はにっと笑う。

「そ。だから女の子に大人気ってわけ」

「またこの人黒いこと言ってる……」

「ふ、ふむ……？」

少し前に話したことを前提にした会話に泉《いずみ》はクエスチョンマーク全開だったけど、がんばってついてこようとしているのが健気《けなげ》だ。

「だからさ。たしかに気になるのもわかるけど、そんな形式に振り回されないで、文也《ふみや》は文也の得意なことで戦えばいいんじゃねーの」

「……そうなんだけどさ」

俺はその問題の難しさに頭を抱《かか》える。

「脚本を一緒につくって、お互いの心の大切な部分について教え合って、擦《す》り合わせて……形式じゃない、心からの言葉を交わして」

演劇のときに交わした言葉は決して軽いものでも表面的なものでもなかったはずで。

「そこにあった問題は、ぜんぶ解決してから付き合ったと思ったのに……」

一つ一つ丁寧《ていねい》に進んでいったはずなのに、それでもまだこうして問題が表面化して。

「……恋愛って、こんなに難しいのか」

俺が言うと、水沢《みずさわ》はまたあの得意気な表情で、眉《まゆ》をひそめた。

「お前な、なに勘違いしてんだよ。問題はぜんぶ解決してから付き合ったって？　人間関係なめんな」

そして、すっと俺の胸のあたりを指差し、静かに言った。

「人と人が本当に大切なことを話せるのは――付き合ったあとに決まってんだろ」

＊＊＊

そうして放課後。俺は考えていた。

俺は日南《ひなみ》に関わりたい。

けど、菊池《きくち》さんとも一緒にいたいし、相手だけに我慢を強《し》いるような不誠実な選択はしたくない。

ならば自分はやはり、いまのまま日南にも菊池さんにも関わるという選択肢はないのだろうか。どちらかをあきらめるしかないのだろうか。

菊池さんは小説家として日南のことを知りたがり、だからこそその『特別性』に気がついた。だけど菊池さんは小説家の業《ごう》を抱えていると同時に、普通の女の子でもあるから、それを知れば知るほど不安につながり、それが更なる嫉妬《しっと》や不安へとつながってしまった。菊池さんが業を抱えている限り、日南のことを知りたがるし、それは少女としての菊池さんとは矛盾《むじゅん》してしまう。いつかそれは俺との関係の崩壊を生むだろう。

それを、俺のほうからどうにかする方法はないのだろうか。

俺はこれまで慣れない恋愛という道の歩き方を見つけるため、いろいろな人に意見を求めてきた。そんな恋愛についての考え方をつなぎ合わせて、どうすればいいのかを模索して、光明を探してきた。けど、今回の場合は。

「……あ」

そのとき、俺の頭に浮かんだのは思わぬ人物の、思わぬ言葉だった。

それは、百戦錬磨の水沢《みずさわ》の言葉でも、現役で恋愛真っ最中の泉《いずみ》や中村《なかむら》の言葉でも、もちろん人生の師匠である日南《ひなみ》の言葉でもなく。


『不安に思わせちゃうからよくないって、なんで？　恋愛って、そういうのが楽しいのに』


オフ会で聞いた、レナちゃんの言葉だ。

あのとき聞いたレナちゃんの考え方は、どこか極端には感じられたものの、その考え方の構造だけを見れば、他の人は誰《だれ》も言っていない、恋愛における『不安』を肯定するようなものだった。

もちろんそれを菊池《きくち》さんに強制したいと思っているわけではない。けれど、その考え方の一部はきっと俺の持っていない価値観で。どん詰まりの矛盾《むじゅん》と言っていい場所に迷い込んでしまった俺にとっては、新しいなにかを見つけられる可能性にも感じられたのだ。

「……よし」

なんというか、このタイミングでレナちゃんに会うのはものすごく抵抗があったけど、俺の身の回りでその考え方についての詳細を確かめられる相手は、レナちゃんしかいない。

だから俺はLINEを開き、レナちゃんへこんな文章を送信した。

『あのさ、ちょっと聞きたいことがあるんだけどいい？』

＊＊＊

池袋《いけぶくろ》駅から少し歩いた路地にある、薄暗いバー。

入り口から少し離れた角のカウンターに、俺とレナちゃんは隣り合って座っている。

「ふふ。文也《ふみや》くんから誘ってくれるなんて嬉《うれ》しいなあ」

「そ、そりゃどうも」

俺が言葉を濁《にご》すと、左側に座っているレナちゃんは俺を顔を覗《のぞ》き込むように身体《からだ》を倒し、目の奥を見る。

「けど、さ。……一つだけ聞いていい？」

さっきよりも少しだけ、俺に身体《からだ》を寄せる。甘い香りが俺を包み、場の雰囲気《ふんいき》とともに心を乱した。

そして——そのまま視線を、俺の右隣の席へと向けた。

「……なんで足軽《あしがる》さんもいるの？」

「ははは、なんでって言われてもねえ」

足軽さんが俺の右側で飄々《ひょうひょう》と笑った。

そう。俺はレナちゃんに恋愛についての話を聞きたいと思ったのだけど、さすがに一対一じゃ危ないなということで、足軽さんにも声をかけた。すると意外とその状況を面白がってくれた足軽さんは、時間が合えば、という感じで来てくれたのだ。

「ま、まあ、二人だといろいろまずそうだから……」

俺が言うと、レナちゃんはへぇ、と小悪魔的に笑う。

「たしかに二人っきりだと、欲に負けちゃうかもしれないもんね？」

「あのね……」

ぐっと踏み込んでくる妖艶《ようえん》な笑顔に心を乱され、やっぱり誘わない方がよかったかなと思いそうになるも、今後の恋愛のためだと自分に言い聞かす。なにかを得るためにリスクが付きものなのは、ゲームの常だ。

「で、どーしたの？　聞きたいことって」

「えっと……」

俺は目の前のノンアルコールのカシスシロップにオレンジジュースを混ぜ、紫色のサクランボを載せた飲み物を見ながら言う。

「このあいだ、恋愛は不安が楽しいって言ってたと思うんだけど、それってどういうことなのか、聞きたくて……」

「ん～？　なんでそんなこと？」

「実は……彼女といろいろあって」

そうして俺は、俺のなかに彼女とは別に大切な人がいること、その人は異性であること、その人のことを彼女が知ってしまってショックを受けて、不安に思ってしまっていることなどを簡潔に話す。

それは俺にとってこれ以上ないほどに深刻な問題だったんだけど、レナちゃんはそれをどこか退屈そうに聞いていた。

「……終わり？」

「そ、そうだけど……」

すると、レナちゃんは半透明のピンク色で発泡している飲み物が入っている細長いグラスを水平にくるくる回し、光に透かしたそれをぼんやりと眺めながら言う。

「ん～、なんか文也《ふみや》くんってさ。恋愛を神聖なものだと思いすぎてない？」

「そ、そうかな……」

言葉を濁《にご》しながらも、俺は少し言っていることがわかってしまった。

「文也《ふみや》くん、初めての彼女なんだよね？」

「うん」

「それでいきなり理想の関係を作ればお互い不安になんかならないとか、相手を寂《さび》しくさせるなんて誠実じゃないとか、そんなこと言ってたら誰《だれ》とも付き合えないよ」

「う……」

バッサリと切られて、俺は言葉を失ってしまった。

「結局のところ人それぞれだけど、恋愛って結局、利害の一致だもん」

このあいだとはまた違う意味での大人な言葉が飛び出て、俺は面食らう。

「だから相手が不安に思って、けどそれでも追いかけてくるんだったら、それでいいんだよ。だって恋愛って、なにもかもが解決して、完璧《かんぺき》な形になることじゃないもん」

「けど、それじゃあ自己中心的すぎるというか……なるべくなら、誰も不安にならない形を目指すべきなんじゃ……」

俺が自信なく言うと、レナちゃんはうーん、と隙《すき》のある声を漏《も》らす。

「もしかしたら不安のない関係を作れてる人もいるかもしれないけど、それってホントにごく一部で、アタファミで言ったらトッププレイヤーみたいなものなんだよ？」

「で、でもごく一部でもいるなら、そこを目指すべきなんじゃ……」

　すると、レナちゃんははあ、とため息をついた。

「文也くんってさ、アタファミも人生も現実的に考えられるのに、恋愛になると急に夢見がちになるよね?」

　言いながらレナちゃんは、耳で揺れる金色のピアスに、指先で触れた。

「じゃあ、聞くけどさ」

　そして、俺のことを試すように見る。

「アタファミのすごい初心者連れてきて、その人に……いま付き合って一か月くらいだっけ?　じゃあ一か月、みっちりアタファミを教えたとして、その人を日本のトッププレイヤーにすることなんて、できると思う?」

「あ……」

　それはいつだか日南《ひなみ》に問われたことにも似ていて、けど、一部分だけがまったく違っていて。

「……トッププレイヤーには、無理だと思う」

「だよね」

　レナちゃんはふわふわとした口調で、けれど流暢《りゅうちょう》に自分の考えを話していく。

「だったら、付き合ってそんなすぐ理想の関係なんて、無理だよ。えっちもしてないんでしょ?」

「だ、だからしてないって!」

俺が焦《あせ》りながらツッコむと、レナちゃんはくすりと笑う。

「ふふ、いまはからかってるわけじゃないんだよ？　なのにそんな顔赤くして、かわいい」

「だ、だから……」

そしてレナちゃんは楽しそうに俺の耳に唇《くちびる》を近づけ、吐息混じりに。

「ね。……いろいろ教えてあげよっか？」

「い・い・で・す！」

俺はぐいっとレナちゃんの頭を押す。お酒に酔ってるのかめちゃくちゃ体温高いぞこの人。だめだ、こういう話題になると俺はめっぽう弱いから、なんとか方向を元に戻す。

「そういうのじゃなくて、俺は普通に解決したいの！」

「別にえっちも普通のことなんだけどなぁ」

言いながらも、レナちゃんはご機嫌に口角を上げながら。

「不安にさせちゃうんだとしたら、その原因があってね？　それを全部なくせる魔法みたいな方法はないんだから、じゃあ一つ一つ解決していくしかないじゃん。ゲームと一緒だよ？」

レナちゃんのゲーマーとしての一面が見える言葉。それはめちゃくちゃ正論——というか。

「わ、忘れてた……」

「んー？」

「原因と結果。だから、その解決。それって、アタファミでもなんでも、基本中の基本のはずだったよな……」

　俺が言うと、レナちゃんはとろっと笑む。

「アタファミの基本は、人生の基本だもんね？」

「そ、そのとおりです……」

　俺はめちゃくちゃ初歩的なことを教えられてしまう。それは俺の考え方の基礎といってもいい価値観だったのに、見失ってしまっていたのか。つまり俺はそんなこともわからなくなるくらい恋愛を特別視してしまっていたってことだし、正しい判断ができなくなっていたってことだよな。

　俺が理解したのを察してか、レナちゃんはうんうん、と頷《うなず》き目の前のお酒を大きく二口飲んだ。そして「ぁ……」と熱の混じった吐息を漏《も》らしながら、紅潮した頬《ほお》でもう一度俺に向き直る。

「……理想の関係が作れるならそれでもいいし－、……そうじゃないアンバランスな関係になっちゃうなら、その不安も興奮も快感も、全部楽しめばいいの」

「なるほど……」

　興奮も快感も、のところで太ももに忍び寄ってきた手を払いながら、俺は相槌《あいづち》を打つ。するとレナちゃんはなぜか、嬉《うれ》しそうに笑った。そう考えるとこの人、たしかに受容も拒否も全部楽しんでるよな。

「不安になっちゃう人っていうのは、心が弱かったり不安定だったりするから……ちゃんと文也《ふみや》くんが守ってあげないとね？」

そうして恋愛のすべてを肯定するレナちゃんの言葉は、いまは心強かった。

「不安定、か……」

俺はみみみとたまちゃんとの会話を思い出していた。自分で立っている人間と、そこに寄りかかる人間。

すると、それまで黙っていた足軽《あしがる》さんが、不意に口を開いた。

「たぶんね、nanashiくんは弱い人の気持ちがわからないんだよ」

俺は言われて驚く。

「そ、そんなことは……」

だって、俺くらい『弱い』ことを自負してきた人間もいないのだ。

「いや、たしかに俺は、自分の考えを信じられるほうだとは思いますけど……そうじゃなくて。少し前までの俺って、ちょっと違ってたんです」

「違ってた？」

俺は頷《うなず》く。

「いまでこそこうしてある程度人とも話せるようになってますけど、もともと友達もいなくて、やばいくらい弱キャラだったんですよ」

するとと、足軽さんはふむ、と試すように俺の目を覗《のぞ》き込んだ。

「nanashiくんは、〝自信〟ってなんだと思ってる？」

「自信、ですか？」

俺は少しだけ迷うと、俺のなかの自信満々な人間のことを思い浮かべながら、答えを探した。そしてその答えらしきものは、案外早く見つかった。

「自分はこうだからすごいんだ、って確かな根拠があること、ですかね」

頭に浮かんでいたのは他でもない日南葵《ひなみあおい》で、あいつはいつも自信満々で、そして実際に結果も出していて。だけどその裏には圧倒的な努力と分析という、揺るぎない根拠があった。

すると、足軽さんは首を横に振り、にっと知的に笑う。

「nanashiくん。それは、逆だよ」

「……逆？」

言われても、俺は意味を理解できなかった。レナちゃんも首を傾《かし》げている。これはただ酔っているだけの可能性もある。

「そうだね……」

言いながら、足軽さんはコップの縁に白い粉っぽいものが付いているカクテルを一度傾けると、ゆっくりと語りはじめた。

「いいかい？　本物の自信っていうのは、そこに根拠がないものなんだ」

つい俺はぱちぱち、と目を瞬《また》かせてしまう。だってそれは、たしかに逆だ。

「そういう人間は一度得た結果を、いともかんたんに捨てられるからね」

それは一見、理解しにくい話だった。

「変化というものを定義するなら、現状から別の状態へと移ることで、その方向は問わない。いい方向でも、悪い方向でも変化は変化で――つまり変化っていうのは、進化にも退化にもなりうるんだ」

「……たしかにそうですね」

足軽《あしがる》さんの証明めいた口調。けれど、『うまくいくかどうかわからない変化』を繰り返しつづけている俺には、よく理解できる話だった。

「アタファミで考えればわかるだろう？　自分の実力に限界を感じて、努力していままでの立ち回りを変えたとき。もしくはそもそもキャラクターを変えたとき。それで進化――前よりも強くなるとは限らない」

「はい。そうだと思います」

自分を変えることが、必ずしもいい方向へ向かう保証はない。

事実俺は、キャラクターをファウンドからジャックに変えて、まだその勝率はファウンドの頃《ころ》に戻ってはいないし――ひょっとすると、戻ることはない可能性だってある。

「だから普通の人間は、変化することに恐怖を伴うんだよ。努力して自分を変化させて、けれどそれが退化になってしまったとき。変化するためにした努力と時間が、否定されてしまうかもらね」

それは簡単に変化してしまえる俺には薄い感覚だったけど、一般的にそうであろうことは想像できた。

「けどnanashiくんは、十分に満足できるはずの現状から、それでも変化を選ぶことに、恐れがない。……話を聞く限りそれはきっと、アタファミに限らずなんだろうね」

「……そうかもしれないです」

「だよね」

俺は頷《うなず》く。だって、言われたとおりだった。

例えば人生における『キャラ変更』。そもそも人生というゲームが神ゲーじゃないかもしれないのに、日南《ひなみ》に言われ、その言葉に最もらしさを見出《みい》だした俺は、それを確かめるためだけに『ぼっちだけどそれなりに楽しい毎日』を送っていた自分を捨ててキャラ変更することを選び、人生に本気で向き合った。

「アタファミでも、人生でも……僕は自分がそう思ったほうに、変化できてしまうと思います」

そして──それは言うまでもなく、nanashiとしての選択だった。

足軽さんは微笑《ほほえ》みながら頷くと、特になにか意味があるわけではないのだろう、カウンターの上の人差し指でその表面をとんとん、と叩《たた》くと、自信のある表情で俺を見た。

「それがきっと、nanashiくんを日本一のプレイヤー足らしめている理由なんだよ」

俺は息を呑《の》み、いつもコントローラーを握っているその指先を見つめた。いまはグラスに冷やされた指先。けれどそこには、確かな自信が宿っている。

「例えばnanashiくんって最初に会ったとき、三先《さんさき》では俺に負けたけど、総合的な勝率ではnanashiくんのほうが上だったよね？」

「……はい、たぶんそうだと思います」

「つまり、単純な実力的にはnanashiくんのほうが強かった」

一瞬迷ったが、俺は謙遜《けんそん》せずに頷《うなず》くことにした。結果がそうなら現実がそう。それが勝負の世界だからだ。

「そのあと、俺以外のプロプレイヤーと会ったりはしてないよね？」

「はい、してないですね」

足軽《あしがる》さんはだよね、と頷く。

「で。相変わらずオンラインでも、レートは未《いま》だ安定して一位、と」

「もちろん。ずば抜けてます」

俺が即答すると、足軽さんは愉快そうに口角を上げる。

「ってことはつまりね。まとめると、こういうことになるんだよ」

　そしてそのまま、ほんの少しだけ言葉に熱を持たせて、にやりと口角を上げた。

「nanashiくんはいままでの人生で――自分より強い人に、まだ一人も出会ったことがないんだ」

　それだけ聞くととてつもない大言壮語だったけど、言われてみれば、たしかにそれは現実だった。

「……そう、かもしれません」

　俺はさすがに迷ったが、やっぱりまたそれを肯定する。足軽さんは表情をにっと笑ったまま、顎《あご》をさすった。そんな二人の会話をレナちゃんはじっと観察するように見ているが、なにも言葉は漏《も》らさなかった。

「だったら本来、キャラを変える理由なんてないはずなんだよ。なのにいま、立ち回りどころか、メインキャラそのものを変えようとしてる……これははっきり言って、異質中の異質だよ」

　そして足軽さんは、冷えた目線をグラスに向けた。

「弱い人間は、行動することに、変化することに。それを信じるための〝理由〟を必要とする」

「……っ！」

　その言葉に、俺は息を呑む。

行動に必ず〝理由〟を必要とする人間を——俺は身近に一人、知っていたから。

「けどnanashiくんはきっと、『自分がそう思う』というだけで、いくらでも変化できてしまうんだ」

「はい……そうだと思います」

「それが正しいと思える理由や根拠が乏しいのに、当たり前のように前に進んでしまえる。それはなんというか、他の人が持っていないなにかを持っているようなんだよ」

覚えがあった。というよりも、何度も似た話をしたことがあった。それはきっとみみみや日南《ひなみ》とは違って。逆に、たまちゃんと同じで。

俺にとって必要なのは、俺にとっての正解だけなのだ。

「君にとっては自然なことなのかもしれない。けどそれはとても貴重で、異質で、特別なことなんだよ」

足軽《あしがる》さんはからん、と氷の音を立てながら、目の前のカクテルを飲み干す。

「そして、ね」

グラスを置いて俺のほうを見ると、フラットな視線で俺を見据えた。

「それはきっとnanashiくんが。いや、友崎《ともざき》くんが、人間として——つまり、人生において」

そこで、足軽さんの放った一言は——

「誰《だれ》よりも、強キャラってことなんだ」

――自分自身に刻まれていた最も大きな前提を、揺るがすものだった。

「それを受け入れないことには、nanashiくんの問題は解決しないだろうね」

爬虫類の牙《きば》のように鋭い言葉だったけど、それが切り裂いたのは――きっと。

無意識のうちにかぶっていた、俺の仮面だったのだ。

6　たいせつなものを捨てようとすると、いつも誰かが止めてくれる

帰り道。お酒を飲んだわけでもないのに、視界には景色をゆがませるような酩酊《めいてい》があって。それはなんというか、俺のなかの最も大きな前提を覆《くつがえ》されたような感覚だった。

「——俺が、強キャラ？」

背にある街灯が伸ばした俺の影を見ながら、一人で呟《つぶや》いてしまう。

俺はこれまで自分は弱キャラだと思っていて、むしろそれがアイデンティティのようなものにすらなりかけていて。弱キャラだからこそ、自分で自分を育てていくことに、誇りのようなものがあって。弱キャラだからこそ、自分が誰《だれ》かを選ぶことに、恐れのようなものがあって。

弱キャラだからこそ、自分が人生で負けていたとき、言い訳ができて。

けれど、足軽《あしがる》さんが言う〝強キャラ〟論はたしかに、俺がいままで培《つちか》ってきたすべてと辻褄《つじつま》が合ってしまって、どこまでも納得のいくものだった。納得いくものだっただけに、俺の心の薄皮が一枚ずつ、残酷に剝《む》かれていくような感覚があって。

頭のなかがくらくらとして、足取りがおぼつかなくなる。

「変化を恐れない。たしかにそこには自信があったけど……」

俺は何年もコントローラーを握りつづけ、自分だけで肯定できるほどの確かな自信が宿って

いるその指先を見つめる。

「この変化はさすがに、ちょっとびびるよなぁ……」

それは自分が雑種から純混血になったかのような逆転現象で。

いつか日南《ひなみ》に言われたものよりもっと大きな『キャラ変更』なのだと思った。


そうして俺は、菊池《きくち》さんと一緒に歩いた北与野《きたよの》の街を歩きながら、これまでぶつかってきた問題について、考えていた。

昨日のお昼時に歩いた幸せな時間。けれど暗くなって一人になって歩いてみると、まるで違う寂《さび》しいものにしか感じられなくて。それはきっと菊池さんが、この自分の半径数百メートル以内の世界すら、別の色に染めてくれていたということなのだろう。


——俺はあの演劇のあとの図書室で。

自分の手のなかに、自分の意志で、菊池さんを抱《かか》えることを選んだ。

俺は自分の選択を信じている。その選択には正面から向き合いたいと思っている。

他者とは究極的には交わらない個人主義で生きてきたけれど、菊池さんを選んだのは俺の選択で。

けれど、俺の変化を恐れず前に進み続けるという性質が菊池さんの不安や寂しさを生み、個人は個人でいたいという業《ごう》そのものが、その解決を拒んでいるのなら。このすれ違いはきっと俺がいまの俺である限り、終わることはないのだ。

それは俺の性格や価値観や判断基準そのものが生んでいるすれ違いで、もしも俺がこのまま菊池《きくち》さんと付き合いつづけたいのならば、もっと根本的ななにかを変えないといけないのだろう。

みみみやたまちゃんが言っていたように、俺が自分ひとりで立ててしまう、寄りかかられる側の人間——つまり、〝強キャラ〟であるなら。俺はそれを選ぶべきなのだ。

レナちゃんから言われたことは、俺の考え方そのものだった。問題や結果があったら、それには原因があって、解決したいなら、一つ一つつぶしていくしかない。恋愛を神聖視して忘れてしまっていただけで、それは血肉に染みこんだゲームの基本だった。

そして、菊池さんを不安にさせている原因が、いくつもあるなら。

水沢《みずさわ》が言っていたように、俺はそれを一つ一つ選んでいい、いくしかないのだろう。

だから俺はまず、手に抱《かか》えている荷物について、選択していくことにした。

＊＊＊

俺は家に帰り、自分の部屋で、LINEのアプリを開く。

画面に表示されているのはスポッチャの予定を決めるために作られていた、グループの画面だ。

俺は思っていた。

俺にとって大切なものは、もしくは誠実に向き合いたいものはきっと、アタファミを人生にしたいという道と、日南《ひなみ》に人生の楽しさを教えたいという思いと——そして、菊池さんと恋人同士でいたいという関係だけで。

それら以外のものが菊池さんを不安にさせている原因になってしまうのならば。

自分が抱えるものから外してしまったほうがいいのだろう。

ファウンドという持ちキャラですら必要とあらば変えてしまえる俺なら、人生でだって同じことができるはずなのだ。


トークグループ内で行われている会話。もうすでに俺を除いたメンバーで一度そこに行っていて、グループ内では『楽しかったおつかれー！』『また行こうね！』などのやりとりが行われたあと、ストップしている。だとしたらここからしれっと抜けたところで、特に誰《だれ》も気にしないだろう。まあちょっとは変な行動かもしれないけれど、俺はもともとちょっと変わったやつらしいし、責められるほどのことにはならないはずだ。

「……うん」

だから俺は、そのLINEグループを、こっそりと退室する。

すると俺のトーク一覧からそのグループが消え、会話もすべて見ることができなくなった。

わずかな寂《さび》しさを感じながらも、これでいいのだと一人納得する。

きっと、もしもあのグループが再度動いて第二回が行われるのだとしても、俺が誘われる可能性は低くなるだろう。


——これで一つ、俺の抱《かか》える荷物が減った。


そして同じように、俺が作った『自分探し同盟』のLINEグループを開く。

そこには「また遊ぼー」などの気軽なメッセージがやり取りされていて、さっきのスポッチャのグループとはまた違った気楽さがあった。

このグループも一週間くらいはなにも動きがなかったから、ここで抜けたとしても大きな問題は起こらないだろう。正直なところ、このグループは居心地《いごこち》がよかったし、自分にとって大切になりそうな予感もしていたから、後ろ髪を引かれていないと言えば嘘《うそ》になる。けど俺はきっと、人生というゲームでもまた、別の楽しみを見出《みい》だすことができるはずだ。だから、この変化も受け入れることができた。

俺はさっきと同じように退室する。心の温度がまたひとつ、下がっていった。


——これでもう一つ、俺の抱える荷物が減った。


そして、『自分探し同盟』のLINEグループを抜けるということは、ただ単に一つの荷物を減らしたというだけのことではない。なぜなら——それは俺に与えられている一つのことを、拒絶する行為だったから。

俺は日南《ひなみ》とのトーク画面を開く。

そして、こんな文章を打ち込んだ。

『ごめん。お前に出された「自分を中心にした四人以上ののグループを作る」って課題、達成できそうにない。だからこの課題は、あきらめさせてくれ』

一度読み返すと、それを送信する。

だってそう。

俺が中心人物のグループを作るためには必ず、自分の世界を広め、たくさんの人を巻き込み、そのなかでコミュニティを固めていくというステップが必要になる。

そのために作っていったものの一つがあのグループであり、今後もあの課題を達成しようと思ったら、似たような経過をたどることになるだろう。

けど、それは菊池《きくち》さんの不安を生むし、時間だってたくさん使ってしまう。

かといって、そのコミュニティのなかに菊池さんを入れるのも菊池さんの『炎人』という性質と矛盾《むじゅん》する。

だとしたら、俺がグループを作ることをやめるしかないのだ。


だから俺は、そのための努力をするのをやめる。

そのために使う時間を、もっと大切なもののために使う。

そう決めた。


これはきっと、花火大会で告白しなかったときよりも、少しだけ重い決意。

だってあのとき放棄したのはあくまでその日の課題。けど、いま捨てようとしているのはそれよりも一歩内側の、日南《ひなみ》が最も重要だと言っていたもので。

俺はあいつと一緒に人生攻略をスタートしてから初めて——中くらいの目標を自ら放棄し

たのだ。

「……これで」

俺はいまできる自分のなかの整理を済ませ、ぬるく滞った息を吐く。心のなかに渦巻いているのは、じめっとした諦念《ていねん》や違和感、それに類する泥濘《ぬかる》んだ重力だったけど、それを選択したことで、自分のなかの大切なものに対して、誠実でいられたという感覚もあって。

自分のなかではまだ、これが正解なのかすらわからなかった。けどもし間違っていたのだとしても、いつか時間をかければもう一度、別のもので自分を作り上げていける自信もあった。

だから、言うなればこれは『キャラ変更』。

いつか上手《うま》くいかなくなる予感を覚えてファウンドをジャックに変えたように、抱《かか》えている矛盾を解消するために、人生というゲームを生き抜く上での基本スタンスを、大きく変えたというだけの話なのだ。

「……あ」

ふと見渡すと、俺の部屋には無造作にスクールバッグが転がっている。

そこには初詣《はつもうで》で買った菊池さんとお揃《そろ》いのお守りと、夏休み前にみみみから貰《もら》ってみんなでつけている、ハニワみたいなかわいくないストラップが付いていた。

そして俺は、思い出す。

色違いのストラップをつけて、みんなで一緒にいるとカラフルな花火のようになる、俺のスクールバッグと。

俺とお揃《そろ》いのお守りだけしか付いていない、菊池《きくち》さんのスクールバッグのことを。

対照的な二つはどこか、いま俺が置かれている状況と、纏《まと》わりつく矛盾《むじゅん》を体現しているようで。

その矛盾を解決するためには、俺はこれすらも選ぶ必要があるのかもしれなかった。

もしも、二者択一なのだとしたら。

「……っ」

俺は冷えた血が流れそうになる腕を伸ばして、そのバッグを手に取る。

そして——一度手にしたカラフルな景色の一部を、自分の身から離すことを選んだ。

＊＊＊

それから数日、俺はいままでと特に変わらない日常を過ごした。

あんなことが起きたあとだったけれど、俺が希望したら菊池さんは一緒に登校することを続けてくれたし、なるべく一緒にいる時間を増やしたいと言ったら、それにも応じてくれた。

クラスのみんなからもLINEグループを抜けたことを特に突っ込まれる気配もなかったし、だから俺は大切なものにかける時間を奪われない程度に、みんなと接した。幸いなことに俺の表情筋には、その違和感気づかせないくらいには、作られた表情が張り付いていたから。

「よーっし！　ファミレス行くっしょ！　ワンちゃんも行くよなぁ!?」

「もちろん！　てことで俺は今日はパス！」

「それはもちろんじゃないよなぁ!?」

乾いた冗談と、空っぽの笑顔を、その世界から離れていくために。そうして誰《だれ》にも迷惑をかけないように少しずつ、距離を置いて。

たしかにこの世界は日南《ひなみ》に教えてもらって自分の意志で得たものだったけど、俺はその一部を失っても、きっと前に進んでいける。新しい景色を見つけていける。だって、世界はこの学校だけではないのだから。

だから俺は、大切なもののために、荷物をそっと置いていくことを選択した。

自らすくい上げた砂を指と指のあいだからさらさらと零《こぼ》していき、粒の大きいものだけを残していく。けど、俺が欲しいものはきっと、その大きな粒だけで。

その大きな何粒かを大事にすることがきっと、俺の人生のプレイスタイルなのだと思えていたのだ。

＊＊＊

「それじゃあ、また明日」

北与野《きたよの》駅。俺は一緒に電車を降りたみみに、いつもどおり改札を出たところで軽く手を上げ、別れの挨拶《あいさつ》をする。それはここ一週間ほど続いている、菊池《きくち》さんのことを思った俺とみみみの習慣だった。

けれど。

「……どうした？」

今日のみみみはいつものように手を振り返してこず、迷ったように唇《くちびる》をなめながら、視線をさまよわせていた。

「あのさ……ブレーン」

「うん？」

みみみは言いづらそうに、視線を迷わせる。やがて、視線は俺のスクールバッグの——数日前まではストラップが付いていたその場所に向いた。

そしてそのまま、唇を噛《か》んでなにも言わない。

「あ……その」

俺の口からは言い訳を探すように、情けない声が漏《も》れる。けれど、俺は理性で唇を結び、言葉を止めた。これはあくまで俺のした選択で、きっとみみみにとっては裏切りで。許されようと理由を探すのはきっと、ただの自分勝手で。

だから俺は改めて笑顔を作り、みみみに手を振った。

「……どうした？　暗くなったら一人で帰るの怖くなるぞ～？　……ほら、早く帰った帰った」

乾いた冗談は、きっと上手《うま》く言えた。なのに、みみみはじっと俺を睨《にら》んだまま離さない。それは怒りとも悲しみともつかない表情で、けれど俺をその場に縫い付けてしまうくらいの強さを持っていて。

やがて、みみみは意を決したように一歩前に出ると、

「やだ。今日は私、ブレーンと一緒に帰る」

俺の腕をつかんで、むりやりに引っ張っていった。

「え？　……ちょっと」

俺を無視して、みみみはいつもの帰路へと俺を引っ張る。

そうして俺は久しぶりに、みみみと一緒に駅からの帰路を歩きはじめるのだった。

＊＊＊

「ていうかこないだは急にスポッチャ行けなくなってごめん！　どうだった？」

俺は本音を隠すように、無意識のうちに、なんでもない話題を投げかける。それはなんというか仮面による自衛のようで、話せば話すほど、心が暗くなっていく感覚があって。けれど、自分を守るためにはそうするしかなかった。

「いやぁ、なんか竹井《たけい》がやらかしたってことだけは聞いてるんだけど……」

「ブレーン、さ」

みみみは俺の言葉を遮《さえぎ》って、また一歩踏み込むように。真《ま》っ直《す》ぐな視線を俺に向けた。

その視線はどこか、たまちゃんを思わせるような力強さがあって。

俺のなかの曲がった部分を見抜いているような、言い訳のない瞳《ひとみ》だった。

「いま、あのときの私みたいになってるよ」

「……っ」

言われて、俺はすぐにみみみの言おうとしていることがわかってしまった。

——それは、忘れようのない記憶。

大切なもののために、別の大切なものを捨てようとした人がいて。そんなところを誰《だれ》かが止めて、一緒に帰り道を歩く。そんな状況が、たしかに一度だけあった。

そしてあのとき、一緒に帰ろうと誰かを引き留めたのは——みみみではなく、俺だった。

みみみは思い出すように、けれど、明るい口調で言う。

「私ね。あのときブレーンに、一緒に帰ろうって言ってもらえなかったらきっと……いまごろ、全然違う生活を送ってたと思うんだ」

「みみみ……」

それはみみみが嫉妬《しっと》してしまって、日南《ひなみ》のことを嫌いになりそうになったとき。大好きな友達のことを嫌いになりたくないから、そんな自分になるのが許せないから。だから代わりに、陸上部という大切なものを捨てる。

大切な友達という大きな粒が手のひらからこぼれ落ちてしまう前に、それを押し出している荷物を、そこに置いていく。みみみがそんな選択をしたときの、放課後だった。

「あのままだったら私ね。もう、陸上部には戻れなかったと思うんだよね。たぶん葵《あおい》とも……ちょっとこじれちゃったりして。たまは優しいから許してくれたと思うけど、少し呆《あき》れられちゃったりしてたと思う」

あのとき俺はみみみを無理やり引っ張り出して、たまちゃんを連れて一緒に帰って。たまちゃんの言葉のおかげで、みみみは呪縛《じゅばく》のようなものから救われた。

「あの日のあの放課後、ブレーンがみんなの前で勇気を出して、恥ずかしい思いしてまで、私を引っ張り出してくれたのって……きっと私の人生にとって、すっごく大切なものだったと思うんだ」

みみみは俺の横で白い息を吐き出しながら、懐《なつ》かしむように微笑《ほほえ》む。

「それと――ね」

そしてみみみは目頭のあたりを指先で拭《ぬぐ》って、今度は悲しく笑った。

「たぶん、あれがなかったら私は……ブレーンのことが好きな私に、なれてなかったかもしれない」

俺の心に、ずしんと言葉がのしかかる。それは俺が捨てたものの重さよりも、遥《はる》かに重く、つらい感覚で。

「私はさ。報われなかったけど、思いは届かなかったけど……ブレーンのことが、やっぱり好きで。……けど、そんなふうに思えてる自分のことも、ちゃんと好きでいられてて。そんなふうに思わせてくれるブレーンに、感謝してるんだ」

隣から洟《はな》をすする音が聞こえる。それが寒さによるものなのか、別のものなのかは、きっと俺にだってわかっていた。

「だからさ、聞かせて？　……ブレーンは、さ」

そしてまた俺を真《ま》っ直《す》ぐに、見通すような目で見つめる。

「私たちのこと、嫌いになったの？」

「……っ！」

そんなわけがない。けど、それを捨てることを選んでしまった俺に、どう説明すればいいのだろうか。どんな言い訳ができるだろうか。

みみみは悲しみと一緒に言葉を吐き出していく。

「私ね。ブレーンのことずっと見てるから、気付いてるんだよ？　LINEのグループも全部抜けちゃったし、みんなといるときだって、冗談はいつもより冴《さ》えてるのに、ちっとも楽しそうじゃない」

そしてみみみの手は、自分のスクールバッグに付いているカラフルな景色の一部を、優しく握った。

「ちょっと前から……ストラップも、つけてないもんね」

「……っ」

その申し訳なさだろうか、情けなさだろうか、それとも、どうにもしようがないことにだろうか。俺の視界も少しずつ、滲《にじ》んでいくのがわかった。

「私はブレーンに感謝してるからさ、そんなブレーン、見たくないんだ。……だから私にできることがあったら、教えて？」

目に涙を溜《た》めたみみみ。だけど、俺はまだ迷っていた。

「……ごめん」

俺は弱みを漏《も》らしてしまいそうになりながら、拳《こぶし》を握りしめて、それをまた堪《こら》えた。

「自分が選んだことで悲しませてるのに、迷惑までかけるなんて……俺には」

握った拳に力が入る。けれど、自分の選択と、そしてみみみに誠実であるために、俺はみみみの言葉を拒絶した。

ここで弱みを晒《さら》してしまうことはきっと、自分の選択の責任の一端を、みみみにも担いでもらおうとする行為に思えたから。

するとみみみはそっか、と寂《さび》しく息を漏らす。そして。

「じゃあ——聞き方を変えるね？」

言うと、みみみは俺の一歩前に出て振り向いた。

正面から向かい合うその表情は、どうしてだろう。どちらかと言えば、闘志にも近くて。

「葵《あおい》を倒したいって思いで一緒に戦った〝戦友〟として、聞かせてほしいんだ」

「……っ！」

それはいつだか、俺が言った言葉で。

それはいつか俺とみみみが、一つの目標を共有する同志だったときの言葉で。

俺はそのくらい強いもので、みみみとつながっていたことを思い出す。

負けず嫌いで、同じ目的に向かって。じゃれながら、ときに真剣に、大切な時間を過ごした。

「それは……ずるい」

俺は滲んだ視界でみみみに視線を返しながら、途切れ途切れに言う。

「そんなこと言われたら……嘘《うそ》つけないだろ……っ」

するとみみみはコミカルに目を袖《そで》で拭《ぬぐ》い、にっと励ますように、得意気に笑った。

「ふっふっふ！　あのときのブレーンが、そのくらいずるかったってことです！」

そしてたはーっと笑うみみみは、たしかに間違いなく俺の戦友で。いつも俺が沈んでいるときに、自分よりも俺を大切にしてくれる恩人で。

「……俺は、いままでずっとひとりぼっちで……」

俺はいつのまにか、自分の弱い部分をみみみに語り出していた。

「……自分だけで生きてきたから、きちんと人とつながる方法がわからなくて」

「……うん」

曝《さら》けだしてしまうのは、逃げだと思ったけど、止めることができなかった。

「……俺はさ、自分で菊池《きくち》さんを選んだんだ。私は相応《ふさわ》しくないって言う菊池さんに、無理やり理由を与えて。理想なんてどうでもいい、俺が菊池さんがいいんだ、って……」

一度は演劇で断られて、そのときも、みみみに勇気を貰《もら》って。

そして駆けだした先の図書室で、俺は菊池さんをもう一度選んだ。

「だからちゃんと、向き合わないといけないのに……菊池さんに寂《さび》しい思いばっかりさせて」

だから、俺は。

「——自分の手に持てるもの以外は、みんなとの時間は、置いていくことにしたんだ」

俺のなかで、結論を下した。

「それが俺にとって、自分と菊池さんに、きちんと向き合うってことだから」

「……そっか」

みみみは俺の隣でゆっくり二回、頷《うなず》いた。

「あのね、ブレーン」

そしてみみみは、なにかを思い出すように、橙 色《だいだい》の陽を見つめる。

「こないだ菊池さんと偶然会って、話したんだけどね。……私も、菊池さんも、一緒だったの」

「一緒？」

みみみはゆっくり頷くと、俺のことをその大きな瞳《ひとみ》で、真《ま》っ直《す》ぐ見た。

「……友崎《ともざき》のこと、好きな理由」

「え……」

俺はその言葉に、瞳に、吸い込まれていく。

「ちゃんとがんばって、自分を変えて、どんどん自分の世界を広げていって。……そんなブレーンの強くて、真っ直ぐで、キラキラしてるところが、二人とも好きなの」

「世界を広げて……」

それは直接的ではなかったけれど——言葉を変えて、菊池さんも言っていた。


そしてみみみは、感情を抑えるような声で。

けれど、悲しみを押し殺すような震《ふる》えを混じらせて。

俺に訴えかけるように、懸命に言う。


「いまの友崎がしてるのってさ。世界を広げるのをやめて、新しいことに向かうのをやめて。菊池さんを嫉妬《しっと》させないように、自分の世界を狭めて……」

声を震《ふる》わせながら、みみみは声を絞り出す。

「それって――私と菊池《きくち》さんが好きな友崎《ともざき》の好きなところを、変えちゃおうとしてるってことなんだよ？」

俺は、息を呑《の》む。

「言ったよね？　私はまだ、友崎のことが好きだから、さ」

そう言うと、みみみは肩を震わせ、弱々しく俯《うつむ》く。

「わがままかもしれないけど……私はそんなふうに変わっていく友崎は、見たくないんだ」

みみみは下を向いたまま頬《ほお》を拭《ぬぐ》うと、そのままごつん、と額を俺の肩に預けてきた。

それがなにを隠しているのかはさすがの俺にでもわかって、だからこそ俺は、なにも言うことができなくて。

「あと、ね。……私にだけはわかるんだよ？」

顔も見せずに言うみみみは、もう一度だけ袖《そで》でそれを拭うと、顔を上げて赤くなった目を、

俺に向けた。

「菊池《きくち》さんも、そんな友崎《ともざき》は、見たくないんだ」

「……みみみ」

そこまで言うと、みみみはまたすぐに、俺の肩へどしん、と顔をうずめた。

そして、おどけ切れていない子供のような口調で、

「……頭突き」

照れも事実もなにも隠せていないことを言う。

「そ、そうですか……」

そうして俺はみみみビンタでもみみみチョップでもない、ちっともダメージのないみみみヘッドバットを肩に受けながら、視界が澄んでいくのを感じていた。

「……ありがと、また、助かった」

するとみみみは顔を埋めたまま小さく頷《うなず》くと、また弱々しい声で。

「だからいまだけ。……ちょっとだけ、こうしててもいい？」

「……おう」

そうして少しずつ湿り気を帯びていく俺の肩は、けれどもう、なにも痛くなかった。

＊＊＊

みみみと別れた、北与野《きたよの》の街。

俺はそのまま家に帰らず、歩きながら考えていた。

いや、正確に言えば、どうすればいいのかわからなかったのだろう。

菊池さんのために他の荷物を捨てようとすればみみみが悲しむし——そして、俺が変わってしまえば、みみみだけでなく菊池さんも悲しむ。

けれど、このまま日南《ひなみ》との関係もみんなとの関係もいままでどおり続けていたら、やっぱり菊池さんを不安にしてしまうし、ひょっとすると恋人としての関係すら、終わってしまうかもしれない。

それはまるで出来の悪いパズルのようで、歪《いびっ》な形をしたいくつかのピースは、そのすべてを枠のなかにはめ込むことができず、特に大きくカラフルなピースのうちの一つを取ろうとすれば、なにか一つがはみ出てしまう。

もしも俺に、日南の人生に関わることを終わらせる覚悟があれば、それで解決できたかもしれない。

だけどそれは、俺が心の底からやりたいと思っていることで——なにに代えても、捨てることができないものだった。

つまりはそう。

水沢《みずさわ》にも言われた選択のときが、いまここに来たのだ。

俺はいまから大切なもののなかの一つを、自分の手のひらの外へ、置いていく。

＊＊＊

俺はみみみと話したその足で駅へと引き返し、菊池《きくち》さんの最寄り駅である北朝霞《きたあさか》駅に訪れていた。

みみみと話して、自分で必死に考えて。俺のなかで一つの結論のようなものが、形になっていったから。

俺にとって本当の意味で特別なものは、そう多くなくて。

俺が世界を狭めてしまうことは、菊池さんも望んでいなくて。

だけど、本当に特別なもののうちの二つは、矛盾《むじゅん》してしまっていた。

ならば——俺がするべきことはもう、選ぶことだけなのだ。

数十分前に、菊池さんにLINEを送った。これから話したい、家の前でいいからLINEを見たら出てきてほしいと伝えた。そしていま俺は、到着した北朝霞駅から菊池さんの家へ向かっている。

何度か一緒に歩いただけの道なのに、景色を見ているだけでいろいろなことを思い出す。菊池さんを好きになった理由を話して、二人で顔を真っ赤にしたり。送り届けたあとの一人で帰る道が、なぜか温かく感じたり。そんなくだらなくて小さい思い出たちは、やっぱり俺にとってかけがえないものだった。

けれどいまは、これから菊池さんに会うはずなのに、指先から心まで凍えてしまっている。それはきっと、これから伝えようとしていることがそうだったからだ。

二人で何度も渡った橋が目に入る。あそこを渡ればもう三軒ほどで菊池さんの家だ。あとはゆっくり、そこで待てばいい。

俺の足が橋に差し掛かろうとしたとき——少し先の塀から、女の子の影が飛び出してくるのがわかった。カバンも持たず手ぶらで、焦《あせ》ったようにキョロキョロとあたりを見渡して。そしてこちらに気がつくと小走りで、走り寄ってくる。

——俺と菊池さんは、橋の真ん中で対面した。

「……こんばんは」

「はい。……こんばんは」

二人はいつもの挨拶《あいさつ》を交わすけれど、お互いに目を見ることができなかった。ひょっとすると、菊池《きくち》さんも察しているのかもしれない。俺がこれからなにを話して、なにを選ぼうとしているのかを。

「えっと……とりあえず寒いし、場所を……」

「……ここで」

「え？」

俺が聞き返すと、菊池さんは覚悟を決めたような顔で言う。

「ここで……いいんです」

菊池さんもこの場所に、思い入れを感じてくれているのだろうか。菊池さんは橋の欄干の向こうに流れる川を見ながら、言葉を繰り返した。

「ここが、いいです」

人通りの少ない橋に、二人だけがいる。

あの夏休みの水面《みなも》に似た景色のなかに、花火の輝きだけがなくて。

冷たさと静けさが、二人を包んでいた。

「わかった。……あのさ」

俺は、ゆっくりと切り出した。

「俺、いろいろ考えたんだ。菊池さんを不安にさせないために、どうすればいいのか。どう変わればいいのかって」

「……はい」

菊池さんは静かな声で、返事をする。

「すれ違いをなくすために……特別じゃない荷物を置いていこうとしても、それじゃダメで」

俺が世界を広げていくことは、自分にとって、そしてみみや菊池さんにとっても大切なところなのだと教えられて。

「けど……残りの日南《ひなみ》のことと、アタファミのことは……いくら菊池さんが不安に思ってても、変えられなくて」

だってそれは、俺の心からの選択で。

たとえ菊池さんのことを選んだのだとしても、あきらめられるものではなかったから。

「だから……俺はこのままでしかいられないし、けどそれで、菊池さんがつらい思いをするようだったら……菊池さんを傷つけてしまうんだったら……」

特別な理由のようで、アンバランスだった俺たち。

種族の違いを埋め合えるようで、そこに矛盾《むじゅん》があった俺たち。

だけど、大切じゃないところを変えようとすると、俺がポポルでなくなってしまって。

そうじゃない残った大切なものは、俺が俺として、変えたくないと思ってしまっている。

それを根本のルールから変える方法がないのなら――。

――きっともう、俺にできることはないのだ。

そこまで言葉を進めて、けれどその先を言う勇気がなかった。だって俺にとって菊池《きくち》さんは大切な存在で、できることなら他の全部と一緒に大切にしたくて。でも、すべてを選ぶなんてことはできないから、もう一つの大切なものを――日南と関わりつづけることを選ぶのならば、俺の結論は決まってしまう。

菊池さんはぎゅっと制服のスカートを握り、俯《うつむ》いて唇《くちびる》を噛《か》んだ。

やがて握った手を離すと、スカートは少しだけ形が崩れたまま、そこに残る。

「……友崎《ともざき》くんは、私と友崎くんの関係を、気持ちから始まった関係を、言葉っていう魔法を使って、特別なものに意味づけてくれました」

菊池さんの手は不器用に宙をさまよい、やがて胸のあたりに辿《たど》り着く。

「その魔法を使って、この人生っていう物語の主人公として、私を選んでくれました」

そして、ぎゅっとそのシャツを握った。

「だけど――それはきっと、あとづけの理由だったんです」

「……うん」

俺は息を呑《の》む。それは、俺が思っていたそのままの言葉だったから。

互いが真逆な悩みを持っていたことは、それを真逆な理屈で埋めたことは、特別である証拠だと思っていた。けれど今はそれが、二人にすれ違いを生んでいて。

「たぶん私と友崎くんの関係には、一つだけ足りないものがありました」

菊池さんは、視線を暗い空に向ける。そこにはうっすらと星が見えるばかりで、あのときの綺麗《きれい》な花火も、残る硝煙もない。

「私は、理想と感情の間で悩んでいただけで。そんなところを友崎くんに手を差し伸べてもらって、理由を作って貰《もら》っただけなんです」

菊池さんは柵の近くまで歩き、手すりに両手を置いた。

「だから、私と友崎くんじゃないといけない特別な理由は……きっと、ほんとうの意味では存在していなくて。なのに私は、それでいいと思ってしまっていたんです」

つまり、俺と菊池さんに足りないものは——

個人と個人がほんとうの意味でつながるためには、特別な理由が必要で。

少なくとも、俺と菊池さんにとってはそうで。

だけど俺があのとき菊池《きくち》さんに伝えた理由は、本当の意味での特別な理由ではなかった。

だとしたら。

理由が形を変えて矛盾《むじゅん》になり、やがて業《ごう》に変わってしまった、二人の関係は、もう——。

菊池さんは振り返り、ゆっくりと口を開く。

「——だから、今度は、私に、選ばせてください」

俺は、驚いてしまった。

「私はあれからずっと、考えていたんです」

菊池さんは一歩ずつ、自分の意志で、自分の足で、俺に近づいてくる。

「気持ちから始まって、言葉っていう魔法を使って、無理やりにでも私を特別にするための理由まで考えてくれたのに。友崎《ともざき》くんが、私を選んでくれたのに」

俺はその場から一歩も動いていないのに、菊池さんでないほうを、選択したはずなのに。

俺と菊池さんの距離が、少しずつ縮まっていった。

「私はまだ、自分ではなにも選んでいなかったんです」

きっとそれは、今度は菊池さんによる——理由を変えるための魔法だ。

「そんなのは、理想の関係なんかじゃありません。……だから」

そして——いまは、手を伸ばせば届く距離に、菊池さんがいた。

「私は、友崎くんがいいです」


そうして——あのときのように。

けれど今度は菊池さんが、俺の手を取った。

「私にも、友崎くんを選ばせてください。

——これが私の思う、たった一つの足りなかったものです」


そう、それは。

悩み、矛盾し、どん詰まりに陥《おちい》った俺ではなくて。

菊池さんの意志による、菊池さんの選択だった。

「けど俺……菊池さんに選んで貰《もら》う権利なんて……」

俺が言いかけると、菊池さんは言葉を遮《さえぎ》る。

「──友崎《ともざき》くんが変わろうとしてるって、七海《ななみ》さんから聞きました」

「っ！」

そして菊池《きくち》さんは、冷たい空気に冷やされたままの寂《さび》しい声で。

「ブレーンはこんなことをしてるよって、たぶんこれ、菊池さんのためだよ。って」

菊池さんは肩を震《ふる》わせながら、懸命にそれを伝える。

「だからそんなふうにがんばってるブレーンのことを、知ってほしいんだ、って」

そこには少し嫉妬《しっと》が混じっているような気もしたけれど、それ以上に感謝が感じられて。

「友崎くんは、半年以上もかけて自分を変えて、世界を広げて……景色がカラフルになっていったのに。それを捨ててまで……私のために、変わろうとしてくれたんですよね？」

「……私は、それが本当にすごいと思ったんです」

菊池さんは俺の手を胸の高さまで持ち上げて、
そのまま俺の手を、俺が好きな白く暖かい両手で、包み込んだ。

「友崎くんは──ポポルである自分を捨ててしまえるくらいに『ポポル』なんだなあって」

螺旋《らせん》のように矛盾《むじゅん》した言葉は、『変化する自分』を変化させようとする俺のことすら、祝福してくれていて。

「……菊池さん」

俺がぼそりと声を落とすと、菊池さんは受け入れるように頷《うなず》いた。

「そんなの……私にとって、理想すぎるくらいに、理想の人なんです」

そして菊池さんはゆっくりと手を離すと、自分の胸に手のひらを当てる。

「だから友崎くん。無理に自分を変えようとしないでください」

そして俺の目を見て──それこそ本当の天使のように、優しく微笑《ほほえ》んだ。

「私は、私のために大切な自分を変えようとしてくれた、その事実だけで、十分なんです」

一つ一つの言葉が、俺の行動や思考を肯定していって。

じっと菊池さんのことを見ていれば見ているほど、俺はどんどんと菊池さんのことが、愛《いと》おしくなっていって。

「……えっ？」

気がつくと俺は菊池さんの腕をつかんで身体《からだ》を引き寄せ──両手で抱きしめていた。

「ごめん……ありがとう」

自分でもこんなことをしているのに驚きがあった。けれど、それはどうしてか、俺の感情に自然な行動のような気もして。

だってそう、俺たちは今度こそ正真正銘の——。

お互いに選び合った、恋人同士になれたのだから。

「ううん。……私こそ、ありがとうございます」

二人で感謝の言葉を伝え合う。

数センチの距離にあるから表情も見えなかったけれど、それよりもたしかな体温と鼓動と、そして言葉が、二人の気持ちを伝え合っていて。

川が涼しくそそぐ音。名前も知らない虫の鳴き声。通り過ぎていく、たぶんあのときとは違う、ヘッドライトの光。

見える聞こえるなにもかもがどうでもよく感じた。こうしているだけで、いままでのすれ違いや不安。いろんなものが、二人のゼロ距離に溶け合って消えていくようで。だからいつまでも、こうしていられる気がした。

やがて、どちらからともなく力を緩《ゆる》め、俺は肩に手を置いたまま菊池《きくち》さんと顔を合わせる。

恥ずかしいなんてものじゃなかったけど、相手も恥ずかしいと思っていることはわかっていたから、変に慌《あわ》てたりすることもなかった。ただ単に、二人ともが顔を真っ赤にしている、というだけで。

身体《からだ》を離すと、俺は菊池さんの隣に並ぶ。そして菊池さんの手を取って、冗談交じりにこんなことを言う。

「送ってくよ」

すると、菊池さんもくすりと楽しそうに笑った。

「ふふ。……すっごく近くだけど、よろしくお願いしますね」

そうして俺たちは、手をつないだまま、橋の真ん中から菊池さんの家までの数十メートルを歩きはじめた。


意識しなくても、自然と歩調が合う。手の体温が同じになる。なにを考えているのかはわからないけど、全部わかった気になる。

そんな俺の頭のなかに浮かんでいるのは、さっき菊池さんが俺のことを選んでくれたという事実だ。

「ね、けどさ」

俺は意地悪を言うように、こんなことを聞いてみた。

「俺と菊池さんは、お互いを気持ちで選んだってだけで、そこに『特別な理由』は、まだないってことにならない？」

菊池さんは、困ったように目をぱちぱちと瞬《また》かせた。

「そ、それは……」

まるで小動物のような表情と挙動。それはなんだかお互いに緊張が抜けて、弱い部分を見せてしまうことに、抵抗がなくなっているような感覚で。

だから俺はすぐに、その種明かしをする。

「……ごめん、意地悪を言った。実は……俺はもう、その答えを知ってるんだ」

「え?」

戸惑《とまど》う菊池《きくち》さんに、俺はいたずらっぽく笑みを見せる。

俺はいろいろな人から恋愛についての話を聞いて、いくつも大事なことを学んでいた。

不安は一つ一つ向き合うしかないし、付き合ったあとじゃないと話せないことは山ほどあるし、そもそも付き合うっていうのは、恋愛の最後の目標じゃないらしい。

そして、運命の旧校章も、どんな『特別』もきっと。ただ単に〝形式〟を——いや、物語を積み重ねて生まれているんだということ。

だから。

「これはさ。ラブコメのアニメでも恋愛ゲームでもなくて——単に、人生なんだ」

だったらここは、この場所は。恋に惹《ひ》かれ合った二人がたどり着いた攻略完了というゴール地点なんかじゃなくて。

俺たち二人にとっての、スタート地点なのだ。

「これから二人で悩んで、あがいて、知恵を出し合って。

……ときには傷つけたり、不安にさせてしまうこともあるかもしれないけど。

それでも、演劇の脚本を作ってたときみたいに——二人で、特別な理由を探していこう」


俺の言葉に、菊池さんの手にぎゅっと、力が入るのがわかった。

「たぶんそれが、〝付き合う〟ってことだから」


それはきっと、小さな共犯関係に近くて。相互に独占することが目的なんじゃなくて。

始まりは感情でもいい。そこに特別な理由はないのかもしれない。けど。

そうしてできた、きっとまだ特別じゃない二人の関係のなかで、二人じゃないといけない理由を探していく。

「だってそれは、一人じゃなくて二人じゃないと、できないことでしょ?」

そんなものは詭弁《きべん》かもしれない。その場しのぎの嘘《うそ》かもしれない。

だけどそれがきっと、絶対的な正しさも魔法もないこの人生というゲームにおいてギリギリ言える、付き合うということの特別な理由なんだ。

「……そういうことで、どうかな？」

俺が照れながら尋ねると、菊池《きくち》さんは驚いたように俺を見上げ、やがて——

——そっと、俺の手を離した。

俺は驚いて菊池さんを見る。

「え……？」

菊池さんは俺に背を向けたまま、立ち止まってしまった俺から何歩か距離を取ると、そこで足を止める。

やがて、くるりとこちらを振り向くと、くすっといたずらっぽく笑った。

制服のスカートの裾《すそ》をくるくるとひらめかせながら、ゆっくりと綺麗《きれい》に舞う。

それは——俺の頭のなかに何度も再生された、あのシーンとそっくりで。

「覚えてますか？　二人で一緒に見た、空に浮かぶ花火。心を溶かすみたいな輝きで、ずっと灰色だったはずの景色も、色とりどりに見えたんです」

視線も意識も、吸いこまれていく。

だってそれは俺と菊池さんのためだけにある、秘密の結末で。

「川が近くてちょっと蒸し暑かったけど、光を反射する水面《みなも》はとってもきれいで。私、あんなカラフルな世界を見たの、生まれて初めてでした」

ここから先は、菊池さんがなにを言おうとしているのか、聞かなくてもわかった。

だって自分でも何度かわからないほど、繰り返し読み返している一節だったから。

「――けど、ね？」

菊池さんはクリスのように無邪気な笑顔で、俺を見上げる。

「友崎《ともざき》くんが私に教えてくれた、一番大切なことは、ね？」

俺の視界のなかで仄《ほの》かに発光しているようにすら感じられる菊池さんの姿はまるで、ほんとうに、妖精《ようせい》のようで。

「無理に自分を変えなくても、大切な人と一緒にいることができるってことなんですよ？」

だけど菊池さんが呼びかけているのは、リブラではなく、俺だった。

「だから、書いたけどまだ一度も言えてなかった言葉、ここで言わせてください」

そして菊池《きくち》さんはいたずらっぽく、今度はまるで天使のように、笑った。


「──大好きだよ、文也《ふみや》くん」


菊池さんはいつも、俺の予想をほんの少しだけ上回る。

「ふ、ふ、文也くんって……！」

俺がめちゃくちゃうろたえると、菊池さんはいじらしく唇《くちびる》を尖《とが》らせて、

「だってその……オフ会の女の子が呼んでるのが……その」

「う……」

それはあまりに愛《いと》おしく、俺にとって破壊力のありすぎる嫉妬《しっと》で。

こんなときに言うのはなんなんだけど、俺はその菊池さんの表情、言葉、この状況に、気持ちの部分が暴走しそうになるのを感じていた。

それはつまり──あのときテレビ電話で見た菊池さんの姿だったり、レナちゃんから与えられたむず痒《がゆ》い感覚や『まだなにもしてないんでしょ？』という言葉だったり。

そんなものが一気に押し寄せてきて、これ以上ないほどの菊池さんへの愛おしさと相まって。

俺は、動いていた。

「──っ」

一つを除いた感覚のすべてが消える。俺と菊池さんの唇が、世界のすべてになる。
言葉にできない思いや心のようなものが現実にあったなら、こんなふうに柔らかいのだろうか。
それから数秒間、思考と時間は止まり──。

「ぁ……」

唇を離したときに漏《も》れた菊池さんの声は、普段の俺なら耐えきれないほどの魔力だったけれど、いまの俺にはそれどころではなかった。

だってその感触があまりにも甘やかで、まるで気持ちと気持ちを直接触れ合わせているように心地《ここち》いい余韻《よいん》がまだ、そこに残っていたから。

「えっと……」

俺がなにに迷っているかわからないくらいに迷っていると、菊池さんはぽかーんと力の抜けた表情で、俺を見ていた。

「あ、あの……」

そして、菊池さんは泣きそうな目で俺を見ながら、

「……も、もう一回」

「え!?」

俺が声を漏《も》らすと、菊池《きくち》さんははっと我に返ったように目を見開いた。

「あ、い、いや、えっと、なんでもないです！」

菊池さんは顔を真っ赤にして両手をぶんぶん振る。いまのはさすがに天使を超えて人間を超えて、また戻ってきて天使だった。

「そ、その……」

「えーと……はは」

俺たちは変な照れと恥ずかしさを抱《かか》えながら、けれどそれは二人が一緒に抱えている同じ恥ずかしさで。

だからそんな鼓動も体温も、わがままも、すべてが愛《いと》おしく思えた。

やがて俺たちは手をつないだまま、菊池さんの家の前へと到着する。相変わらず、その窓から漏れる光は暖かい。

「えっと……」

けれど、菊池さんは俺の手を握ったまま、離さない。

「バイバイする前に……聞きたいことがあって」

「なに？」

俺が首を傾《かし》げると、菊池《きくち》さんはまたいじらしい声で。

「も、もしかしたら私はまだ……日南《ひなみ》さんよりも、友崎《ともざき》くんのことを知らないのかもしれないけど……」

そして、人差し指の腹でその薄桃色の唇《くちびる》に触れながら、こんなことを言った。

「友崎くんとの、……その、キ、キスを知ってるのは……私だけですよね……？」

嫉妬《しっと》混じりに放たれる熱っぽい言葉は、俺の意識を完全に吹き飛ばしてしまうのだった。

7　生まれ持った特性は簡単には変えられない

「なんでいちいちそんなドラマチックに揉《も》めるんだよ。メンヘラかお前らは」

大宮《おおみや》のてんや。俺の目の前では水沢《みずさわ》が片肘《ひじ》をついて話を聞きながら、からかうように口角を上げている。

「おい、人が悩みに悩んだのをそんな言葉で片付けるな」

俺の反論に、水沢はくくくと笑う。

「喧嘩《けんか》は前戯みたいなところあるから、そういうのもまた一つの経験ってやつだね」

「あのな……」

めちゃくちゃ苦労したのにこうして恋愛上級者からあっさり斬《き》られてしまうと、なんか俺のやってたのはみんなが通る道の一つくらいのことなのかなとか思わされそうになる。ていうか実際そうなんですかね？

「ま、実績がまた一つ解除されたって感じだな」

「ゲームで言うなゲームで」

「人生はゲームなんじゃなかったのか？」

ドヤ、とうまいこと言いましたみたいな感じで言われる。こいつめ。

「そうだけどな。恋愛をそう喩《たと》えるのはなんかピュアじゃない気がするんだよ」

「わかったわかった」

とまあ終始ペースを握られたままだったけど、俺は無事諸々《もろもろ》の報告を済ませた。

すると水沢《みずさわ》は特上天丼《どん》の大盛りを食べながら、眉《まゆ》をひそめた。

「……けどまあ、ちょっと意外だったな」

「意外って?」

俺が普通の天丼の並を食べながら聞き返すと、水沢は水を一口だけ飲んで、

「葵《あおい》とどっちが、って話になったとき、お前は葵しか選べないと思ってた」

「それは……、って、あれ?」

「なんだ?」

俺が言葉に詰まると、水沢はにっと余裕のある笑みで笑う。

「俺、もう一人が日南《ひなみ》だなんて、言ったっけ?」

すると水沢はくくく、と楽しそうに笑った。

「いや、あの状況でお前が菊池《きくち》さんと天秤《てんびん》にかけて迷う相手なんて、葵しかいねーだろ。理由とかはよく知らないけどな」

「……そうか」

俺は特別肯定はしないものの、もう半分諦《あきら》めて相槌《あいづち》を打つ。

水沢はそれ以上、俺を追及しなかった。そういうところが、水沢らしいと思った。

「でも――そうか。今回は風香ちゃんがお前を選んでくれたんだもんな。葵とも関わっていいから、関係を続けよう、って」

「……そうだな」

そう。それはまだ、現段階では完全な解決ではなくて。

というよりもきっと、人と人である限り、恋愛というものに完全な解決なんてものはなくて。

だってきっと、今後も菊池さんは俺と日南のことについて、不安に思ってしまうこともある。俺がポポルであることについて、寂《さび》しく思ってしまうこともある。俺の業《ごう》に、傷ついてしまうこともあるだろう。

けれど、『それでもいい』と、菊池さんが言ってくれたのだ。

「……だからこそ、俺は付き合ってくなかで、特別な理由を見つけていきたいんだ」

水沢は一瞬だけその手を止めると、再び穴子天をその箸《はし》でつまむ。

「うん……そうか。そうだな」

そして俺だったら三口くらいで食べるそれを一口で口に放り込むと、水沢は箸の先で俺を指した。

「じゃ、旧校章はちゃんと受け取れそう、と」

「……そうだな。せっかくお願いしてもらったしな」

すると水沢《みずさわ》はうん、と頷《うなず》き、おどけた口調で。

「俺が葵《あおい》を誘う必要はなくなったわけだ」

「それマジだったのかよ……」

「そりゃ当然だろ。好きなんだから」

そんなことをさらっと言う。水沢ってコミュ力とかそういうところよりも、こういう自信こそが一番強キャラって感じするんだよな……。

言葉に圧《お》されていると、水沢は俺をまっすぐ見て、にっと口角を上げる。

「お前が本気で特別だと思える関係が——どこにあったのか。見つけられたら、教えてくれよ」

さらりとなんでもないことのように言うと、そのままふっと目を伏せた。

「……わかった」

「ならよし。……ごちそうさま、っと」

「え？　食べるの早くない？」

この人大盛りだったよね。なんで並の俺より食べ終わるの早いんですかね。

「お前が遅いんだよ。ほらいそげいそげ」

「お、おう……！」

そうして俺は並天丼《どん》の普通盛りを急いでかき込む。ふむ、俺はこれだけいろんな経験をしても、やっぱり人生でも早食いでも、水沢先生には敵《かな》わないんですかね？

＊＊＊

『緑化委員会の皆さん、楽しい劇をありがとうございました』

数日後。昼過ぎの体育館。

一時間ほど前に始まった三送会も終盤で、スピーカーからは実行委員である泉《いずみ》の声が響いていた。ここ数か月で文化祭の実行委員やらいろいろなものを経験したからか、泉はすっかり司会に慣れて、ほとんど緊張が見えなくなっている。やはり環境は人を育てるのだろう。

俺の左隣では、終わった演劇に対して竹井《たけい》が満足そうにぱちぱちと拍手していた。

「めちゃくちゃおもしろかったよなぁ!?」

「竹井の笑い声で半分くらい聞こえなかったけどな?」

「ひどいよなぁ!?」

俺のからかいに、近くにいた水沢や中村《なかむら》、橘《たちばな》たちが笑った。

自分から進んでコミュニケーションを取り、みんなで三送会の空気を楽しむ自分。そうしてみんなと賑《にぎ》やかに過ごす時間は、それが正義というわけでも、それだけが正しいというわけでもないだろう。

けれど、こうして少し前まではできなかったことができるようになって、自分を変えて、世界を広げていく。つまり——ポポルであり、もしくは純混血であるということを、菊池《きくち》さんとみみは好きだと言ってくれた。

ふと、去年の三送会のことを思い出す。

あのころはただ気配を殺して端っこに座り、アタファミのことだけを考えることで、自分のなかで過ぎる時間のスピードを速めていた。そのときと比べると、いまの俺は驚くほどに変化している。それこそ、キャラを変えてしまったくらいに。

だけどきっと——それは進化でも退化でもなく、ただ〝変化〟なのだと、俺は思う。

賑《にぎ》やかな時間は自然と速く過ぎ、やがてそのときが来た。


『——続いては、在校生代表による、記念品贈呈です』


その放送に体育館がどこか遠慮気味に沸く。生徒のあいだでは知れ渡っているけれど、先生たちには知らせずにこっそりと受け継がれている伝統。まあここまで浸透しているなら先生たちもなんとなく把握しているような気もしたけれど、そんな秘め事のような盛り上がりは、ただ闇雲に盛り上がるよりも不思議とわくわくしたものに感じられた。

一列後ろの女子の席。菊池さんは俺の真後ろに座っている。

『三年生代表、三田村《みたむら》くん。遠田《とおだ》さん』

声を合図に、出口近くの少し離れたところで二人の生徒が立ち上がる。短髪で背の高いスポーツマン系の男子と、髪の毛をきれいに巻いたモデル系の女子。見るからにお似合いで、泉《いずみ》によると卒業後に同棲を始めるとのことだったよな。

『在校生代表、友崎《ともざき》くん。菊池さん』

呼ばれて俺たちも立ち上がった。振り返り、真後ろの菊池さんに目を合わせると、俺は微笑《ほほえ》んで頷《うなず》く。菊池さんは表情を硬くしながらも、こくこくと細かく頷いた。まあ俺もこういうのは得意じゃないけど、ここで菊池さんを引っ張るべきなのは俺だから、少しでも余裕を見せておこう。

俺たちは並んで歩いていき、ステージへの階段の手前で先生から楯と花束を受け取る。俺がリードして壇上へ登ると、先輩二人と向かい合った。

『在校生から、卒業記念の楯と花束が贈られます』

泉の声をきっかけにして、俺は楯を三田村先輩に、菊池さんは花束を遠田先輩に渡す。

「卒業おめでとうございます」

「……ご卒業、おめでとうございます」

なるべくスムーズに言う俺と、緊張しながら、丁寧《ていねい》に言う菊池さん。俺たちは両手でそれらを差し出した。

そのとき。手の先に、なにかひんやりとした感覚がする。

「はい。……まかせたぞ」

こそこそ声で三田村《みたむら》先輩が言う。ちらと視線を送ってみると、楯に隠れた後ろの手に、鈍く輝く小さな金属のようなものが当たっていた。と、いうことは。

「ありがとうございます、大事にします」

小声で返して、俺は小さな金属片を受け取った。

なんでもないように手を下ろすと、俺は手のなかに納めたものを、ちらりと見る。

指のあいだから見えたのは、古びて錆びている、桜のようなモチーフのよくある校章だ。

時間の流れを感じるその校章には、こうして先生の目を盗んで代々受け継がれていった歴史が詰まっているように感じられて。そのうちの何人が本当の意味で特別な関係になれて、何人がただの他人に戻ってしまったのか。きっとそんなことは、語り継がれるロマンチックな物語とは、関係のないことなのだろう。

「……ありがとうございます。二人とも、お幸せにしてくださいね」

同じように受け取ったのか、菊池《きくち》さんも小声で先輩に伝える。

それを見ている舞台の下の生徒たち。無事校章が渡されたことを確認したのか、どこからともなくまた、こそこそとざわめいた。

俺たち四人はにっと共犯的な笑顔を見せ合うと、何事もなかったかのように壇上を降りる。

スムーズに座れるように女子の列の端に並んで二つ空けられた席に座ると、俺たちはこっそりとそれを確認し合って、照れ笑いした。

「受け取っちゃったね」

「……そうですね」

温かみのある声で言うと、菊池さんも満足げに笑う。

「十年も受け継がれるなんて、すごいですよね」

「だね」

俺が頷《うなず》くと、菊池さんは考えるように視線を上へ向けた。

「だけど、文也《ふみや》くん」

菊池さんは俺を新しい呼び名で呼びながら。

「一個だけ、意地悪なことを言ってもいいですか？」

「……うん？」

そして菊池さんは、古びた校章を眺めながら、からかうように。

「旧校舎の旧校章。これってやっぱり……まるで友崎《ともざき》くんと日南《ひなみ》さんのためにあるように思えませんか？」

「う……仕返し？」

「ふふ。そうです」

菊池さんは茶目っ気のある笑顔で言う。それは北朝霞《きたあさか》で俺が『特別な理由』について触れたときのような理屈で。

俺が話した日南《ひなみ》との半年間。たしかに過ごした秘密の時間の多くは、この旧校章が使われていた時代の旧校舎にある、第二被服室で行われていて。

俺と日南にとってその場所は、その時間は。間違いなく特別だった。

「たしかに俺は毎朝、そこに登校してたんだよな……」

何度も言われていた、俺と日南の特別性。そこに旧校舎と旧校章とまで来たら、たしかにそうあるべく作られたような、運命めいたものを感じてもおかしくはないだろう。

そして俺と日南がこの校章をつけて、もともとそれが使われていた校舎に二人で集まって。そんな光景が頭に浮かぶと——たしかにこの校章は、まるで最初からそのためにあったかのようにも思えて。

俺が困りながら言葉に迷っていると、菊池《きくち》さんはくす、と笑った。

「なんて、ごめんなさい。実は……もう一つの答えも、考えてきたんです」

「……答え?」

俺が聞き返すと、菊池さんは視線を旧校章へ落とす。

「文也《ふみや》くん。……こんなのはどうですか?」

そして、指先をゆっくりと持ち上げ——

桜をモチーフにした花飾りを、そっと自分の耳のあたりにあてがった。

「あ……」

そこで、俺も気がついた。

だから俺は。あのとき菊池さんが、物語でしか言えなかった言葉を伝えてくれたみたいに。

同じようにそれを自分の耳のあたりにあてがい、こんなことを言う。

「こういうお揃《そろ》い、一回やってみたかったんだよね」

それはまた、あのラストシーンに出てくる言葉で。

だけど、今度はそれを言っているのは——菊池さんではなく俺で。

「たしかにこれなら、俺と菊池さんにとっての、特別にできるよね」

そんなことを言うと、菊池さんはまるでクリスのように、にこりと無邪気に笑った。

「ふふ。だけどそれ……リブラじゃなくてクリスのセリフですよ？」

「あ、ばれた？」

「はい。作者ですから」

きっとそれ自体にはなんの力もない校章。ただの鉄の塊《かたまり》に物語がつけられて、そこに誰《だれ》かが持つ意味や、受け継ぐ理由を見出《みい》だして。

「これって言っちゃえばただの古い校章だけど……みんながそれを信じたから——いつの間に

かこの錆も、汚れも。本当に特別になっていったんだよね」

それはきっと、積み重ねた物語の力で。

「だから……俺たちの関係も、きっと」

そこまで言うと菊池《きくち》さんも嬉《うれ》しそうに頷《うなず》いて、その校章をじっと眺めた。

そして愛《いと》おしいものを撫《な》でるように、その傷を、錆を。優しく指でなぞる。

「私たちのすれ違いも、矛盾《むじゅん》もいつか……この傷みたいに」

そう言って微笑《ほほえ》む菊池さんの瞳《ひとみ》は、真《ま》っ直《す》ぐ前を向いていて。

そうしてまた笑い合う俺たちの時間は——

「うん。……俺たちで、特別にしていこう」

きっとこれから先を二人の色へ塗り替えるための、物語を紡《つむ》いでいるのだ。

＊＊＊

そうして滞りなく三送会は終わり、訪れた放課後。

俺は第二被服室にやってきていた。

受け継がれてきた物語、桜の校章。それに自分を預けてしまうわけではないけれど、なんだかそれにふさわしい場所に行きたくなって。そこでもう一つ、大事な話をしたくて。

古びた空気と馴染《なじ》んだ景色が感じられるこの場所で、俺は錆びた輝きを眺めていた。


結局すれ違いは、ある意味では菊池さんに我慢を強《し》いるような形で解決してしまった。

恋人としての関係は続けるけれど、日南《ひなみ》にも関わっていきたい。そんな身勝手な関係に落ち着いたのは、俺にとって日南が大切な存在で譲《ゆず》れない一線だったからで。

一度は菊池さんとの関係をあきらめると決意したほど、かけがえのないものだったからで。

――そして、そんな俺を丸ごと、菊池さんが選んでくれたからで。


気持ちと時間を理想がつなげた物語が、錆びた金属すらも特別なものにしてしまうなら。

きっと俺と菊池さんの関係も、俺と日南の関係も同じように、特別にしていけるのだろう。


頭のなかに浮かんでいたのは、二つの物語の〝アルシア〟だった。


無血ゆえにあらゆる知識を得られるけれど、体の芯《しん》から会得することはできなくて。

だから自分の代わりにリブラを育て、スキルを会得させていって。

血を持たない自分が血を持っていた瞬間のことを、リブラに刻んでいって。

それはまるで、決して特別になれない無血のアルシアによる、抗戦であるように思えたのだ。

あいつは俺と同じように、個人主義で。

俺以上に極端なリアリストで。

正しさを証明するために生きているような日南《ひなみ》の行動に一つだけある、一見無駄な人生指南。

──けれど、もしもそれが無駄ではなく。

むしろ、なによりもその動機に合っているのだとしたら──。

──そのとき。

「……で、なに」

見慣れた景色に、聞き慣れた感情の読めない声が響く。

振り向くとそこには、めんどくさそうな表情でこちらを見ている日南がいた。

「よお……遅かったな」

日南は迷惑そうに眉《まゆ》をひそめ、とんとん、とつま先で床を鳴らす。

「三送会、こっちも生徒会でいろいろあるの。来てくれただけありがたいと思ってもらえる？」

「ははは……相変わらずだな、お前は」

いつもだったらそんな日南に愉快な気持ちを抱いていたのかも知れないけれど、いまの俺はそんな気分ではなかった。


「──あのさ、日南」


気持ちを込めて呼びかけた名前。日南はやはりそういう機微には敏感で、少しだけ動きを止めてから振り返り、うんざりしたような、けれど少しだけ警戒したような視線を俺に送った。

「なに」

短く冷たい返事は、俺の覚悟を拒絶するようにまっすぐ放たれていて。

「ずっと、疑問だったんだよ」

けれど俺はそれが突き刺さっても進む決意を、菊池《きくち》さんにもらっていた。

「意味のないことをなによりも嫌うはずのNO NAMEが……全部の行動に理由があるはずのお前が、なんで俺にここまで関わるのか」

俺がそこに触れると、日南はぴくりと小さく、眉を動かした。

「なんでこんなに時間を割《さ》いてまで、人生攻略に協力してくれるのか」

「……そ。で、答えは出たの？」

余裕のあるトーンで、腕を組みながら言う。

俺はそんな日南《ひなみ》をじっと見ながら、ゆっくりと言葉を吐いていく。

「最初はさ、アタファミが関係してると思ったんだ。お前が唯一素を出すのはアタファミについてのときだけだったたし、だからそこになにか隠れてるのかもしれない、とかな」

「ふうん……」

日南は余裕のある表情で、腕を組んでいる。それはいつもと変わらない。

「けどさ、菊池《きくち》さんと話して……お前のことをたくさん考えて、一つ、気がついたんだよ」

俺は、いままでの日南との会話を、アルシアの動機を、一つ一つ丁寧《ていねい》に、思い出していく。

「なあ。お前が俺を部屋に連れていく前。俺がなんて言ったのか、覚えてるよな？」

それは、俺が日南と——正確に言えばNO NAMEと、初めて出会ったとき。

「人生ってゲームは、キャラ変ができないんだ、ってさ」

「……そうね」

日南は頷《うなず》く。

そこからすべてが始まって、いまに続いていた。

「それからお前は何度も、人生でもキャラ変ができることを証明したい、って言ってたよな。

だから俺は、人生はクソゲーだの、キャラ変はできないだの言いきっていた俺を言い負かしたいっていう、お前の負けず嫌いなのかとも思ってた。……けど、違ったんだよ」

負けず嫌いのゲーマー、だからNO NAMEとしてnanashiに勝ちたい。そんな理由なのだとしたら、まだ納得はできた。

「お前が言う『キャラ変』ってのはさ……」

俺は『純混血とアイスクリーム』のアルシアの描写を思い出しながら。

血を持たない自分が勝ち残るために多くの種族の知恵を取り入れて。

その知恵をそのままリブラに授ける、あの様子も——まさに『キャラ変』だったのだ。

「俺を変える、って意味じゃなかったんだよな」

そして俺は、正面から日南を見据えた。

「——お前だったんだ」

俺がそう言い切ると、日南は目を大きく見開き、結んでいた唇《くちびる》が、少しだけ開いた。

そして俺は、自分の両手を見ながら。

その指先にスティックとボタンがあることを、意識しながら。

「お前の言うキャラ変っていうのは、プレイヤーとしての日南葵が——操作するキャラクターを変えるって意味だったんだよな」

組んでいた腕がぴくりと震《ふる》え、少し開いていた唇《くちびる》は、今度は頑《かたく》なになにかを守るように、強く閉ざされる。

「この世界を『プレイヤー』として俯瞰《ふかん》するお前は、いつだってコントローラーを持って自分自身にそれを突き刺して、この人生ってゲームをプレイしてきた」

一歩引いた存在。感情も楽しさも一つ上にレイヤーに置いていった、上位の目線。

それは合宿のときに、またはそのあとの決別でも確かめた、日南《ひなみ》の世界観だ。

「だからお前は、その手に持ったコントローラーの端子の先を——つまり、お前が操作する『キャラクター』を——日南葵《あおい》から、俺に差し変えて」

それは、生粋《きっすい》のプレイヤーとして生きる、日南葵ならではの発想で。

「もう一度『プレイヤー』として、同じやり方でレベル1のキャラで人生を攻略しなおして」

それは、自分の正しさに対してなによりも貪欲に生きるこいつならではのやり方で。

きっとそれは、無血で空っぽな自分を、正しさで埋めるための儀式なのだ。

「人生を攻略するキャラを変えても——友崎文也《ともざきふみや》という弱キャラを使っても、同じ結果が再現できるってことを、証明したかったんだよな」

　だからこそそれは、まるで血が通っていない、残酷さもたたえていた。

「自分のやり方が『正しい』ということを証明する――ただ、そのために」

　はっきりと言いきった。

　それはこいつの行動理念や価値観をもとにひとつひとつ丁寧《ていねい》につなぎ合わせれば、単純な話だった。

　日南葵は正しさだけを信じて、それを拠《よ》り所に生きている。だから、自分のやり方でわかりやすい結果を残すことでその正しさを証明し、そこに価値を見出《みい》だすことを繰り返し、毎日を生きてきた。

　勉強、部活、人間関係、恋愛。

　すべてを分析して『攻略』していき、一位と呼べるところまで辿《たど》り着くことで、その価値に安寧を感じる。

　正しければ正しいほど自分に価値が生まれて、その証明に躍起になっていって。

　正しければ正しいほど安心できて、また新しい正しさを求めていく。

繰り返していくうちに、やがてこいつはこんな発想に至ったんだろう。

この『攻略法』は——自分以外が使ってもほんとうに、正しいのだろうか、と。

俺は『再現性』という言葉を繰り返し使っていたこいつのことを思い出す。環境を変えても同じやり方で同じ結果が出れば再現性が高く、それはより正しいと言える。科学だろうが数学だろうが、物事の正しさを論理的に担保できるのは、再現性があるかどうかしかない。それを人生でも使うなんて、実に日南《ひなみ》らしい正しさの証明だろう。

「お前が俺に見える景色が変わる魔法を使ってたのは、俺を救うためでも、俺に勝ちたかったからでもなくてさ」

そして俺は——それこそ、前提から結論を証明するように。

「お前が考えた『人生』というゲームの攻略法の正しさを、証明したかっただけなんだ」

おそらくは、自分以外のすべてに。

強《し》いて言うならたぶん——世界に向けて。

するとと日南は組んでいた腕を、あきらめたように下ろす。

「……さすが、nanashiね」

そして、日南は否定しなかった。

「やっぱり……そうなんだな」

戸惑《とまど》いを隠すようなトーンで言う日南の言葉に、俺は悲しくなってしまう。

「たかが半年余りでここまでこれたんだ、お前のやり方は正しいよ。けど、もう充分だろ」

俺はこれまでこいつと過ごしてきた時間のすべてが少しずつ、モノクロになっていくような感覚を覚えながら。

「そんな、人を利用するような——俺の人生すらも利用するようなやり方で、自分の正しさを証明しようとするのは、もういいだろ」

溢《あふ》れ出す感情を隠さずに言うと、日南はさすがに後ろめたいのか、俺から目を逸《そ》らし、斜め下を見た。

「さすがに、怒ったでしょうね」

そのとき。

長く話しすぎてしまったからか、予鈴のチャイムが鳴った。時間差で教室に戻っている関係上、そろそろ日南が戻らないとまずい頃《ころ》合いだ。

「ごめんなさい。……それじゃあ、私は先に」

「あ……」

ほとんど聞いたことのなかった日南《ひなみ》の謝罪を聞きながら、俺はぽつんと第二被服室に取り残される。

いつもの教室、古びたミシン。ほこりっぽい空気。

黒板の端に書かれた、脈絡のない日付。

俺は半年以上をあいつと一緒に過ごしたこの空間のことを、いつのまにか好きになっていて。ここは自分の場所だと思えるくらいには、俺にとってかけがえのない、特別なものに育っていて。

にもかかわらず、そこに詰め込まれた意味や思い出が、まるで穴の開いた風船から抜けていく空気のように、霧散していった。

ぎし、と少し体重をかけるだけで大きく軋む椅子《いす》に、全体重を預ける。ぎしみし、と寂《さび》しく鳴く音は、この空間の孤独を埋めるにはあまりにも小さすぎて。

「……怒りだったら、まだよかったよ」

俺は呟《つぶや》くと、心を引きずるように歩き出した。

＊＊＊

日南が去ってから数分後。旧校舎の廊下。

俺は砂ぼこりや水垢でくもった窓から射す陽を浴びながら、考えていた。

俺はまだ、ほんとうの意味ではぼっちのままだったのかもしれない。

孤独とはつまり、自己責任のことで。

誰《だれ》かとつながるというのはつまり、人と責任を預け合うことで。

けれどきっと俺はまだ、ここまで言葉を重ねた菊池《きくち》さんとすら、自分の責任を預けきることも、相手の責任を背負うこともできていない。自分を変えようとしてくれた事実だけで十分、という言葉に甘えて、二人で特別な理由を見つけていく、という前向きな形ではあるものの、あくまで個としての付き合いを延長してしまっている。もちろん、それが悪いことだとは思わない。むしろ互いがむやみに責任を預けて、そして依存のような関係になってしまうことこそが、きっと最も軽薄で愚かしい。なんならそれこそ、無責任と言うべきものだろう。

けど本当に、それだけでいいのだろうか。

例えばたまちゃんとみみみ。きっとたまちゃんは個人を尊重するから、俺と同じように、容易には人へ踏みいらない。けれど、みみみが困っていると感じたら、それがきっと本当の意味では自分の責任が取れない範囲のことだとしても、自分がそうしたいからそうする、責任だって無理やり取ってやるなんて間違った理屈を信じる強さによって、それを救おうとするだろう。

みみみだって、一人では生きていけないという弱さを柔軟さに変えて、他人に責任を預けてしまえるし、だからこそ他者から向けられる本来不必要な責任だって、受け入れてしまうはずだ。

中村《なかむら》と泉《いずみ》。あの二人はきっと責任とか自立とか依存とかそんなことは考えず、相手のことが好きだから、そうしたほうがきっといい結果になるからという素朴な理由をもって、それこそ感情だけで突っ走って、簡単に心を繋《つな》げてしまうだろう。竹井《たけい》だって同じで、周り全てに感情移入し、感情移入させてしまう隙《すき》を持っている。俺がすぐにいじれるようになったことからもわかるように、どんな弱い人間からでも、大事なところへの侵入を簡単に許してしまうのだ。

水沢《みずさわ》はきっと俺のように、簡単に他人に踏み込んだりはしないし、簡単に踏み込ませない。けれど合宿で日南《ひなみ》に見せたあの表情、そして仮面を剝《は》ぎ取るような言葉。あれは自分以外の誰《だれ》かへ、責任の取れない範囲まで踏み込もうとする覚悟だった。それからの水沢は人とのつながり方が少しずつ変わっていって、きっとキャラクター目線に憧憬《どうけい》するその感情と、そして自らが望む感情を現実に変えていく器用さと聡《さと》さによって、いつかそれを実現してしまうのだろう。

菊池《きくち》さんだって、引っ込み思案で人と関わるのが得意ではないとはいえ、芯《しん》の強さを持っていて。頑《かたく》なに個人主義を捨てない俺に何度も踏み込もうとしてくれた。きっと俺が拒否さえしなければ少しずつその一線を取り除いて、他人ではない関係になれていたのだろう。

じゃあ、俺と日南は？

俺は他者を尊重したり尊敬したり、大切に思ったり好意を抱いたり。そんなことはきっと普通に、みんなと同じようにできているのだと思う。

けれど、俺が対戦会へ行くことに、菊池さんが抵抗を見せたとき。俺は自分の選択を尊重し、菊池さんの道とは別ものとして進んでいくことしかできなかった。思えば俺はほんの少し前まで、自分が他者を選択するということの責任からすらも、得意な『言葉』という魔法を弄《ろう》して逃げていた。俺は自分自身が自分に課す以外の責任の重荷に、もしくは預けてしまう恐怖に、耐えられなかったのだろう。

俺はきっと、自分のなかで自分だけを。

いや、もしくは世界のほうを——自分とは別の檻《おり》の中に閉じ込めることで、人生を生き抜いていたのだ。

日南は正しさだけを信じていて、それ以外のすべてを——それこそきっと、自分すらも信じていない。

一位や優勝というわかりやすい形での正解にしか意味を見出《みい》だしていないし、そこに自分のやりたいことという基準が存在していない。正しさを証明することそのものが目的になっていて、俺という存在すら、正しさを表明するための『キャラクター』として使っていた。だからあいつは正しいという理由がない行動を取ることができないし、間違ったものに対する頑《かたく》なな拒絶があった。

それはある側面では極端な自己責任思想であって、だからこそ自分が操作するもの以外のすべてに期待しないし、他者を自分の世界に入れることもなかった。

俺とあいつは、根拠のない自信の有無という違いはあれど、自分は自分で他者は他者という、個人競技における原理原則に則《のっと》って。自らの努力による結果をなによりも信じて。アタファミ、あるいは部活や勉強——つまりは人生という名のゲームと向き合い、そこで戦ってきた。

けど、それはきっとあくまで二人とも、個人競技としてだったのだ。

俺がキャラクターで。あいつがプレイヤーで。

俺が気持ちで動く人間で。あいつが理屈で動く人間で。

俺がもしかすると強キャラで。——あいつがもしかするとほんとうは、弱キャラで。

同類だと思っていた俺とあいつは、実はゲーマーであるということ以外、なにもかもが違っていて。けれどその一点だけで、なにもかもがつながっていて。

そんな俺とあいつにはきっと、たった一つ。

そう。たったもう一つだけ、共通点があるのだと気がついていた。

——俺と、そして日南葵《ひなみあおい》は。

——きっとほんとうの意味で、ひとりぼっちなのだ。

あとがき

ご無沙汰しております。埼玉県公認作家の屋久《やく》ユウキです。

皆さまがこの九巻を読んでいるころはテレビアニメも放送を開始し、その影響から大宮《おおみや》に全人口が引っ越しを希望することで、実質的に首都が大宮になっているかと思います。先日は埼玉県主催の『アニ玉祭』にも出演させていただいたため、次は世界です。

しかしこうして、新人だったころから、読者が増えて、熱心なファンが増えて、常に大宮だのスマブラだのエゴサだの言っている僕についてきて作品を広めてくれる人が増えて。

実は最初の重版までは時間がかかった今シリーズは、みんなで大きくしたものなのです。

それはきっと、いくら感謝してもしきれないほどのものであり――だからこそ今回は、そんな皆さんに改めて、僕から一つ伝えなければならないことがあります。

それは、表紙イラストの菊池《きくち》さんの左脚にある『脚の線以外の要素で表された膨《ふく》らみ』です。

まずは二つ並んだ脚の下側、菊池さんの左ふとともの中央部にご注目ください。その脚が菊池さんを見ているこちら側、僕たちのほうへ強く、膨らみを見せているのがわかるでしょうか。

しかし、ここにミステリーがあります。脚を構成する線が上下にありますが、そこにあるのは脚の外形を表す膨らみのみで、こちら側へ向かう膨らみを表す記号は使われていないのです。

では、なぜ膨らんでいるように見えるか――そこには二つのフェチの魔法がありました。

一つ目は、マシュマロのような質感で明暗をつけられた、肌色の絶妙な塗り。そしてもう一つは、脚本体ではなく、それを飾る『スカートの曲線』です。

塗りに関しては言うまでもないでしょう。膨らんだ部分を白く、明るく。そうでない部分を抑えて塗る。それによって平面であるはずの絵に柔らかさが宿る。つまり、それは愛です。

ここでより重要なのはスカートの曲線です。立体的にこちらへ向かう脚へ密着するスカートが、ふんわりと、押し上げられたかのような曲線を見せており、僕たちはそこから間接的に脚の柔らかさと膨らみを知ることができます。しかし、それはあくまで脚ではなく、スカートを表す線。つまりフライさんの絵は現実であるため、体以外のすべても世界をつなげて、キャラクターを表してしまう。脚を表す要素ではなく『脚に付随するなにか』を使って、『脚そのもの』のフェチを表現してしまう——つまり、やはりそれは愛だったのです。

それでは、謝辞です。

イラストのフライさん。ついにアニメ放送ですね。そのときばかりは無限に日本酒を飲む準備をしておきます。フライさんもよろしくお願いします。ファンです。

担当の岩浅《いわあさ》さん。今回は一緒に小学館に住んでしまいましたね。次巻もこうなります。

そして読者の皆さん。アニメは達成されましたが、もちろん目指すは二期、三期。まだまだ一緒に突き進んでくれると嬉《うれ》しいです。いつも応援、ありがとうございます。

ではまた次巻もお付き合いいただければ幸いです。

屋久ユウキ

イズ連載中
ガンガンJOKERにて
（スクウェア・エニックス刊）
好評連載中!!
弱《じゃく》キャラ友崎《ともざき》くん
The Low Tier Character "TOMOZAKI-kun"
COMIC
漫画:千田衛人 原作:屋久ユウキ
キャラクター原案:フライ
最新4巻、発売中!!!!!
みみみの秘めた想いが、ついに明らかに……？
友崎、レベルアップのとき!

Wコミカラ
マンガワンにて、
好評連載中!!
七海みなみは輝きたい
Minami Nanami wishes to shine
弱キャラ友崎くん外伝
作画:吉田ばな 原作・シナリオ協力:屋久ユウキ
キャラクター原案:フライ
第1集、発売中!!!!!!
みみみが主役! 完全オリジナルの新作コミカライズ!!
待望のコミックスがついに発売!

ガガガ文庫1月刊

剣と魔法の税金対策

著／SOW《ソウ》

イラスト／三弥《みや》カズトモ

「我が配下となれば世界の半分をくれてやろう！」「え、マジ!?」「それ、贈与税がかかります」──税制が支配する世界で勇者と魔王が税金対策のために偽装結婚！ 頼みの綱は“ゼイリシ”の少女!? 節税コメディ開幕！

ISBN978-4-09-451882-5（ガそ1-1）　定価:本体660円+税

弱キャラ友崎くん Lv.9

著／屋久《やく》ユウキ

イラスト／フライ

冬。彼女である菊池さんとすれ違い、また話し合いを重ねていくうちに。俺は、自分の業とも呼ぶべきものに向き合うことになる。それは、今まで気付かなかった菊池さんの一面をも明らかにして──。

ISBN978-4-09-451878-8（ガや2-11）　定価:本体730円+税

双血の墓碑銘《エピタフ》3

著／昏式龍也《くらしきたつや》

イラスト／さらちよみ

故郷で侍としての矜持を改めて胸に刻んだ隼人は、枢、沖田と共に箱根へと向かう。数多の願い、思惑、約束は果てへと進み入り乱れ、激動の時代は終わりを迎える──。血風吹き荒ぶ幕末異能録第三弾、これにて閉幕！

ISBN978-4-09-451884-9（ガく3-3）　定価:本体640円+税

育ちざかりの教え子がやけにエモい3

著／鈴木大輔《すずきだいすけ》

イラスト／DS《ディーエス》マイル

夏休み。スカウトをきっかけに、ひなたと彩夏は映画のエキストラに参加することに。しかし、主演女優の三沢ひかりとひなたの邂逅から、事態は大きな転換を見せ──？ エモ×尊みラブコメ、嵐の予感の第3幕。

ISBN978-4-09-451885-6（ガす6-3）　定価:本体600円+税

董白伝 ～魔王令嬢から始める三国志～3

著／伊崎喬助《いざききょうすけ》

イラスト／カンザリン

長安に都を移し、いよいよ“経済圏”の構築に乗り出す董白。必要なものは、塩、そして銀。そんな折、曹操に仕えた軍師、荀攸が近くに逗留していることを知る。董白は、ブレーンとして勧誘するのだが……？

ISBN978-4-09-451887-0（ガい7-7）　定価:本体660円+税

僕を成り上がらせようとする最強女師匠たちが育成方針を巡って修羅場2

著／赤城大空《あかぎひろたか》

イラスト／タジマ粒子《りゅうし》

「駆け出しの冒険者が危険度4のモンスターを倒した」そんなニュースがクロスとジゼルを注目の的としていた。そしてクロスの修行は次の段階へ！ 最強の師匠たちはクロスを魔法剣士として育て始めるのだった。

ISBN978-4-09-451881-8（ガあ11-22）　定価:本体600円+税

GAGAGA

ガガガ文庫

弱キャラ友崎くん Lv.9

屋久ユウキ

発行　2021年1月24日　初版第1刷発行

発行人　鳥光 裕

編集人　星野博規

編集　岩浅健太郎

発行所　株式会社小学館
〒101-8001 東京都千代田区一ツ橋2-3-1
[編集]03-3230-9343　[販売]03-5281-3556

カバー印刷　株式会社美松堂

印刷・製本　図書印刷株式会社

Printed in Japan　ISBN978-4-09-451878-8

16回小学館ライトノベル大賞
募要項!!!!!!!!!!!!!!!!!!!!!!!!!

ゲスト審査員は磯 光雄氏!!!!!!!!!!!!!!

賞：200万円＆デビュー確約
ガガ賞：100万円＆デビュー確約
秀賞：50万円＆デビュー確約
査員特別賞：50万円＆デビュー確約

一次審査通過者全員に、評価シート＆寸評をお送りします

ビジュアルが付くことを意識した、エンターテインメント小説であること。ファンタジー、ミステリー、恋愛、などジャンルは不問。商業的に未発表作品であること。

誌や営利目的でない個人のWEB上での作品掲載は可。その場合は同人誌名またはサイト名を明記のこと）

ガガガ文庫編集部＋ゲスト審査員 磯 光雄

プロ・アマ・年齢不問

枚数 ワープロ原稿の規定書式【1枚に42字×34行、縦書きで印刷のこと】で、70～150枚。
書き原稿での応募は不可。

方法 次の3点を番号順に重ね合わせ、右上をクリップ等(※紐は不可)で綴じて送ってください。
品タイトル、原稿枚数、郵便番号、住所、氏名（本名、ペンネーム使用の場合はペンネームも併記)、年齢、略歴、
話番号の順に明記した紙
00字以内であらすじ
募作品(必ずページ順に番号をふること)

先 〒101-8001 東京都千代田区一ツ橋 2-3-1
館　第四コミック局　ライトノベル大賞係

での応募　GAGAGA WIREの小学館ライトノベル大賞ページから専用の作品投稿フォームにアクセス、必
報を入力の上、ご応募ください。

ータ形式は、テキスト(txt)、ワード(doc、docx)のみとなります。

ebと郵送で同一作品の応募はしないようにしてください。

一回の応募において、改稿版を含め同じ作品は一度しか投稿できません。よく推敲の上、アップロードください。

切り 2021年9月末日（当日消印有効）
eb投稿は日付変更までにアップロード完了。

2022年3月刊『ガ報』、及びガガガ文庫公式WEBサイトGAGAGAWIREにて

○応募作品は返却致しません。○選考に関するお問い合わせには応じられません。○二重投稿作品は
さい受け付けません。○受賞作品の出版権及び映像化、コミック化、ゲーム化などの二次使用権はすべて小
に帰属します。別途、規定の印税をお支払いいたします。○応募された方の個人情報は、本大賞以外の目的
用することはありません。○事故防止の観点から、追跡サービス等が可能な配送方法を利用されることをおすす
ます。○作品を複数応募する場合は、一作品ごとに別々の封筒に入れてご応募ください。